What...?
ring...
Any problem?
ring...
ring...
ring...
I can't get there

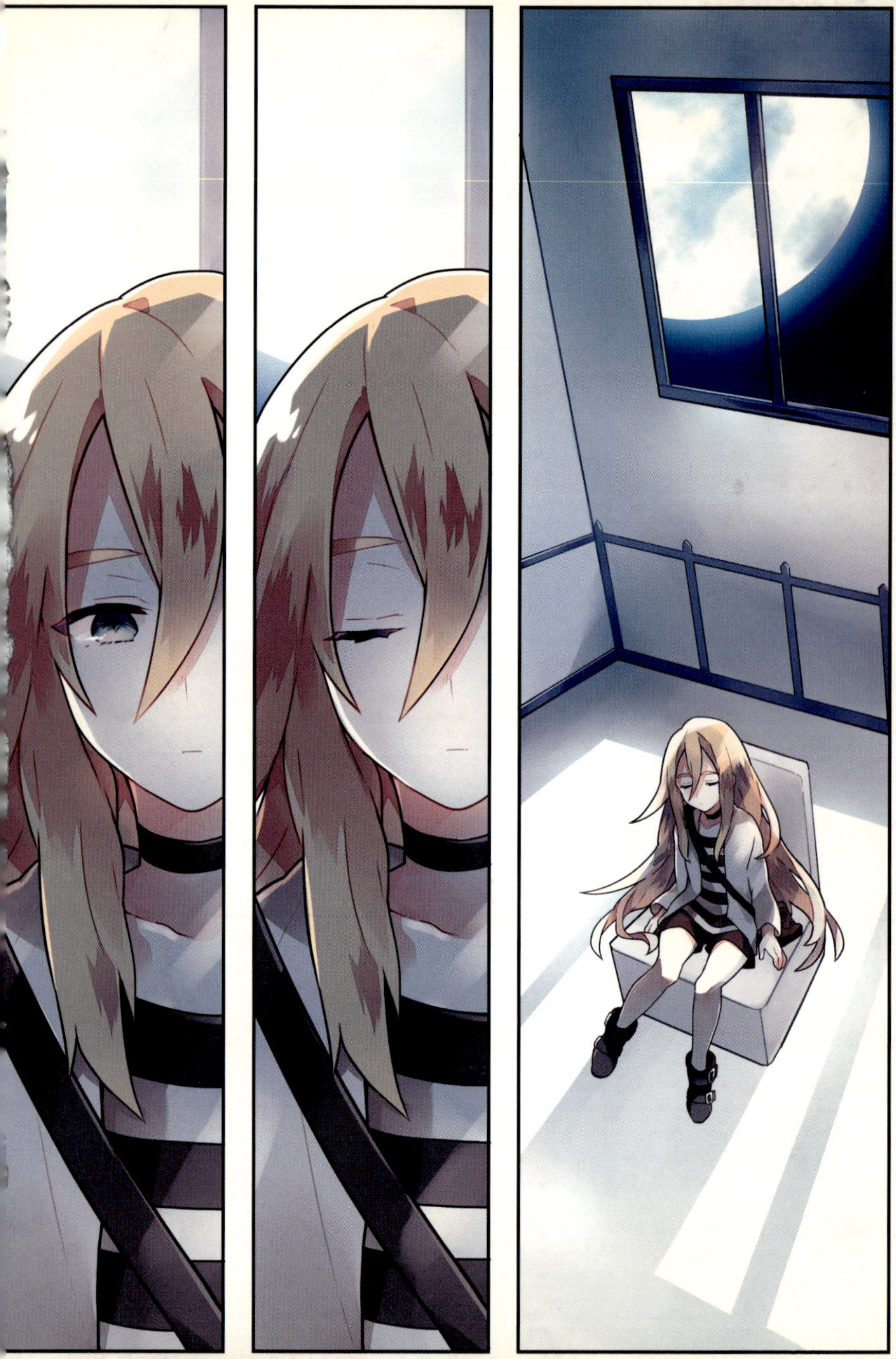

殺戮の天使

UNTIL DEATH DO THEM PART

原作＝真田まこと
著＝木爾チレン
イラスト＝negiyan

STORY BY MAKOTO SANADA
WRITTEN BY CHIREN KINA
ILLUSTRATION BY NEGIYAN

……――ねぇ、ザック、――――私を、殺して――。

CONTENTS

ZACK'S MEMORY

-376-

FLOOR

B3

-198-

FLOOR

B4

-100-

世界はいつも、薄《うっす》らと青い。

それはきっと、この青い目のせいで、そう見えているのだと思う。

(お父さんとお母さん、今日も、仲良しだね)

家にいるとき、お父さんとお母さんは一日中、解けないくらいに強く、手と手を繋《つな》ぎ合ってソファに座っている。そこから、まるで人形になってしまったみたいに動かない。

私はその幸せな光景を、部屋の入り口からじっと眺めていた。

「ほら、レイもこっちにおいで」

お母さんが微笑《ほほえ》みながら、私の名前を呼ぶ。

お父さんの目は黒く、お母さんの目は青い。だからこの目の色は、お母さんから遺伝したもの。でもお母さんの目と私の目は、少し違う。お母さんの目は、雨水の目薬を点《さ》したみたいに濁《にご》っている。

いつからお母さんの目は、あんなに汚くなったのかな……。思い出せない。

「うん」

私は、その汚く濁った目をじっと見つめながら小さくうなずき、ふたりの元へ駆《か》け寄って行った。だけど、どれだけ走っても、部屋の入り口から少しも進むことができない。

（どうして……？）

息を切らしながら、私はその場にうずくまった。絶望という文字が、心に溜《た》まっていく。

「レイ、どうしたんだ」

ずっと同じ体勢《たいせい》でソファに座ったままのお父さんが、聴いたことのないような優しい声で言う。

「そっちに、行けない」

お父さんの、黒いボタンみたいな目を見つめながら、私はそう返事をした。

その、瞬間だった。

突然くらくらして、何かに塗りつぶされていくように、頭の中が、真っ白になっていくのがわかった。

リン――……リン――……。

（何だろう……？）

どこかで、鈴《すず》の音が鳴っている。

水の中で鳴っているような、鈴の音が――……。

FLOOR B7

Floor B7

滲《にじ》んだような鈴《すず》の音が、鼓膜《こまく》の奥で鳴り響《ひび》く。
目の奥がしびれるような感覚になって、ふっと目を醒《さ》ますと、レイは椅子《いす》に座ってい
た。硬い感触《かんしょく》の、白い椅子。目の前には、もう一脚、同じ椅子が向かい合うように置
いてある。
そこはレイの知らない場所《ばしょ》だった。何もない、カウンセリングルームのような無機質《むきしつ》
な空間。吐《は》いた息が見えそうなほど、冷たい空気が漂《ただよ》っている。
（ここは、どこ……？）
不可思議《ふかしぎ》に思いながら、レイは椅子から立ち上がり辺りを見回した。
「……」
けれど頭の中が真っ白になったあの瞬間から、記憶喪失《きおくそうしつ》になってしまったみたいに、
何も思い出せない。でも、この世界が現実だということはわかった。だって夢の中とは
違って、どこへでも、自分の思う通りに動くことができる。
（さっきは、夢を見ていたんだ……）
レイは小さくため息を吐《つ》いたあと、この世界が現実だということ以外は何もわからな
いまま、吸い寄せられるように窓辺に歩み寄り、大きな窓の外を見つめた。

（……青い、満月）

窓の向こう側には、異様《いよう》なほどに青い光を放《はな》つ月が浮かび上がっている。だけどその月は、大きさも、色も輝《かがや》きも……、まるでスクリーンに映っているみたいに不自然だった。

（なんだか本物じゃないみたい……）

それに青い月なんて、滅多《めった》に見られる現象《もの》じゃない――……。

いつかそう、先生が言った。

（先、生……？）

――先生って、誰……？　誰、だっただろう。よく思い出せない。

レイの目蓋《まぶた》の裏には、ぼんやりと、真っ白な白衣を着ていたような後ろ姿だけが浮かぶ。

（……お医者、さん？）

そしてその瞬間、消えかかっていた脳みその細胞が蘇《よみがえ》るみたいにはっとして、

「そうだ……、私は、病院に来ていた」

思わず声が漏《も》れた。

（確かここは、診察室《しんさつしつ》だった……）

――だけど私は、病気なんかじゃなかった……。だって、どこも痛い部分なんてない。

Floor B7

なのにどうして病院に来たんだろう。

「っ……」

そのときまた突然、夢から醒《さ》めたときと同じように、激しい眩暈《めまい》がレイを襲《おそ》った。

(気持ち悪い……)

――ほら、レイもこっちにおいで。

思わずうずくまり、目をつむると、夢で聴いたお母さんの声が耳のなかに木霊《こだま》する。

「とにかく、お父さんとお母さんのところへ行こう……」

レイはその声に呼ばれるように、ふらふらとよろめきながら部屋を出た。

▲

……――ここは、私の知ってる病院じゃない。

なぜ病院に来ていたのか思い出せない。だけどそれは直感的にわかった。

(眠っているうちに、違う階に移動させられたのかな……)

奥が見えないくらいまで、誰も歩いていない白いタイル地の廊下《ろうか》が続いている。レイはその、ため息も聞こえない不気味《ぶきみ》な廊下を、まだ少しふらつきながら歩いていった。

すると少し進んだ所に、格子状《こうしじょう》の黒い扉を見つけた。扉にはカードを嵌《は》め込む装置《そうち》のようなものが埋め込まれている。

警戒しながらもそっと扉に手を掛《か》けてみるが開かない。無理矢理開けようとすると、装置はピーピーと音を立てた。

（カードがいるのかな……）

格子状になっている扉の向こう側を覗《のぞ》き込むように、レイはその隙間《すきま》に目を凝《こ》らす。薄暗《うすぐら》くてあまりよく確認できないが、エレベーターのようなものがあるのがぼんやりと見えた。

（はやく家に帰りたい……）

けれどレイはそう強く願いながら、神妙《しんみょう》な目をして前を見据え、ぎゅっと唇《くちびる》を噛《か》みしめる。唇は痛いくらいに乾燥していて、薬を飲んだ後みたいに頭がくらくらしていた。

（やっぱり、気分が悪い……）

万華鏡《まんげきょう》のなかに閉じこめられているみたいに視界がゆらめくなか、レイは再び廊下を進んでいった。

「あれ……壁に何か書いてある……」

しかしふと、その奇妙《きみょう》な文字の連なりが視界に入った瞬間、まるで金縛《かなしば》りにあったみたいに身体《からだ》が動かなくなった。

〝君はいったい誰で、何者か〟

〝自身で確かめてみるべきである〟

〝本来の姿か、望む姿か〟

〝天使か、生贄《いけにえ》か〟

〝己を知れば門は開かれる〟

「……？」

何かの呪文《じゅもん》のような文章に、少しこわくなって、レイは少し後ずさりをする。

——天使か、生贄か。


（私は……）

——どちらでも、ない……？

無意識《むいしき》にそんな答えが浮かんだとき、文章が書かれた壁のすぐそばに、さっきの診察室と同じようなドアがあるのが目に入った。

その瞬間、レイは誰かに操作されているように、そのドアを開けていた。

そこは、さっきの診察室と同じような無機質な部屋だった。部屋の中央には、大きなコの字型のテーブルがあり、その上には白いコンピューターが置かれている。レイはそっとコンピューターに近づき、キーボードの上部にある電源ボタンを押した。

（電源はつかない……）

——壊れているのかな……？

小さく首をかしげたそのとき、ふっと天井のほうから誰かに見つめられているような気配がした。ゆっくり視線を上げると、天井には監視カメラのようなものが吊《つ》るされていて、カメラはレイを追いかけるように動いていた。

（嫌な予感がする……）

——はやく、エレベーターに乗って外に出よう……。

レイは扉を開けるためのカードがどこかに落ちていないか探すように、テーブルの周

Floor B7

りを歩いた。

「透明《とうめい》な壁……」

入り口の向かい側の壁一面は、すり硝子《ガラス》でできている。

その壁を伝うように歩いていくと、壁の中央には女の子が立っていた。腰まで伸ばされたプラチナブロンド色の髪をした、小柄で華奢《きゃしゃ》な女の子。

(表情がない……)

息を呑《の》むとレイと同じように息を呑み、瞬《まばた》きをすると同じように瞬きをする。

「……いつもの私」

それはまぎれもないレイ自身だった。

(この壁の部分だけ、鏡になっているんだ。でもどうして、すぐに自分だとわからなかったのかな……)

一時《いっとき》、自分の姿もわからなくなるほどに、いつの間にか記憶が失われていることに、少しこわさのようなものを感じて心がざわつく。

もう一度、自分の姿を確かめるように、レイはもう一歩、鏡に近づいてみる。その瞬間、カチッと、テーブルの上の電源が入っていなかったコンピューターが、勝手に立ち上がる音が聞こえた。

速足にコンピューターの前に向かうと、黒い液晶画面《えきしょうがめん》には、次から次へと、すごいスピードで不規則《ふきそく》な英数字が連なっては消えていく様子が映し出されていた。

(何かのプログラム……?)

じっと目を凝らしていると、突如《とつじょ》、画面には白い文字が表示される。

——情報画面を開いています。

——データを記入します。

そして文字に連動するように、コンピューターは淡々《たんたん》としゃべり始めた。

——質問にお答え下さい。

——あなたの名前は?

(名前……?)

「……レイ、……レイチェル・ガードナー」

レイは思い出したように答えた。

——年齢《ねんれい》は?

「……十三」

——なぜ、ここにいるのですか?

「病院に来ていて……、気がついたらここに……」

——なぜ?

「……?」

Floor B7

――なぜ？

――なぜ？

「……」

（こわい……）

答える隙もないほどの無意味な連呼《れんこ》に、レイの顔は引きつる。

――なぜ？

――なぜ病院に？

（なぜ……病院に……）

なぜだかどきどきして、心臓が痛くなる。レイは呼吸を整えるように、小さく息を吐《は》きながら、少しだけコンピューターの前から離れた。

（……殺人、事件……）

そのときふっと、断片的な記憶が、レイの脳裏《のうり》に薄《うっす》らと蘇る。だけどその記憶が正しい記憶なのかどうか、レイにはわからない。確かめる術《すべ》もない。そもそも記憶の正しさなんて、疑ったこともなかった。

「……人が死ぬところ、――殺されるところを見たから。……目の前で……」

レイはあの夜、そのおぞましい光景を見たときと同じように、小さく目を見開き、言った。殺された人も、殺した人も、それはきっと知らない人だった。だって顔も思い出せない。ただ、男の人が、女の人に馬乗りになって包丁《ほうちょう》を突き刺《さ》していた姿だけが、はっきりと思い出せる。

「だから、カウンセリングに連れてこられた……」

言いながら、レイはふっと、カウンセリングを受けている自分を俯瞰的《ふかんてき》に見た。

診察室は、まるで天国みたいに真っ白な空間だった。目の前には、眼鏡《めがね》を掛け、白衣を着たカウンセリングの先生が座っている。先生は、レイの、世界の終わりを映すような青い目を食い入るようにじっと見つめ、優しく微笑《ほほえ》みかける。

――今後どうしたいですか？

その先生と同じように、コンピューターが訊《き》く。

「……ここから出たい。お父さんとお母さんに会いたい」

レイははっとして顔を上げると、記憶のなかの家族を思い返しながら、独り言をつぶやくように答えた。

――記入終了。

――プレイスタート用のカードキーを配布《はいふ》します。

その文章を最後に、コンピューター画面はぷつりと音と立てて真っ暗になった。

（……？）

再び電源ボタンを押してみる。けれどもう動く気配はない。コンピューターの側面からはカードが出てきていた。

（きっと、あの扉を開けるためのカード……）

レイはコンピューターからカードを引き抜くと、逃げるように部屋を後にして扉のほうへ向かった。

▲▼

扉に埋め込まれていた装置にカードを差し込むと、ブーブーブーという重低音《じゅうていおん》とともに扉が開く。奥に進んでいくと、そこにはやはりエレベーターがあった。

レイは、上へあがる「▲」のボタンを押して、駆《か》け込むようにエレベーターに乗り込んだ。そして一階へ向かおうと、エレベーターの操作ボタンに触れようとしたとき、今いる階を示すように、Ｂ７という表示が光っているのに気づいた。

（Ｂ７……？　おかしい……。私がいたのは、こんな地下じゃなかった……）

――それにＢ６へ行くボタンしかない。さっきエレベーターを開けるときに押したボタンも、「▼」はなかったような気がする……。

そのとき、だった。コーンコーンコーンと、まるで教会の鐘《かね》のような音が鳴り、

——最下層《さいかそう》の彼女は、生贄となりました。

——みなさま、各フロアにてご準備を。

——ここから先はプレイエリア。ゲートが開かれます。

抑揚《よくよう》のない機械音のような、ひび割れた女の声がエレベーターのなかに響き渡った。

she is to be
the sacrifice
on the bottom layer

FLOOR B6

Floor B6

ガタンッという鈍《にぶ》い音がして、エレベーターが止まる。

(エレベーター、止まっちゃった……)

——さっきの放送、何だったのかな……? よく聞き取れなかった……。

まだ夢の中にいるみたいにぼんやりとする頭で、レイはエレベーターから降《お》りた。するとそのフロアからは、そのまま悪夢の中にさらわれてしまったみたいに、吐《は》き気《け》が込み上げてくるほどの異臭《いしゅう》が漂ってきた。

(ひどい臭《にお》いがする……)

——ここは本当に建物のなか……?

目の前に広がるのは、さっきの病院のようなフロアとは何もかもが違う、誰もいない地下駐車場のような荒《あ》れ果《は》てた場所《ばしょ》だった。ビルのなかのはずなのに、まるで外みたいな、アスファルトでできた道路みたいな床が続いている。床には、所構《ところかま》わずゴミが山《やま》積《づ》みになっていて、それがゴミになる前はなんだったのか、原形すらわからない。おそらくそれらはずいぶん長い間《あいだ》放置されているのだろう、生ゴミが腐《くさ》ったような臭いが充満《じゅうまん》していた。ゴミの山には、大量発生したコバエや、見たこともない虫、数えきれないくらいの黒光《くろびか》りしたゴキブリがうじゃうじゃとたかっている。それは吐き気がするような、不潔《ふけつ》な光景だった。

——気持ち悪い。ここは本当に見覚えがない場所だ……。

（……とにかく出口を、探さないと）

うようよとぞよめく虫の大群《たいぐん》から目を背け、レイは息を止めるように口を閉じながら、ゴミの間を進んでいった。

少し歩くと、コンクリートがむき出しになっている壁に、拡大コピーされたような新聞の切り抜きが貼《は》ってあるのが、ふとレイの目に入った。


『見さかいのない殺人？』

——××年××月××日××州××の道路で男性の遺体《いたい》が発見された。

遺体には鋭《するど》い刃物《はもの》で切り付けられたような傷が大きく残っており、殺人事件として捜査中。

先月からこの州では似たような方法の殺人事件が続いている。

被害者《ひがいしゃ》にかかわりや共通点は見られないため、近くの住民には注意が必要である。

Floor B6

寝起きのようなうつろな表情で、レイは茫然《ぼうぜん》とその不気味《ぶきみ》な記事を読み終える。

──カラン……。

するとそのとき、壁の向こう側から、何やら不穏《ふおん》な音が耳に飛び込んできた。それは、空き缶を地面に落としたときのような音だった。

（誰かいるの……？）

レイは小さく息を呑《の》み、きょろきょろと辺りを見回す。けれど周囲には誰もいない。しかし何か、妙《みょう》な気配のようなものは、空気中からひしひしと肌に伝わってくる。

（はやく行こう……）

その不穏な音から遠ざかるように、レイは出口を探してフロアのなかを彷徨《さまよ》い始めた。


それから何分くらい、その迷路のような道を歩き回っていただろう。辺りには虫が這《は》うばかりで、一向《いっこう》に出口は見つからない。少し疲れてきたレイは、ぷつっと電池が切れるように立ち止まると、ぼうっと天井に張り巡《めぐ》らされた蜘蛛《くも》の巣を見つめた。

（……あれは）

一瞬、レイは小さく目を開く。その何重にも重なった蜘蛛の巣の隙間《すきま》に、非常口のマークが点滅《てんめつ》しているのが見えたからだ。非常口のマークの横には『EV《エレベーター》通路』という文字が書かれてある。

(エレベーター……。出口?)

レイは微《かす》かな緑の光に吸い込まれるように非常口に駆《か》け寄り、ドアの前に立った。けれどドアには取っ手がなく、押してみても開く様子はない。

(どうしたら開くんだろう……)

首をかしげたそのとき、はっと何か気配のようなものを感じて、レイは後ろを振り返った。視線の先には、光のない、裏路地《うらろじ》みたいな通路が続いていた。覗《のぞ》き込んでみると、奥からはさらに異様《いよう》な臭いが立ち込めてきている。

「…………」

漠然《ばくぜん》と、ここへ入るのは少しこわいような感じがした。

——……ほら、レイもこっちにおいで。

けれど、動けないまま躊躇《ちゅうちょ》しているレイに、まるで天から降ってくるような優しい声が頭のなかで囁《ささや》きかける。

(そうだ……。はやく、お父さんとお母さんの所へ、戻らないと……)

軽く息を止め、レイは水の中へと潜《もぐ》っていくように、見たこともない虫が湧《わ》く通路を、ふらふらと進んでいった。

足を進めるたびに、ブーツの裏でびちょびちょと虫が潰《つぶ》れるような不快《ふかい》な音がする。
路地裏のような通路を抜けた先には、小さな空き地のような狭い空間があった。まるで夜が来る寸前《すんぜん》のように薄暗い。しかし次第《しだい》に目が慣れてくると、赤黒い痕《あと》が、あちこちに散布《さんぷ》しているのが見えてきた。それは何か、残酷《ざんこく》な出来事がここで起きたことを思わせる、不穏な痕跡《こんせき》だった。

(これ、血だ……)

——でもなんでビルのなかに、血が……？

不思議に思いながらも辺りを見回すと、黄色い電球に照らされたレンガ調の壁に、B7で見たのと同じような文章が、白いチョークで書かれているのが目に映る。

〝——ここにはフロアごとに似つかわしい者たちがいる。〟
〝その者は自分のフロア以外からは出ていけない規則がある。〟

〝そのフロアの者に殺されたくなければ、別のフロアへと上がるほかない。〟

（落書きかな……？）

読みながらレイは、ぼんやりとその文章を記憶した。覚えようと思ったわけではない。無自覚《むじかく》に覚えていた。いつだってそうだ。生まれつき、レイはとても頭が良かった。一度読んだ本の内容も、それがどんなに下《くだ》らない中身でも忘れることはなかった。

落書きの隣には、また新聞の切り抜きが貼ってあった。新聞にも壁と同様《どうよう》に、返り血を思わせるような飛び散った痕が不気味に滲《にじ》んでいる。

『裏路地の殺人』
――××年××月××日××州××でまたもや遺体が発見された。
町の裏路地にて近所の住民が発見。十代の少年とみられるが、身元は不明。
遺体には大きな切り傷があり、連続殺人として捜査が進められている。

レイはほとんど無感情にその記事を読んだ。

（十代の少年……）

同じくらいの年齢《ねんれい》だからだろうか、それだけが、なぜだか気にかかる。しかし今は、こんな気味の悪い場所に立ち止まっている場合ではない。

（はやく帰らないと……）

小さくため息を吐《つ》き、レイは再び歩き出そうとした。しかしそのとき、ピィピィ――と懐《なつ》かしいような鳴き声が、天井から降ってきた。レイは顔を上げ、鳴き声のほうに目をやる。すると天井近い壁に不自然に空いた穴の中で、白い小鳥が何かを訴《うった》えるように鳴いていた。

（どうしてこんなところに小鳥が……？）

レイは首をかしげた。あのＢ６という表記が正しいのなら、ここはものすごく深い地下のはずだった。

（……小鳥、可愛《かわい》いな）

けれど考えるより先に、心には小鳥に触れてみたいという感情が湧き上がる。こんな生気《せいき》のない、不潔な場所に突如現れた、その可愛い生き物の存在は、突然こんな場所に来てしまい、動揺《どうよう》を隠しきれないレイの心に、安心とうれしさをもたらした。

「こっちにおいで」

レイは小鳥に向かい、優しい声で呼びかけ、小さく手招きをしてみる。でも小鳥は、レイと同じように首をかしげるだけで、穴のなかから動こうとしなかった。穴の中が暗くてよく見えないけれど、小鳥は少し弱っているようにも見えた。

（もしかしたら、お腹が空いているのかも……）

「ちょっと待ってね……何か、食べものを探してくるから」

レイは柔らかく微笑んで小鳥に告《つ》げると、少し駆け足になって路地裏を後にした。

▲▼

何か食べられるものが落ちていないか見渡しながら、レイはフロアのさらに奥へと進んでいった。突き当たりまで歩いていくと、ふっと、ガレージのシャッターのような仕切りが中途半端に開いているのが視界に映った。シャッターの向こうには、誰かが蹴《け》った後のように歪《ゆが》んだロッカーが並んでいるのが見える。

（何か食べられるものがあるかも……）

レイはちょうど自分の身長くらい開いている、シャッターの下を潜った。

そこは何かの工場のような面影《おもかげ》を残した場所だった。入り口のすぐそばに、赤黒い液

Floor B6

体がこびりついた洗面台がある。しかし蛇口《じゃぐち》をひねっても水は出なかった。

（喉《のど》が渇《かわ》いたな……）

よく思い出せないけれど、しばらく何も口にしていないような気がする。

室内とは思えないアスファルトのざらざらとした感触《かんしょく》の床には、汚れた作業着が散《さん》乱《らん》していて、様々な大きさの木箱が、いくつも無造作《むぞうさ》に置かれている。木箱のなかには、レイくらいなら余裕で入れるだろう大きさのものもあった。

（ここは、何かの工場だったのかな……）

薄《うっす》らと考えながら、何か食べられるものが入っていないか探るように、レイはその木箱を一つずつ開けていった。でも、どの箱の中身も空っぽだ。

「あ……」

しかし最後に、いちばん小さな木箱を開けると、そこには食べかけのポップコーンの袋《ふくろ》が入っていた。

（よかった……少ししけっているけど、まだ食べられそう。小鳥はポップコーン、食べるかな……？）

レイはほっと胸をなで下ろしながら、ポップコーンがこぼれないよう慎重に、そのお菓子の袋を肩からかけている黒いポシェットのなかにしまった。そして腰を上げ、小鳥の元へ戻ろうと思ったとき、ブーツの裏に、くしゃっと虫を踏《ふ》んだときとは違う感触があった。ブーツをのけ、踏んでしまった何かを拾い上げる。それは、誰かが丸めて捨てたのだろうか、くしゃくしゃになった新聞の記事だった。


『連続殺人鬼《れんぞくさつじんき》』

——××年××月××日××州××の工場で、ジョン・スミシー(26)の遺体が発見された。

切り傷から、この街を騒《さわ》がしている連続殺人鬼のしわざと見られている。

この工場で働いていたジョン・スミシーは勤勉《きんべん》で真面目《まじめ》な好青年《こうせいねん》であった。

事件が起こったのは「明日、新車が届く」とうれしそうに同僚《どうりょう》に語っていた翌日のことである。

——脈略のない殺人は、街を恐怖に陥《おとしい》れている。


——殺人鬼……。

(さっきから、こんな記事ばかり見かける……。何かこのビルと関係があるのかな……?)

そのおぞましい記事を読みながら、ふと、そんな嫌な予感が頭のなかを巡る。

そのとき、ピィピィと、レイを呼ぶような小鳥の声が、遠くのほうから聞こえた。

――そうだ……はやく、小鳥の所に戻らないと……。

いっきに興味が失《う》せたように新聞記事を床に落とすと、レイは小走りに路地裏へと戻った。

▲
▼

ピィピィ……――路地裏では、自分の居場所を知らせるように小鳥が鳴き続けている。

(待っていてくれたのかな……?)

小鳥が同じ場所にいたことに少しほっとしながら、レイはポシェットからお菓子の袋を取り出し、両方の掌《てのひら》にポップコーンを二、三粒《つぶ》ずつ乗せて、小鳥のほうへと差し出した。小鳥は食べものの匂いに誘われるように、おそるおそる穴から出てくると、ちょこんとレイの掌の上に乗り、うれしそうにポップコーンを突《つつ》いた。

「全部食べてもいいんだよ」

（……可愛いな）

レイは小鳥が一生懸命にポップコーンを食べるかわいらしい様子を、微笑《ほほえ》ましく見つめた。昔から可愛いものが好きだった。可愛いものと一緒にいるだけで、なぜだか不思議なくらいに心が安《やす》らいでいくのを感じる。

（あの子犬も……可愛かったな……）

小鳥を見つめながら、レイはふと、飼っていた子犬のことを思い出す。

（ああ、そうだ……そういえば私は、子犬を、飼っていた……）

――もしかして、ちょっとずつ、記憶が戻ってきているのかもしれない……。

でもまだ、どうしてここへ来たのかも、自分がいったいどんな人間なのかも、レイはよく思い出せない。思い出せるのは、自分の名前、年齢、カウンセリングを受けに来たこと……、そして、見知らぬ誰かの殺人現場を見たことだけだ。

レイは浮かんでくる嫌な記憶を振り払うように、掌の上で夢中になってポップコーンを突く柔かそうな小鳥の身体を撫でようとした。

「あれ、ケガしてる……？」

しかしはっとして、片方の翼《つばさ》が、まるでついさっき鋭い刃物で切られたかのように、血に塗《まみ》れていることに気がついた。

（痛そう……それに、これじゃ、飛べない）

――……治して、あげないと。


レイは掌の上の小鳥を、そっと自分の膝《ひざ》へと降ろした。

「大丈夫、じっとしていて」

そしてポシェットのなかに入っていた救急セットから、包帯《ほうたい》を取り出し、大事なプレゼントを包むように、小鳥の身体《からだ》に巻いていった。

「……これで、大丈夫」

きれいに包帯を巻き終えたとき、――カラン……と、またあの不気味な音が今度はすぐ近くから聞こえてきた。その瞬間レイの手の中では、何かを悟《さと》ったように小鳥がふるふると震《ふる》えだす。

「……大丈夫、怖くないよ。一緒にここから出ようよ。……ね?」

けれどレイはその不穏な音の接近《せっきん》を気にもとめず、その暖かい身体を撫でながら、柔らかく小鳥に笑いかける。しかし小鳥は、不自然なほどに怯《おび》えながら、レイの手のなかからするりと落ちるように抜け出した。

「ダメだよ、逃げちゃ」

上手く飛べないまま、音のほうへ進んでいく小鳥を、レイは追いかける。

「ほら、こっちにおいで」

そして微笑《ほほえ》みながら小鳥に手を伸ばしたそのとき、だった——。

目の中で、真っ白い小鳥の身体が、真っ二つに弾《はじ》け飛んだ。

赤い液体が、放射線《ほうしゃせん》を描いてレイの頬《ほお》へと跳ねる。その、まだ温かい血液が、白い頬を伝い、ぽとりと床に垂《た》れ落ちると、一瞬の静寂《せいじゃく》の後、激しい哄笑《こうしょう》がレイの鼓膜《こまく》を貫《つらぬ》いた。

「ヒャッハハハハハ！」

突然の出来事に、ただただ茫然とするレイの目の前には、細く、背の高い男が、狂気《きょうき》的《てき》な笑みを浮かべて立っていた。男は薄汚《うすよご》れた赤いズボンを穿《は》いて、大きな矢印の模様《もよう》が描かれた黒いパーカーのフードを頭に被《かぶ》っている。そして左手には、人など簡単に殺してしまえるのだろう、死神が担いでいるような大きなカマが握られていた。

しかし男の顔はよく見えない。なぜなら男の顔や肌は、何かを隠すように、分厚い包帯でぐるぐる巻きに覆《おお》われていたからだ。

——……誰？

その異様な男の姿に、レイは思わず後ずさりした。

「今、お前は、満ちた顔をしやがったな」

そんなレイを見て男はニヤリと不敵《ふてき》に笑う。

そして、自分よりもずいぶんと背の低いレイを、見下ろしながら、

「でも今は絶望だ……！」

そう鼓膜が破けそうなほどの大声で言い放《はな》つと、一歩ずつ出会ったばかりのレイへと歩み寄っていく。なにやら楽しくて仕方のない様子の男の脳裏《のうり》には、小鳥に微笑みかけるレイの顔が浮かび上がっていた。それはまさに、男が思う満ちた顔で、そして同時に、生贄《いけにえ》であるレイの存在を、はっきりと認識《にんしき》した瞬間だった。

——……何？

絶望という言葉に、レイの心には、ふっと殺人現場の様子が蘇り、身体がこわばる。あの光景はそう……きっと、絶望以外の何ものでもなかった。

——だけど知らない人が殺されたら、絶望を感じるのかな……？

（わからない……思い出せない）

何かを思い出そうとすると、どこから湧いてくるのかもわからない、得体《えたい》の知れない恐怖がレイの心を支配していく。

「今からお前に、三秒くれてやる。だからさぁ、逃げてみろよ？　そして泣いて叫んで命ごいをしろ！　もっと見せろ、絶望の顔を！」

男は、その青く澄《す》んだ目をじっと見つめながら、明らかに混乱した様子のレイに向かい、高笑いをしながら叫ぶように告げる。

レイは何が起こったのか、何が起こっているのか、よくわからなかった。ただ、小鳥が真っ二つに裂《さ》けた映像だけが、目蓋《まぶた》に焼き付いて離れない。

「3……」

けれど何が起こっているかなんて考えている暇はなかった。

(逃げ、なきゃ……!)

レイはふと我に返ったように、数を数え始める男に背を向けて逃げ出す。

そして瞬時に、唯一、心当たりのあった隠れられる場所を思いつくと、全速力《ぜんそくりょく》で、そこへと駆けて行った。

▲▼

「……あぁ?　あいつ、どこへ行きやがった……?」

バァンッ、バァンッと苛立《いらだ》ちながら、男が木箱を蹴る音がフロアに響《ひび》く。

(きっとアレは、記事に書かれていた殺人鬼……)

レイはさっき、小鳥の餌《えさ》を見つけた工場のような部屋の、大きな木箱のなかに隠れ、小さく猫のように丸まりながら、ぎゅっと目をつむっていた。

（……まぁ、どっかに隠れてるのはわぁってんだ……）

「こんな箱、全部、ぶっ壊すか」

（……！）

その独り言に、レイは思わず目を見開く。

（……神様――）

もうこうなったら、男に見つからないことを、祈ることしかできない。

しかし、その祈りはむなしく、男は放った言葉の通り、バンッバンッと豪快《ごうかい》な音を響かせながら目についた箱を順々《じゅんじゅん》に斬《き》りつけていく。もちろんそれは、いま自分が身体を忍ばせている箱も例外でないだろうことは、怖いくらいにわかった。

（……ッ）

男がこちらに来る気配を感じ、レイは声が漏《も》れないように口元を押さえながら、反射的に木箱の側面に身を寄せる。だが、死角《しかく》になっていたのだろうか――男はレイの隠れている木箱を斬りつけなかった。

「くそっ、どこにもいねぇじゃねえか！　……見つけたら容赦《ようしゃ》しねえ！」

木箱のなかでふるふると震えるレイをよそに、男は暴れまわるように、無作為《むさくい》に木箱を斬りつけたあと、そう吐き捨て、どこかへ戻っていった。

だんだんと足音が遠ざかっていくと、レイは少し怯えながらも木箱からこっそりと顔を出し、辺りを確認した。

（行った、のかな……？）

もう男の姿は見当たらない。

（アレに見つかる前に、ここから出ないと……）

――捕まったら、たぶん……殺される。

レイの脳裏には、赤黒い血が、四方八方《しほうはっぽう》に飛び散る様子が蘇《よみがえ》る。そのとき、ピイピイ……と、もう鳴くはずのない小鳥の鳴き声――幻聴《げんちょう》が聞こえた。

（そうだ、小鳥……）

――小鳥のところへ、行こう……。


「…………」

あの恐ろしい男に見つからないよう、警戒《けいかい》しながら恐《おそ》る恐《おそ》る路地裏へ戻ると、そこには二つに裂けた小鳥が血だまりの中に転がっていた。さっきまで生きていたことが嘘《うそ》みたいに、もう息をしていない。

（酷《ひど》い……）

「……おいで。連れて行ってあげる」

レイは二つに裂けた小鳥を、そっと掌の上に抱き上げた。小鳥の身体は、表面は少し硬くなっているものの、まだ柔らかくてほんのりと温かい。それはまるで、少し冷めたパンのようだと思った。

（せめて、埋めてあげたい……）

辺りを見回すと、まるで用意されていたかのように、大きなシャベルが壁に立てかけられているのが視界に入る。レイは一旦《いったん》、小鳥を掌から降ろすと、その重たいシャベルで、地面に小鳥が入れるくらいの穴をいそいそと掘った。

けれど小鳥を再び抱き上げて、穴のなかへ埋葬《まいそう》しようとしたそのとき、心のなかに、なにか奇妙《きみょう》なざわざわとした違和感が込み上げてきた。

――……違う。

そして、みるみるうちにレイの目は、世界の終わりを映すような透き通った青色に変わっていく。

（……違う――……この小鳥は違う……）

こんなのじゃ、なかった。こんな姿じゃない。こんな、可哀想《かわいそう》じゃない。

心のなかでそう唱えながら、レイは透き通った青い目を見開き、真っ二つに裂けた小鳥の身体を見つめる。その残虐《ざんぎゃく》な姿は、レイが可愛いと思った小鳥ではなかった。

（……元の小鳥に、治してあげないと）

小さく指先を震わせながら、レイはとっさに肩から下げているポシェットから裁縫道《さいほうどう》具《ぐ》を取り出す。それは人形を作るために、レイがいつも使っている裁縫道具だった。

「大丈夫だよ、もう痛くないから……」

レイは口元だけで微笑み、裂《さ》け目《め》を合わせると、慰《なぐさ》めるように小鳥の身体を何度も撫《な》でた。

（……このままじゃ、天国に行っても飛べない）

それにあの小鳥は、もっと可愛かった。

――だから、

「私の小鳥に……直してあげる――」

そうつぶやき、レイはまた口元だけで小さく微笑む。それから大きな針と羽のように白い糸で、真っ二つに裂けた小鳥の身体を、元通りになるように丁寧に縫《ぬ》い付けていった。誰に教えられたわけでもないけれど、小さい頃から裁縫《さいほう》は得意だった。レイは目を見開き、いま自分の置かれている危険な状況を忘れてしまうくらいに集中して、裂けた小鳥の身体を、ザクザクと手際《てぎわ》よく縫いつけていく。そうして小鳥の身体は、ものの数分で、縫い目はあるものの原形を取り戻した。

「……ほら、キレイにくっついたね」

さっきよりも少し体温が低くなった小鳥を撫でたあと、レイはその身体をそっと穴のなかに埋めた。するとその傍《かたわ》らに、きらりと光るものが見えた。

何だろうと思い、土の表面をすくうように拾い上げると、それは何かのカードだった。

(誰かが落としたのかな……？)

もし、あの男が落としたのだとしたら——エレベーターのカードかもしれない……。

ふと、そう思いついたそのとき、再び——カランと、空き缶を蹴飛《けと》ばしたときのような、不吉な音が鳴り響いた。

(……！　早く、出口を探さなきゃ……！)

もう、この音が何を示しているのか、すぐに理解できた。小鳥が吐き出したカードを羽織《はお》っている白い上着のポケットに入れ、レイはすばやく立ち上がった。だがその瞬間、頭上から昂《たかぶ》った笑い声が聞こえてきた。見上げると、フロアを巡る太い排水管《はいすいかん》の上に、その男は立っていた。そして、排水管の上からひょいと飛び降りてくると、先程のパーカーのフードを深く被った男は、出口をふさぐように立った。

「やぁーっと見つけた……」

怯えた様子のレイを見つめ、男は肌を覆うように巻かれた包帯の裏で、出会ったときと同じようにニヤリと不敵に笑う。そして包帯の間から見える目をカッと見開き、レイに向けてその大きなカマを振りかざすと、悪魔のように高笑いをしながら、叫んだ。

「今度はもう……一秒も待ってやらねぇよ——!!」

〝——そのフロアの者に殺されたくなければ、別のフロアへと上がるほかない。〟

そのときレイの脳裏には、あの落書きの最後の文章がくっきりと浮かんだ。

(……逃げ、なきゃ。はやくここから出て……家に帰らなきゃ)

——だって、お父さんとお母さんが、私を待っている……。

そう思うのに、どうしても足が竦《すく》んで動けない。レイの脳裏には、お父さんとお母さん、ふたりがソファに座って仲むつまじく手を繋《つな》いでいる光景が、浮かんでは消える。

「さあ、絶望の顔を見せろ!!」

不気味にも感じるような表情で小鳥を縫うさっきまでの少女は、もうそこにはいなかった。ただ立ち竦むレイに、男は容赦なくカマを振り上げる。

（どうしよう……！）

絶体絶命の危機を感じたそのとき、背後の壁に、ブレーカーのようなものがあるのが目に入った。

（これ、もしかして……）

とっさの判断で、レイはブレーカーに手を伸ばすと、躊躇《ちゅうちょ》なく全てのスイッチを落とした。すると思った通り、照明が落ち、フロアのなかが真っ暗闇に包まれた。

「あぁ?! 何だよコレ、何も見えねぇ！」

殺そうと思った矢先の事態に、男は苛立ちながら声を荒らげる。

（今のうちに、上に上がろう……！）

ようやく意識を取り戻したように、レイは暗闇のなか、ＥＶ《エレベーター》通路と書かれていたドア……非常口まで、微かな緑色の光を頼りに走った。

「おい、どこ行きやがった！」

暗闇に男の怒声が響き渡る。

（追いつかれるっ……）

その声から逃れるよう、小さくはぁはぁと息を切らしながら、レイは持てる限りの力を使い、走った。

走っている最中、レイは無意識《むいしき》に、家族のことを思い返した。でも無我夢中《むがむちゅう》で手足を

Floor B6

動かすにつれ、その記憶は、まるで月に雲がかかっていくようにぼやけていく。

それからどうにか非常口まで辿《たど》り着くと、EV通路《エレベーター》と書かれたその扉には、カードの差し込み口があった。

（——やっぱり）

レイは急いで、ポケットからさっき拾ったカードを取り出すと、差し込み口に挿入した。

扉が開き先へ進むと、表記通り、通路の奥にはエレベーターが見えた。軽い眩暈《めまい》を起こしながらも、レイはエレベーターに駆け込み、何も考えずにB5と書かれたボタンを押した。

「はぁ……はぁ」

無事に男に追いつかれることなく、エレベーターのドアが閉まる。レイは、息を荒くしながらその場にへたり込み、ぎゅっと目をつむった。

（——アレは、いったい、何……？）

新聞に書かれていた、連続殺人鬼——という言葉がレイの脳裏に浮かび、滲《にじ》んでいった。

FLOOR B5

Floor B5

酷《ひど》い眩暈《めまい》を感じながら、レイはエレベーターから降《お》りた。呼吸を整えるように息を吸うと、消毒液《しょうどくえき》のにおいがつんと鼻腔《びくう》をくすぐる。

（ここは、病院……？）

霞《かす》む視界に広がるのは、あの男がいたフロアとは正反対の、とても清潔《せいけつ》な、目が醒《さ》めた場所《ばしょ》を思わせる病院のような場所だった。でも目が醒めたときのフロアとは少し雰囲《ふんい》気《き》が違う。あのフロアからは生気のようなものは微塵《みじん》も感じられなかった。でもここには、誰かがついさっきまで働いていたような生々しさが漂っている。なぜなら床ひとつ見ても、塵《ちり》一つないくらいぴかぴかに磨かれていて、それは明らかに誰かが掃除をした後のようだったからだ。

しかし電気がついていないせいで、とても暗い。

唯一、受付と思わしき場所に置かれている大きなコンピューターだけが、青白い光を放っている。

その青白い光に吸い寄せられるように、レイは受付のなかにすたすたと入っていった。

受付の奥に置かれている背の高いガラス棚には、何かの薬のビンが不気味《ぶきみ》なくらい整《せい》頓《とん》されて並べられている。それらはまるでディスプレイされているかのように、小さな電球に照らされ、きらきらと光っていた。

光を放《はな》つコンピューターの画面には、リアルな眼球の画像がスライドショーみたいに次々と表示されている。

(気持ち悪い……)

コンピューターの傍《かたわ》らに立てかけられている小さなアナログ時計は、昼なのか夜なのかわからないけれど、八時辺りで止まっていた。

(八時……)

ふっとレイの脳裏《のうり》には、その時計と同じ時刻を示す時計の映像が浮かぶ。でもそれは、目の前のアナログ時計とは違う、かわいい小鳥のモチーフが施《ほどこ》された壁掛け時計だ。

(私の部屋にあった時計……?)

——そんな気がするけど、思い出せない……。

そしてなぜだかふっと、思い出すのがこわいような気がした。

(とにかく今は、アレに見つかる前に、はやくここから出る方法を探さないと……)

きっと見つかったら、殺される。今もう一度、あの殺人鬼に追いかけられたら、逃げ切れる自信はなかった。

(何か、このビルの地図みたいなのがないかな……)

ごくりと息を呑《の》み、レイは探るように、目についた引き出しを開けていく。

けれどこのビルに関するものは見つからず、引き出しに入っていたのは、どれもカルテと呼ばれるものだった。カルテには、おそらく患者さんの情報や症状などが書かれているのだろう。しかし、虫が這《は》ったような筆記体みたいな文字で綴《つづ》られていて、内容は解読できそうもない。

（ここには、何もなさそう……）

少し落胆しながらレイが受付から出た、その瞬間だった。

診察室《しんさつしつ》と書かれた扉がシュッと開き、背の高い誰かが、明らかにレイをめがけて歩いてきた。

（……！）

その誰かが誰なのかわからない。でもその瞬間、レイは反射的に逃げなければいけないと感じた。けれどレイが駆《か》け出そうとすると、すぐにその声の主は、レイの名前を呼び、その華奢《きゃしゃ》な腕《うで》を掴《つか》んでそれを阻止《そし》した。

「待つんだ、レイチェル！　僕だよ」

そうして、やや強引に腕を引っ張るようにして、レイを自分のほうへとぐいと向かせた。

（私の、名前――？）

「レイチェル、僕のことを忘れたのかい？」

「……え？」

その言葉に、レイは少し目を丸くする。自分の名前を呼ぶその男性は、さっきの男とはちがう、優しげな顔をしていた。

「ほら……僕が君を診察していたじゃないか。よく思い出してごらん？」

（……──診察？）

「僕は君の、カウンセリングの先生だったじゃないか！」

その瞬間、レイの耳のそばで、リン──……と、澄《す》んだ鈴《すず》の音が響いた。その鈴の音はきっと、目が醒めたときに耳の中で鳴ったのと同じ音だった。

「……私の診察をしてくれていた、先生……？」

「うん、そうだよ。僕は君の担当の、ダニー先生だ」

（ダニー……先生……）

それは確かに聞き覚えのある名前だった。そしてレイは仄《ほの》かに、カウンセリングに通っていたときのことを思い出す。

──そう……いつも……カウンセリングルームで、私を診療してくれていたお医者さんは、真っ白な白衣を着て……眼鏡《めがね》をかけていた……。

微《かす》かに蘇《よみがえ》るその容姿《ようし》は、目の前にいる人物と一致《いっち》している。

「……ダニー、先生……。私の、カウンセリングの先生……」

Floor B5

どうにかして記憶を呼び覚ますように、レイは唱える。でも、カウンセリングルームの風景を思い浮かべることはできても、診察してくれていた精神科医《せいしんかい》の顔を、はっきりと思い出すことはできない。

――……でも、あれはきっと、ダニー先生……だった。

「レイチェル、少し混乱しているね。まあ、無理もない……。ここは、恐ろしいところだからね。だけど安心して。僕は確かに、君の先生だ。……ね？」

まだ少し、怯《おび》えた様子のレイを安心させるように、ダニーはにこりと微笑《ほほえ》みかける。

（……先生は、私をカウンセリングしてくれていたとき、いつもこんなふうに微笑んでいた気がする……）

「…………はい、先生」

薄《うっす》らと、その優しい微笑みを思い出すと、一瞬ふっと力が抜けていくような感覚になり、レイはようやく目が醒めたときのようなうつろな目でダニーを見つめた。

「あぁ、思い出してくれてよかったよ。それに……無事だったんだね。でも、君は賢《かしこ》いから、ここまで来られると思っていたんだ」

そう言うと、ダニーはふと黙り込む。それから、レイの澄んだ青い目を見つめ、何かを考え込んだような表情を見せた。

「……先生は、どうしてここにいるの？」

その表情を、少し怪しげに見やり、レイは訊《き》く。

「僕は……気がついたらここにいたんだ。出口がわからなくてね、長い間ここにいるけど、このフロアにはもう、僕の他には誰もいないよ」

少しだけ考えたような仕草《しぐさ》をしたあと、辺りを見渡しながらダニーは答えた。

（誰も、いない……）

思い返してみれば、確かにB7には誰もいなかったし、B6にいたのもあの死神のような男だけだ。

「ねえ先生、私、すごくこわい……。さっきも追いかけられたの……。ここは、何……？」

小さく肩を震《ふる》わせながら、レイは訊いた。いつか見たこわい映画に現れそうな、あの殺人鬼と思わしき男の狂気的《きょうきてき》な笑い声が、耳のなかで木霊《こだま》する。

「レイチェル、君を追いかけてきたのは、おそらく……殺人鬼だよ。恐ろしいけど、ここはまるでゲームの中のような場所なのかもしれない。殺人鬼に追われて、捕まれば殺される……。追われるのはいけにえ、なんだとさ」

「……いけにえ？」

レイはふっと、B7からB6へ上がるエレベーターのなかで聞こえた放送を思い出す。あのとき、よく聞き取れなかったけれど、――いけにえ、という言葉が、含まれていたような気がする。

「詳しいことは僕にもわからない。でも、とにかく一緒に行こう。できることなら、僕は君と一緒に生き残りたい」

少し冷えたレイの手を取り、ダニーは穏やかに微笑みかける。

「うん……」

（——先生も、いけにえ……なのかな？）

——天使か、生贄か。

なんだか懐かしいようなダニーの微笑みを見つめながら、レイの心には、その呪文《じゅもん》のような問いかけが薄っすらと浮かんだ。

▲▼

それからふたりは、深い海の底にいるような静寂《せいじゃく》の中を進んでいった。

突き当たりの見えない廊下《ろうか》を見据《みす》え、ダニーはまるで見知った場所を歩くようにすたすたと進んでいく。その様子には、微塵《みじん》の迷いも感じられなかった。

「先生は、ここに長い間、閉じ込められているの……？」

その、閉じ込められているとは思えない優雅《ゆうが》な様子に違和感を覚えながら、レイはダニーの顔を見上げ、訊いた。

「そういうことになるね……。レイチェル、出られるか不安かい？」

「先生と一緒だから、大丈夫……」

息を吐くような声で、レイは言った。けれど本当は、そんなこと思っていなかったかもしれない。無意識《むいしき》に、そう言わなければいけないような気がしたのだ。

「うん、そうだね。たとえ出られなくたって、ふたりでゆっくり過ごせば何か良いことが起こるかもしれない。レイチェルにも、僕にとっても良いことが、ね。あぁ、僕は、君が来てくれて、ほんとうにうれしいよ」

何かを思い出すような表情で、ダニーはレイに視線を送る。

「……？　うん」

その視線に、レイはほんの少し、こわさのようなものを感じた。

（先生……こんなふうだったかな？）

カウンセリングを受けていたことは、ぼんやりと思い出せる。でもレイは、ダニーと

Floor B5

何をしゃべっていたのか、何のためにカウンセリングに通っていたのか、記憶の欠片《かけら》さえも取り出せないままだった。

しばらく薄暗い廊下を歩いていくと、目の前には、突如《とつじょ》、厚い硝子《ガラス》の壁が立ちはだかった。

「……行き止まり」

レイはため息《いき》のようにつぶやく。まるで不思議な絵画を見ているみたいに、硝子の壁の向こう側にも、長い廊下が続いているのが見える。

「うん、この向こうへは行けないんだ……。この硝子はとても頑丈《がんじょう》だから」

少し困ったような顔をして、ダニーは硝子の壁をコンコンッと手の甲で叩く。

「そう……」

(……だから、長い間、閉じ込められているのかな?)

ふと、そんな考えが浮かんだそのとき、

「なんだか、君と僕のふたりで、閉じ込められているみたいだね?」

硝子の壁の向こうを見つめ、楽し気にダニーは言った。

「……え?」

緊張をほぐすための冗談《じょうだん》かもしれない。でもその言《い》い様《よう》は、あまりにも不自然なように思えた。

——だって先生はさっき、私に、君とここから出たいと、言っていたのに……。

「……さあ、レイチェル、あの部屋を案内しよう。鍵《かぎ》は開いているから、扉を開けてごらん」

小さく眉《まゆ》をしかめるレイから視線を逸《そ》らし、ダニーは来た道を振り返ると、通り過ぎた扉を指差し、そう囁《ささや》いた。

▲▼

「ここは、特別な患者さんの部屋だったんだ」

その部屋には、真っ白なスチールベッドが一つだけ、高い柵《さく》に囲われるような形で置かれていた。ベッドはきれいに整えられているけれど、なんだか血なまぐさいような臭《にお》いを放っている。ベッド脇に配置されている点滴《てんてき》には、まだ何らかの液体が残っていた。

（これは……？）

枕元には、緊急用と書かれたボタンが設置されている。でも目を凝《こ》らすと、そのボタンはもう押されていて、中央が小さくひび割れていた。

「先生は、その患者さんに会ったことがあるの？」

その奇妙《きみょう》なひびを見つめながら、レイは訊いた。

「うん。でも僕が来てすぐに、亡くなったんだ」

「どうして？」

「病気だよ」

「治療してあげなかったの？」

「僕は……精神科医だからね。心の病気を治すサポートしかできないよ」

（心の病気……？）

——私は心の病気だったの……？

きっとそういうことになるのだろうが、ここに来る前のことはほとんど何も思い出せない。だからレイは今、自分がただの普通の少女としか思えなかった。

「……先生は、私の何をカウンセリングしていたの？」

「本当に思い出せないかい、レイチェル？」

まるで大事なものを失いかけているような不安な表情で、ダニーはレイの目を凝視《ぎょうし》する。

「……うん」

「そうか、でもじきに思い出すさ……。ほら、それよりこれを読んでごらん」

ダニーは、そのレイの返答に少し切なげな表情を見せたあと、文章が綴られた壁を指差す。


〝自分の望みを知っているか〟

〝欲望を知っているか〟

〝それが本能であるならば抗《あらが》う意味など無いに等しい〟

〝なぜならそんな意味すら、ここにいる君は持たないのだから〟

〝ただし望みには対価がいる〟

〝ルールは破らぬように〟


「壁の文字には、何か意味があるの……?」

レイは、下の階で、これまで読んだ文章を思い出す。それらは全部、この文章と同じような筆跡で書かれていた。

「うん、そうかもしれない。最近、気がついたんだけど、ここにはきっとルールがあるんだ。例えば、君を襲《おそ》った奴はここまでは追いかけてこなかった」

（……ルール）

その言葉に少しはっとする。考えてみれば、もうB５へ続くエレベーターへの扉は開いているのだから、あの男が追いかけてきているなら、もうとっくに追いついている頃だ。でもあの男が追いかけてくる様子はまるでない。

（それは、ルールがあるからなのかな……？）

「じゃあ、この望みっていうのは？」

考えながら、レイは訊いた。

「さぁ。それは人によって違うだろうね。でも……そうだな。僕なら……キレイな目が欲しい。僕は右目が良くなくてね……。色も嫌いなんだ。君のような目が僕のだったら、それはそれは素敵《すてき》だろうね」

まだ少女の幼さを残したレイの整った顔を見つめながら、ダニーは静かに答えた。

（目の色が、嫌い……？）

レイの目に映るダニーの右目は、確かにあまり輝《かがや》きはないものの、普通の目と変わらないように感じる。

――キレイな目が欲しいって、どういう意味なんだろう……。

疑問が浮かんだそのとき、視界の隅に、ふっと小さな窓が映る。レイは何か得体《えたい》の知れない不安を感じながらも、窓へと駆け寄った。光は差していない。覗《のぞ》いてみても、外への奥行きはなく、何も見えなかった。そして窓には、人が爪《つめ》で思い切り引っ搔《か》いたような傷が、いくつも残っていた。

「レイチェル、これが何の傷かわかるかい?」

そっとレイに近づき、そう問いかけながら、ダニーはその窓の傷をゆっくりとなぞる。

レイは小さく首を振った。

「……ヒント。この傷をつけたのは患者。——さぁ、この傷の意味は?」

(傷の、意味……?)

「……わからない」

小さくレイは答える。そんな問題、いくら考えてもわかるはずがなかった。

怪訝《けげん》な表情になるレイに、なぜかダニーは満足げな表情を浮かべる。それはまるでレイが、その回答を知らないことを喜んでいるようにも見えた。

「それでいいんだよ。そんな患者のもたらした傷の意味など、君はわからなくていいんだ」

そうしてダニーは、いつもの柔らかい表情で諭《さと》すように言った。

「先生は、答えを知っているの……?」

レイは静かに訊《たず》ねた。ダニーの口ぶりはまるで、その答えを知っているようだったからだ。

「さあ、知りたくもないよ。そんなことより、出口を探しに行こう」

けれどダニーははぐらかすように、にこやかな笑顔を作り、誘導《ゆうどう》するようにレイの手を握った。

（……あ）

しかしそのとき、壁にまた文字のようなものが書かれているのが、レイの目に飛び込んできた。

「先生、あの壁にも、何か書いてある気がする」

レイはとっさにダニーの手を振り払い、その文字の元へ駆け寄った。

――…けて　助……　…い　怖…
――三人……のに　こ…にいる……私…け
――…しにくる　殺…………　………うち、…だけが……れる

目を凝らすけれど、ほこりをかぶっていて、何が書いてあるのかほとんど読めない。

レイはとっさに壁に手を伸ばし、積もっているほこりを払おうとした。

――しかしその刹那《せつな》、

「やめなさい！　目にゴミが入る！」

ダニーはこれまでの穏やかな表情を一変させると、怒鳴るようにそう言い放った。そして後ろから、レイの腕を激しく摑み、その壁からすばやく引き離した。

（…………?!）

——先生、痛い。

とっさにそう言いそうになったけれど、レイははっとして口をつぐんだ。なんだかそれを口に出すような雰囲気ではなかった。だってダニーの様子は、さっきまでとは明らかに違う、異常さを秘めていた。

「レイチェル、君は、目を大事にしなさい。僕が欲しいと願うくらい、とてもキレイな目なんだからね」

諭すように言いながら、ダニーはまるで宝石の原石を見つめるように、レイの青い瞳を、自分の目になかなかに映す。

「でも、壁に何かが書いてある……」

その、少し過剰《かじょう》なダニーの言動にとまどいながらも、レイは再び壁に目をやった。

「それはきっと、患者さんのつまらない弱音のようなものだよ。普通の人間の、心のグチさ」

「先生は、読めるの……？」

「いや、僕は、片方の目が良くないから……。でも、きっと下《くだ》らないことだよ。さぁレイチェル、少し目が疲れただろう。僕の部屋でお昼寝でもしたらどうかな」

「今、昼なの？」

お昼寝、という言葉にはっとして、レイはつぶやくように訊いた。

「……本当だ！　そんなところに気がつくなんて、賢いね、レイチェルは」

しかしダニーは、またレイの質問をはぐらかすように、にこりと笑った。

「……昼、なの？」

その態度になんだか不信感を覚えて、レイはもう一度訊いた。

「そうだね、レイチェルが昼だと思うなら、昼なのかもしれない」

「どういう意味？」

「さぁ、僕にもわからないよ。もう長い間ここにいるからね、あまり時間の感覚がないんだ。さあレイチェル、とにかく僕の部屋に行こう」

▲
▼

ダニーは半《なか》ば強制的にレイの手を引いて病室を出ると、廊下を曲がって、いちばん突き当たりにある扉の前へと連れて行った。

「ここの鍵はね、ここに来てすぐに見つけたんだ」

そして、白衣のポケットから小さなカードを取り出し、扉を開ける。

（さっきのカードと、似てる……）

レイはふと、小鳥を埋めたあとに拾ったカードのことを思い浮かべる。あれでエレベーターへと続く通路の扉が開いた。

――特別な患者さんの病室も、この鍵で開けたのかな……？

「ここは手術室《しゅじゅつしつ》……？」

考えながら、入り口から中を見渡すと、そこは本格的な手術室のような部屋だった。

壁に置かれてある無機質《むきしつ》なステンレスの棚の上には、様々な器具が散らばっていて、目を凝らすと、器具には血痕《けっこん》のようなものが付着しているのが見える。

（もう、使われてないはず……）

少し顔を引きつらせながらも、レイは手術室へと入った。

「僕はいつも、ここで過ごしているんだ」

誰かが引っ掻いたような痕跡《こんせき》の残る薄緑色《うすみどりいろ》の手術台をさすり、ダニーはにこりと微笑む。

「……少し、こわい」

その鼻を抉《えぐ》るようなにおいや、辺りを見回しながら、レイは生理的にそう感じた。

「そうかい？　そんなことないよ、普通の部屋と変わりないさ。それより……レイチェル、君の目……よく見せてくれないか？」

ほんの少し震えているレイににこやかに近づくと、ダニーはその小さな顎《あご》を指でクイっと掴み、青い目の中を凝視した。それから切なげに、詩を朗読《ろうどく》するように言った。

「あぁ、レイチェル……本当にキレイな目だ……。なのにすっかり、恐怖に怯えた目をしてしまって……まるで普通の目のようで……僕は悲しい。君の、本当にキレイな目を見たい……。この悪夢から目を覚ませば、君の瞳に映る、あの青い月のような美しい静けさは戻ってくるのかな……？」

（悪夢……？　——普通の、目……？）

ダニーの言っていることが、レイにはよくわからなかった。

「ねぇレイチェル……僕はね、その瞳のそばで生きていたいと、いつも思っているんだ」

レイの目の周りをそっと撫《な》でながら、ダニーは少し、泣きだしそうな目で微笑む。

「先生……？」

（先生は、どうして私の目が普通だと悲しいの……？）

わからない……——それに、さっきまでとは、先生の様子が違う気がする……。

急に、鬱蒼《うっそう》とした不安が襲ってくる。レイは本能的《ほんのうてき》に、ダニーから離れるように後ずさりをした。

「あぁ、ごめんね。ずっと一人で、過ごしていたから、変な独り言を言う癖《くせ》がついてしまったのかな」

淡々《たんたん》と言いながら、ダニーは手術用具と並んで棚の上に置かれているコーヒーメーカーに残っていた真っ黒なコーヒーをカップに入れると、そっと口をつけた。

「あぁ、そういえば……僕、奥の部屋に忘れ物をしたみたいだ」

そして、口元を薬指でぬぐいながら、思い出したように言った。

「忘れ物……?」

その唐突《とうとつ》な台詞《せりふ》に、レイはきょとんとした顔をして、猫背気味《ねこぜぎみ》のダニーの後ろ姿を見つめる。

「でも奥の部屋は、とても暗いんだ……。僕は目が良くないから、きっと見つけられないな……。ねぇレイチェル、奥に行って、僕の忘れ物を持ってきてくれないかい?」

「何を忘れたの……?」

「覚えてないかい?」

ダニーは、柔らかく笑って訊き返した。

「…………わからない」

レイは首を振った。

「そうだね……ヒントをあげる」

――『僕の瞳はアレキサンドライト』

ダニーは少し目を伏せて、楽しげに口元に人差し指を当てると、呪文を唱えるように言った。

▲▼

（先生は、何を忘れたの……？）

――アレキサンドライト……ってことは、宝石？

不十分なヒントに、得体の知れない不安を募《つの》らせながら、レイは手術室から続く短い廊下を進んでいく。

するとと手術室の奥には、病的なまでに整頓された物置場のような薄暗い空間が広がっていた。青色に光る小さな電球だけが、ゆらゆらと揺《ゆ》れながら辺りを照らしている。閉まりきっていない蛇口《じゃぐち》からは、ぽた、ぽた……と、水の粒《つぶ》が定期的に滴《したた》り落ちている。この部屋には、水が通っているようだった。水はなんだか錆《さ》びたようなにおいを纏《まと》っている。

(あのコーヒーは、ここの水で作ったのかな……)

背の高いスチール製の棚のなかには、透明《とうめい》なビンに詰められた様々な種類の標本《ひょうほん》が並べられている。そのなかでも一際《ひときわ》大きい、培養液《ばいようえき》のようなものが入った瓶の中では、無数の丸いものが浮き沈みしていた。

(これ、目だ……)

「全部、青い目……」

その不気味さに、レイは思わず後ずさりする。その拍子《ひょうし》に、大きな白い箱に蹴つまずいた。ガタンという大きな音とともに箱が倒れると、その白い箱の中からは、大量の義《ぎ》眼《がん》――眼球の色は、赤、緑、青……の三色が混在していた――が、ごろごろと転がり落ちてきた。

「……レイチェル、僕の目を、見つけてくれたかい?」

その光景に心がざわつく。背後から聞こえてきたのはダニーの声だった。

「先生……、これ、何……？」

それが義眼だと理解しながらも、レイは確認するように訊いた。ダニーの忘れ物が目だなんて、そんなのは考えてもみなかった。だって暗がりのなか、きらりと光るダニーの目は、眼鏡越《ご》しに、ちゃんと自分を見ていた。

「それは目だよ。ねえレイチェル、この中のどれが、僕の目だと思う？」

（先生の、目……？）

その明らかに普通ではないダニーの問いかけと、床一面に散らばる義眼に困惑《こんわく》しながらも、レイは、自分と同じ青色の義眼を指差した。

〝──僕なら……キレイな目が欲しい。君のような目が僕のだったら、それはそれは素敵だろうね〟

（先生は、そう言ってた……）

ふっと、そのことを思い出したからだ。

「あはは、レイチェル、うれしいな。これは青い目だね。もちろん、青い目は大好きだ。君も、青い目をしている。でも僕は……この青はいらないよ。君の目に比べれば……紛《まが》い物だよ、これは。青い瞳は、君だけでいいんだ」

ダニーは一瞬、レイが指差した作り物の青い目を睨《にら》んだあと、そう語りながら、レイの目をにこにこと見つめる。けれど本当は、笑ってなどいなかった。だって今のレイの目は、ダニーが求めている目ではなかった。本来のレイの目がどんな様子だったのか、ダニーは誰よりも知っている。

「ほら、レイチェル。そのキレイな目で、僕をよく見つめて？　僕はどんな顔をしていたっけ？　カウンセリング室以外で、密会《みっかい》していたときのことを思い出してごらん」

（カウンセリング室、以外で……？）

でもレイは、ここに来る前の自分を思い出すことができない。ダニーとカウンセリング室で会っていたことすら、朧《おぼろ》げにしか思い出せないでいた。

「……先生とは、病院以外で会った記憶はない」

「……そう、だね。まだレイチェルは、僕のことを、完全に思い出せないんだね」

レイに向かい、ダニーは少し大げさに切なげな表情を見せたあと、

「……あぁ、そうだ。思い出したよ。僕の目は、そこの引き出しのなかに入っているんだ。開けてみてくれないかい？　暗くて、よく見えなくてね」

打って変わって、急にくすくすと笑いながら、棚の中の小さな引き出しを指差した。

「うん……」

なぜだか逆らってはいけないような気がして、レイは促《うなが》されるままに引き出しを開けた。引き出しの奥には、義眼が、一つだけ入っていた。そして、その義眼を手に取った瞬間、レイは思わず、それを床に落としそうになった。

thanks Rachel,
and then I'm gonna put in this, so...

（……！　この義眼……二つ、目玉がついてる）

ぴかぴかに磨かれた真っ白な眼球のなかで、赤と緑の目玉が、睨むようにレイを見ていたからだ。

「レイチェル、それが僕の目だよ。それを見ても、君は何も思い出さない？」

ダニーはそっとレイに近づき、そう耳元で囁く。

「……わからない」

レイは首だけで少し振り返り、ダニーの顔をこわごわと見つめた。

「君は……いまだに夢の中なんだね。さあレイチェル、それを貸してくれるかい？　それを着けないと、やっぱり僕は調子が出ない。君と僕のために、それを着けることが必要なんだ」

（――君が、記憶を取り戻すために……）

にこりと微笑み、ダニーは掌《てのひら》を差し出す。

（先生と私のため……？）

その言葉に、レイは眉を歪《ゆが》めながらも、義眼をダニーに渡した。

「ありがとう、レイチェル。僕は、今からこれを着けるから、少し……向こうの部屋で待っていてね？」

義眼を受け取ると、ダニーはゆるく前髪をかきあげ、右目から、着けていた義眼をゆっくりと外した。

（目が、ない……）

そのとき、レイの目にはっきりと映るそのダニーの右目は、まるでブラックホールのように黒く、空洞《くうどう》になっていた。

「逃げちゃ、許さないよ」

ダニーはその眼球のない右目で、レイを睨むように見つめた。

▲▼

手術室へ戻ったレイは、このフロアで出会ってからの、ダニーの自分に対する立《た》ち居《い》振《ふ》る舞《ま》いを、一つ一つ思い返す。

（おかしい――……）

――何も思い出せないけれど……私をカウンセリングしてくれていたときの先生は、きっと、あんなふうじゃなかった……。それだけは、わかる。

（このまま、ここで待っていて大丈夫なのかな……？）

——なんだかこわい……。

今すぐにでも、この場所から立ち去りたい。ざわざわと不気味な思いが強く込み上げてきて、レイは一旦《いったん》、手術室から出ようと扉を押す。しかしドアには鍵が掛かっていた。

(……先生が、閉めたの?)

このフロアには、先生しかいない……。先生しか、いなかった。あの病室に入院していた患者さんは、亡くなった。先生が、来てから……。

——逃げないと、逃げないとダメだ……!

「逃げなきゃ……」

思わず声が漏《も》れたそのとき、誰かがそっとレイの肩に手を置いた。優しくぽんと置かれたその手は、逃がさないと言わんばかりに、レイの肩をしっかりと掴む。

「レイチェル、どこに行こうとしたんだい……?」

そしてダニーはレイの耳元で、低く囁く。

「……先、生」

(どうしよう——……)

その声に、身体《からだ》がぞわりとする。

「さっき、逃げちゃダメだって、言ったよね? ここは……僕の、フ、ロ、ア、だよ」

「……先生の、フロア……?」

「ああ、そうだよ。だから、このフロア以外に君が逃げたら、僕の手で、君をどうにかできなくなってしまうんだ」

〝ここにはフロアごとに似つかわしい者たちがいる。〟

〝その者は自分のフロア以外からは出ていけない規則がある。〟

〝そのフロアの者に殺されたくなければ、別のフロアへと上がるほかない。〟

レイの脳裏には、その文章が蘇る。あれはきっと、ダニーが言っていたルールに違いなかった。

（……先生は、いけにえ、じゃない……）

だとしたら……？

――先生は、私を……殺す。

その瞬間、レイは無意識に声を荒らげた。

「……いや、先生……離して！」

殺されたらもう家に帰れなくなってしまう。それにまだレイは、死にたくなんてなかった。

しかしダニーはその声を無視して、レイの華奢な手首を、強い力で引っ張りながら、手術台の上へと連れていく。

「ねぇレイチェル、僕は……君の生きた目を、そばで見続けることが望みだった……。でも、こうするのは、仕方がないんだ。だって君はもう、僕の理想の〝生きた青い目〟じゃなくなってしまった……」

そしてダニーは嘆《なげ》くように語りながら、その白い両手で、手術台の上にレイを押さえつけた。

「だから、ね、レイチェル……――その目を、僕に頂戴《ちょうだい》？」

その偽物の目のなかで、赤と緑の二つの目玉が、レイを見下ろす。

（目を、あげる……？　嫌だ……こわい！）

――家に、帰りたい……！

その悪夢のような気味の悪い目を見つめながら、そう激しく願うと同時に、レイはふっと気を失った。

Floor B5

気絶している間、レイは短い夢を見ていた。

その夢のなかでレイは、リビングに置かれてあるソファに座り、お気に入りのオルゴールを聴きながら、夢中で人形を縫っていた。オルゴールが鳴りやむと同時に、人形が完成する。その人形はレイの背丈《せたけ》よりもずいぶんと大きかった。

（よかった。皆、治った……）

そして夢の中で、人形をぎゅっと抱きしめた瞬間、レイははっと意識を取り戻した。

（――夢……）

現実世界に帰ってきたことを悟《さと》ったレイは、こわごわと目を開ける。するとその華奢な身体は、手も足も動かせないくらい、頑丈な拘束具《こうそくぐ》で手術台の上に縛《しば》りつけられていた。

「……あぁ、レイチェル、目覚めたんだね」

ダニーは二色の目で、射《い》るようにレイの青い目を見つめていた。

（レイチェル……僕をそんな、ひ弱な少女のような顔で見るなんて……）

――本当に、ただの青い目になってしまったんだね。レイチェル、僕は、悲しいよ……。

「ねぇ、本当に思い出さないかい？　どうして君がここにいるのか。こんな目に遭っているのか……。そうすれば、君は君を取り戻すのに。あの素晴らしい目に戻って、僕とともに生きようよ、レイチェル……」

動かすことのできないレイの手をぎゅっと握り、ダニーは祈るようにレイを見た。それはまるで、レイが生き返るのを待っているような表情だった。

「………」

そのダニーの表情に、レイは一瞬、まるで自分がもう、死んでしまったかのような気分になった。さっき夢の中で縫っていたのと同じ、ただの人形になってしまったような気がした。

「……ダメか」

何も答えないレイに、ダニーは困ったような顔をして、悔しげに指を噛《か》んだ。

（……私は、目が醒めたらここにいた……。どうしてここにいるのかなんて、思い出せない……――もう、家に帰りたい）

「先生お願い、ここから出して。私、お父さんとお母さんの所へ帰りたい……！」

ただの少女のような切なげな目で、レイはダニーを見つめる。

「……レイチェル、それはできないよ。君の目は確かに、ただの青い目になってしまったけれど、それでも君の目は、今まで見たどの人間の眼球よりも、ずっとずっと美しいのだから……」

ダニーはレイの頰《ほお》をそっと撫で、

「それに、君はすぐにお父さんとお母さんに会えるよ……」

そう、くすくすと笑いながら言った。

「……どうして?」

「僕が今から、君を殺してあげるからさ」

「……死んだら、会えない……」

「そんなことないさ。だって君のお父さんとお母さんは……――君を、地獄《じごく》で待ってる」

リン――……。そのとき再び、レイの鼓膜《こまく》に、鈴の音が響いた。

「さぁ、レイチェル、僕を見て……」

リン――……。ダニーの言葉に反応するように、また同じ音が鳴る。音は、さっきよりも大きく澄んでいた。

音が鳴り終えると、レイの脳裏には、ふっと満月の映像が浮かんだ……。

(あの月は……)

――……あれは、青い月だった。

――不気味なくらいに、青い満月だった……。

「レイチェル……？」

そう……あの夜は……――もう一つの世界を見ているような、大きな青い満月が、窓の外に、浮かんでいた。

（……私は……）

「…………………」

音が消え、レイは長い睫毛《まつげ》を震わせ、ゆっくりと瞬《まばた》きをする。そして、記憶を失う前と同じ、世界の終わりを見つめるような青い目で、ダニーを見つめた。

「……ダニー先生」

そうしてレイは、小さな声で、けれどもはっきりとその名を呼んだ。もう、これまでの少女らしい不安な声色《こわいろ》は、そこにはなかった。それは、偽《いつわ》りのない記憶を思い出すと同時に、本来の自分を取り戻したことを伝えるような、温度のない声だった。

「あぁ……レイチェル！　僕のことを、思い出してくれたんだね?!　あぁ……君は……、君はなんて素敵な目をするんだ！」

ダニーは恍惚《こうこつ》の表情を浮かべ、ただの青い目ではなくなった、レイの瞳を見つめる。

（そう――これが、僕が求めていた目だ……。絶望も希望も映らない、ただただ美しい目……）

Floor B5

「……先生、私、……生きてちゃいけない……」

その無感情な瞳で、ダニーを見つめたまま、レイは静かにつぶやいた。

――私は……思い出して、しまった。毎日のように、先生にカウンセリングを受けていたことも……、お父さんとお母さんのことも……、あの青い満月の夜に起こった悲しい事件のことも……、それから月明かりの下で読んだ本のことも……、ぜんぶ、思い出してしまった。

（なんて素敵な目をするんだ……！）

みるみる絶望に沈んでいくレイの目を食い入るように見つめ、ダニーは喜びに打ち震える。

「そんなことないさ！　さぁ、今すぐにこれを外してあげるよ。そして、これからはずっと、僕と一緒に生きよう、レイチェル！」

息を荒くして言いながら、ダニーは忙《せわ》しなくカチャカチャと騒がしい音を立てて、レイを縛り付けていた拘束具を外す。そして、全身でその感情を表現するように、とても大きな声で叫んだ。

「あぁ……、僕はなんて幸福なんだ‼」

黒いパーカーの袖から伸びる、乱雑に、けれどもぴっちりと包帯を巻いた手に、きらりと光る大きなカマを持った男――ザックは、自分が住んでいるB6のフロアとは違う、清潔に磨かれた廊下の先へと進んでいく。

（ったく……、どこ行きやがった）

なぜだかわからない。あれから衝動のまま、ザックはレイを追いかけてこのフロアまで上がって来た。いつもは生贄《いえにえ》を取り逃しても、わざわざ自分の担当とは違うフロアまで出向いたりはしない。けれど、あんな少女に逃げられたままでは、腹の虫がおさまらない。

（ぜってぇ殺してやる）

小さく舌打ちをし、ザックはぎゅっとカマを握り締める。

通りがかった壁の向こうから、このフロアの住人であるダニーの声が聴こえてきたのは、そのときだった。

――あぁ……、僕はなんて幸福なんだ!!

（――……幸福、ってか）

その満ち足りたような叫び声に、ザックは瞬時に、沸き立つような苛立《いらだ》ちを覚える。

それはザックが、小さい頃から知っている、唯一の感情だったのかもしれない。

（……――幸福なんて、糞《くそ》くらぇだ）

ザックは、その凶悪な苛立ちを放つように、手に持っているカマで、手術室の扉を切りつけた。バァンッ――とすさまじい音が響き、瞬く間に、扉は破壊される。その只事《ただごと》ではない物音に、ダニーは瞬時に振り返る。入り口に立ちはだかるザックの姿を見て、一瞬、険しい表情を浮かべるダニーに向かい、ザックは包帯の隙間《すきま》から歯を見せてにやりと笑った。

「ヒャハハハハハハ！」

そして張りつめた雰囲気の手術室には、ザックの狂気的な笑い声が響く。別に何も面白くなんてない。ただ、幸福という言葉が、その感情を抱いている人間が気に入らなかった。

レイは手術台の上で、ぼんやりと視線だけを、その笑い声に向けた。

（あの男……）

そしてレイがその笑い声の主を、Ｂ６で出会ったあの殺人鬼だと認識したその瞬間だった。

何の躊躇《ちゅうちょ》もなく、ザックはただ本能に従うように、その大きなカマで、ダニーの腹部を斬りつけた。絶望だけが映るレイの目の中には、小鳥が死んだときとは違う、汚い血飛沫《ちしぶき》が、取り戻した記憶の残像のようにちらちらと舞う。

「お、前……」

——どう、して。

(せっかく……せっかくレイチェルの目が、僕のものになろうとしていたのに——。このまま……このまま死ぬわけにはいかない……!)

そう思うのに、深く斬りつけられた腹部が激しく痛み、急速に視界が白く霞《かす》んでいく。

その死後の世界と現実の狭間のような場所から、ダニーはザックを見上げた。

「おいおいダニー……テメェが幸せそうな声出してっから、我慢できずにお前を斬っちまったじゃねぇか!」

意識が遠のいていく様子が見て取れるダニーの絶望した表情を見つめながら、ザックは満足げに嘲笑《あざわら》う。

「……っ」

何か言い返したいが、思うように声がだせない。瞳が閉じていき、霞がかった景色さえ見えなくなっていく。一瞬ダニーの目蓋には、レイの生気を失ったような青い目が、まるで自分の目になったように、浮かんで消えていった。

（きれいな目だ……）

その夢のような幻想に対し、そう感じると同時に、ダニーは深い眠りに落ちていくように、静かに目を閉じた。

ダニーが動いていないのを確認すると、ザックは途端に興味を失ったように冷めた顔をして、くるりと振り向く。

「……なぁ、テメェを追いかけて来たらとんでもねぇことになっちまったなぁ？」

そして手術台の上に寝そべるレイを見下ろし、楽しげに笑いかけた。

「ほら、お前も生きたいなら、今すぐ逃げろよ。逃げて、もがけ！　希望を抱いてな！　そこを、思い切りぶっ刺してやるよ！」

それから異様に昂《たかぶ》ったテンションで、ザックは死神のようなカマを振り上げ、大声でそう脅《おど》す。

けれどレイの耳に、ザックの言葉は全くというほど、入っていなかった。レイはいま、絶望の底にいた。心の中は、次々と蘇《よみがえ》る、あの青い満月の日の出来事で、埋め尽くされていた。

「……あ？」

見事なまでに無反応なレイに、ザックは不服そうな声を漏らす。

（……なんだ？）

不気味なほど無表情にベッドに横たわるレイは、初めて会ったときとは、別人のように見えた。

「おい、何つまんねぇ顔してんだよ。せっかく俺が、こうやって刃の先を突きつけているのに、生きたいとも思わないのか？」

どこを見るわけでも、何を映すわけでもない、まるで死んだような目をしたレイに、ザックは問いかける。

「…………」

――思わない。

レイは反射的にそう言おうと思ったけど、うまく声が出なかった。

「はぁ……つまんねぇ。俺はマトモな成人男性だからよ、お人形さんを切り裂く趣味はないんだよ」

その、まな板の上で切られるのを待つだけの死んだ魚のような様子に、ザックはため息を吐き、振り上げていたカマを下ろす。死の間際《まぎわ》に立っても、生きることに執着《しゅうちゃく》しない人間を、なぜだか殺したいとは思えなかった。

（下に戻る、か……）

――コーンコーンコーン。

すっかりやる気をなくし、ザックがその場を立ち去ろうとした瞬間、どこかに備え付けられているのだろうスピーカーから、再び教会の鐘《かね》のような音が鳴り響《ひび》く。

〝――以下、レイチェルに続き、裏切り者が生贄となりました――〟

〝――これはルールに反すること――〟

〝――フロア6の者がフロア5の者を攻撃した――〟

〝――裏切り者の出現――〟

その放送は、ザックが新たに生贄となったことを知らせていた。

(――……でも出口って、どこだ？)

「……あーあ。冗談じゃねぇな。くっそ、逃げるか」

少し間抜けな表情を浮かべながら、手術台の上で人形のように横たわるレイを見向きもせずに、ザックは部屋を出た。別に生きたい理由もないけれど、殺されるのはまっぴらごめんだ。

(いけにえ……)

ひとり手術室に残されたレイは、天井を見上げたまま、心のなかでつぶやく。

――そう……。私は、生きてちゃ、いけない……――

ザックがいなくなったあと、レイは寝そべっていた手術台から力なく立ち上がった。

床には、血塗《ちまみ》れになったダニーのまだ温かい身体がぶざまに転がっている。

(先生の瞳……もう、閉じてて見えない)

何もかもが色褪《あ》せて見える悲しい目で、レイは無表情にその眠っているだけのような

ダニーの顔を眺め、まるでおもちゃに触れるかのように、つんつんと頬を突く。

(死んじゃったのかな……)

「………」

しかしダニーの身体は、もうぴくりとも動かなかった。

そのときふっと、絵具を零《こぼ》したように赤く染まった、ダニーの白衣のポケットのなかに、手術室の扉を開けたカードキーが入っているのが見えた。

(これ……他の扉にも使えるかもしれない……)

レイは躊躇《ためら》うことなく白衣のポケットに手を突っ込むと、その小さなカードを取り出し、自分のポケットへと移した。

——……もう、幸せな夢から醒めてしまった。

それだけがはっきりとわかる世界で、レイは、手術室にもう動かなくなってしまったダニーを残し、ふらふらと廊下に出た。舞い戻ってくる絶望の記憶を巡《めぐ》らせながら、廊下を歩いていく。

その途中、特別な患者さんの病室の前を通りかかり、ふっとレイは、ダニーにほこりを払うのを阻止された壁の文字のことを思い出した。

（そういえばあれ、なんて書いてあったんだろう……）

気になって、レイはその扉の前に立ち止まると、ドアを開けようと手をかけた。しかし鍵は閉まっていた。それは則《すなわ》ちダニーが閉めた、ということで間違いはないだろう。ならば、さっきダニーの白衣から取り出したカードで開くはずだ。

レイは扉に備え付けられてある差し込み口にカードを入れてみる。するとやはり、カチャリと音を立てて扉は開いた。

（やっぱりこのフロアなら、この鍵が使えるんだ……）

そう確信しながら、レイは再びそのカードをポケットにしまった。

（……ほこり、払ってみよう……）

そして目にほこりが入ることもいとわず、大量のほこりを払うと、壁には、狂ったような悲痛な文章が、赤い文字で書かれていた。

――助けて　助けて　怖い　怖い
――三人いたのに　ここにいるのは私だけ
――殺しにくる　殺しにくる　三人のうち、私だけが殺される
――まるで、それが当然のように　ここの奴らは私を殺しにくる
――あいつらを解放したのは誰？
――助けて　助けて　神様

（やっぱり、患者さんは、先生に殺されたんだ……）

「…………神様」

文章の最後に書かれてあったその言葉を、レイは神妙《しんみょう》な声でつぶやき、病室を後にした。

悪い夢のなかにいるような気分で、レイは再び廊下を進んでいく。

すると床に、きらきらと光るものが無数に散らばっているのが目に映った。はっとして前を向くと、あの頑丈《がんじょう》な硝子《ガラス》の壁が、粉々に砕かれている。それがあのダニー先生を殺した男――ザックの仕業だということは、すぐにわかった。

――あの男はこんなふうに、硝子を割るみたいに、ダニー先生を殺した……。たったの一瞬で、この世から、消し去ってしまった。

（ねぇ神様……神様って、殺されることは、赦《ゆる》して下さるのかな……？）

「…………」

――殺して……ほしい……あの人に……。

本能に揺り動かされるように、レイは砕け散った硝子の上を走り、ザックの元へと向かった。

「……開かねぇ！　叩いてもぶっ壊れねぇしよ……ったく、どうすりゃあ……」

小走りに奥へ進んでいくと、開かない扉と奮闘するザックの姿が見えた。おそらく扉の向こうには、エレベーターがあるのだろう。

「……何、してるの」

これから自分がザックに願うことに、小さな希望のようなものを感じ、少しだけ気力を取り戻したレイは、その背後から声を掛ける。

「あぁ？　……なんだお前。のこのこ現れやがって、どういうつもりだ？」

ザックは反射的に振り返ると、威嚇《いかく》するように口を開き、レイを睨《にら》みつける。でもそれは、レイにとって、もう恐怖ではなかった。

「……あのね…………、お願いがあるの」

そしてレイは、小さく深呼吸をしたあと、汚い包帯でぐるぐる巻きになった顔の隙間から見えるザックの、切れ長の月みたいな、キレイな黄色い瞳を見つめながら言った。

「…………お願い。――……私を、殺して」

ザックは目を丸くして、十三歳とは思えないレイの大人びた表情に、一瞬、魅入った。

（…………殺……して、だ？）

——きもち、わりぃ……！

しかしその後、そのお願いの意味を理解すると同時に、ザックは今日食べたものを全て吐き出すように、あるいは、込み上げてくる得体の知れないぞわぞわした感情を消し去るように、思い切り嘔吐《おうと》した。

「……うおぇぇぇえっ！」

いままでそんなふうに、誰かに何かを頼まれたことなんてない。何かを求められたことなんてなかった。それも何の前触《まえぶ》れもなく、出会ったばかりの少女が、私を殺して——なんていう、いかれた願いを自分にしてくるなど、心底意味がわからない。

「あああぁ！　気持ち悪ぃこと、頼むんじゃねぇ！　俺はな、テメェみたいな頭おかしい奴にかまっている時間はねぇんだ！」

ザックは、虫唾《むしず》が走るような気持ち悪さを静めるように、自分の吐瀉物《としゃぶつ》で汚れた口元を、パーカーの袖口《そでぐち》で拭いながら怒鳴った。

「……駄目《だめ》なの？」

床にまき散らされた吐瀉物には目もくれず、レイは切なげな表情で訊いた。なぜ、自分のお願いに、ザックがこんなにも嫌悪感《けんおかん》を抱くのか、レイにしてみれば意味がわからなかった。だって、ダニーのような大人の男の人を一瞬で葬《ほうむ》り去ったこの男なら、自分を殺すことなど容易《たやす》いはずだった。

「駄目とか、そういう問題じぇねぇだろ！　だいたいテメェみたいな子供が、何でこんな場所《とこ》にいんだ！」

「………私は、気がついたらここにいた」

レイは答えた。嘘《うそ》ではなかった。ここに来る前のことは、嫌になるくらいに思い出した。けれどレイはまだ、なぜここに来たのかは、わからないままだった。

「あぁ？　ここに来るまでのことは、覚えてねぇのかよ」

「………覚えてない」

少しの沈黙《ちんもく》のあと、レイは言った。覚えていないとも、覚えているとも、答えることができた。けれど、覚えていないと言ったほうが、きっと良かった。

「まぁ、どうでもいいけどよ、そんな気持ち悪ぃこと言ってる暇があるんだったら、ここをどうにかしろ！」

ザックはガンガンと、エレベーター前の扉を蹴りながら、再び怒鳴る。

「そこは、このカードで開く」

レイは上着のポケットから、ダニーの白衣から盗んだカードを取り出すと、扉に備え付けてある読み取り機に通した。さっきの病室も、手術室も、このカードで開いた――。きっとこのエレベーターへの扉も、開くはずだった。

ピーッと音が鳴り、カードの読み取りが完了すると、レイの推測《すいそく》通り、扉は開いた。

Floor B5

Ｂ４へと上がるエレベーターが、ふたりの目の前に現れる。

「…………ハハッ！」

Ｂ４と書かれたボタンが光るエレベーターを見て、それまで苛々《いらいら》していたのが嘘のように、ザックは途端に愉快《ゆかい》そうに笑い出す。

「そういえばお前さ、一人で、ここまで上がって来たんだよなぁ？」

そうして、まるで子供が名案《めいあん》を思いついたかのような顔で、ザックはレイに問いかけた。

「うん」

「あのさ、俺、馬鹿《ばか》なんだよ。だからさ……一緒にここから出る手助けをしてくれよ」

「一緒に……？」

ザックは身長を合わせるように、少し屈《かが》んで、少し驚きを見せるレイの目をじっと見つめる。

「お前さっき、殺してほしいって俺に言ったよな？」

「……言った」

レイは、真剣な表情でうなずいた。

「殺すのは簡単だけどよ、はっきり言って、そんなくそつまんねぇ顔、殺す気になれねぇ。だから外に出ればお前も、ちったぁ良い顔するかもしれねぇだろ」

まるで人形のようなレイの無表情さを見つめながら、ザックはそう提案すると、悪戯《いたずら》っ子《こ》のようにニヤリと笑い、告げた。

「だから、一緒に外に出られたら、そしたらお前を……——殺してやるよ」

その瞬間、レイの耳の中には、またどこからか鳴り響く、リン——……という鈴の音が聞こえた。それは幻聴《げんちょう》なのかもしれない。けれどその音は、今までいちばん透き通った音だった。

「……本当？」

レイは祈るような目で、ザックを見上げた。

「あぁ。でも下手な真似はするな。あと、あんまはしゃぐんじゃねーぞ。……俺、幸せそうな奴とか、うれしそうにしてる奴を見ると……つい、殺しちまう」

「……わかった」

（……私にはきっと、幸せそうな顔なんて、できない）

そう思いながらもレイはうなずく。

「まぁ、テメェの死んだ目じゃあ、その心配はいらねーか。さて、こんな所、さっさと出ようぜ」

「うん」

ほんの一瞬、誓《ちか》いを交わすように見つめ合ったあと、ふたりは、現れたエレベーターの中へと進む。

〝お前を……――殺してやるよ〟

それから動きだしたエレベーターのなかで、レイはザックが放ったその台詞を、何度も噛みしめた。その言葉は、何色でもない絶望しか見えないこの悲しい世界に、まるで天空から降ってくるような、眩《まばゆ》い光を与えてくれるようだった。

FLOOR B4

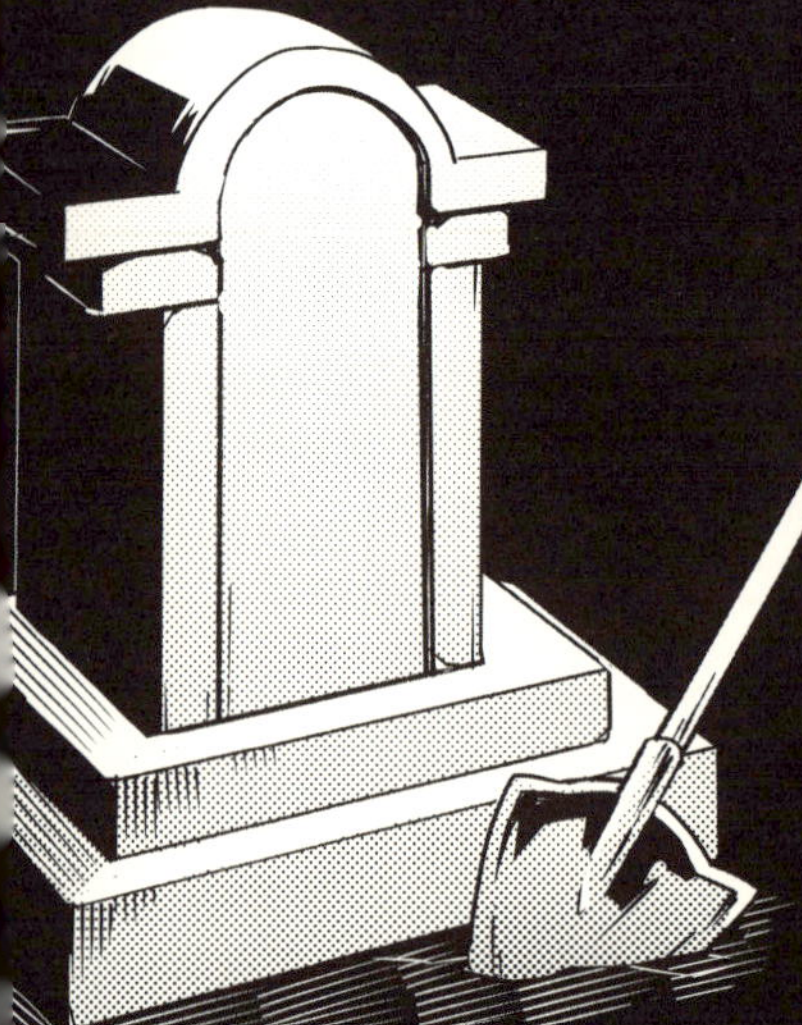

Floor B4

「なんだここ……寒いな」

「うん」

エレベーターから降《お》りると、壁にＢ４と表記されているその空間には、冬の始まりのような、ひんやりとした冷気が漂っていた。息を吸い込むと、頭が眩《くら》むような薬臭《くさ》い水の臭いが、鼻の奥を突く。

空間の両脇には、通路を挟んで、小さなプールのようなものが二つあり、そこには青っぽい色をした水が張られていた。レイはふっと、そのプールの底に、人影《ひとかげ》のような黒い物体が沈んでいるのを見つけた。

（あれは、なんだろう？）

水の中にじっと目を凝らしてみる。しかしプールは案外深く、透明度《とうめいど》が低いため、何が沈んでいるのかよく見えない。よく見ようと水に顔を近づけると、いっそう薬の臭いがきつくなり、むせ返りそうになった。

「おい、何見てんだよ？」

急にしゃがみ込んだレイに、ザックは少し怪訝《けげん》な表情を浮かべる。

「水の中に何かある……」

「何があんだよ？」

「何かは、わからない」

「あぁ？　わかんねーのかよ。じゃあ、俺にもわかんねーな。つーかお前さぁ、そんなぺらぺらの上着で寒くねぇのか？」

　現在、おそらく気温は十度あるかないかだろう。レイが羽織《はお》っている白い七分丈《しちぶだけ》の上着と、黒いショートパンツから伸びる露出《ろしゅつ》の多い足を見やり、ザックは訊《き》いた。

「寒いけど、大丈夫」

　レイはぽつりと答える。寒くないといえば嘘《うそ》になる。というより、ほんとうは寒かった。だけど寒いと言ったところで、他に着るものなどないのだから、どうにもならない。

「ふーん。まあ、そんなわかんねーもん、いつまでも見てても仕方ねぇし、さっさと行くぞ」

「うん。あの扉の向こうから、なんだか土の臭いがしてる……」

　敏感《びんかん》にその臭いを感じとりながら、レイは水路の上に架かっている短い橋の先にある扉を見つめる。扉には〈第二墓場〉と書かれた看板が掲《かか》げられていた。

「行ってみるか」

　ザックは、その扉へと続く橋の上を歩き始める。

「うん」

レイもそれに続いた。

▲
▼

（ここは本当に、ビルのなか……？）

第二墓場へ入ると、そこは広々とした空間だった。古びたレンガで作られた壁が、部屋中を覆い、床には一面、水を吸い込んだ後のような、柔らかくて湿《しめ》った土が敷《し》き詰められている。

「……お墓……」

そして土の上には、誰かの名前が刻まれた小さな墓石《ぼせき》が、いくつも並べられていた。

「どうりで土くせぇわけだ。ったく、いくつもいくつも、こんな墓ばっか作ってどーすんだ」

呆《あき》れたように言いながら、ザックは辺りを見回す。

──土の臭いは、嫌いだ。

その臭いをかぐと、思い出したくもない子供の頃の忌《い》まわしい記憶が脳をかすめる。

「掘り起こしてみるか?」

ふつふつと蘇《よみがえ》るその記憶を振り払うように、ザックは少しふざけてみせた。

「どっちでも」

しかしレイは素っ気なく答え、きびきびと第二墓場のなかを散策《さんさく》し始める。いま、自分の使命は、ザックと一緒にこのビルから脱出すること、それだけだ。その他のことは、ザックの思うようにすればいいと思う。

(ちっ……つまんねぇやつ)

その反応に白けながらも、ザックは、フロアの奥へと進んでいくレイの後をついていく。

(寒いな……)

どこからか漂ってくる冷気を感じながら、レイは眉《まゆ》をしかめる。そのときふと、並んでいる墓石のなかに、ひときわ大きなものがあるのに気がついた。近づくと、それは墓石ではなく石碑《せきひ》だった。

(何か書かれている……)

そして石碑の表面にはまた不可解《ふかかい》な文章が記されていた。

〝清らかにならざるものの墓〟

〝主にも天使にも望まれぬ哀《あわ》れな者たち〟
〝土に埋もれ、地に落ちて、浄化《じょうか》されるのを待て〟

（天使……）

〝——天使か、生贄《いけにえ》か。〟

レイの脳裏《のうり》には、その文章が蘇る。繰り返されるその言葉には、何か深い意味があるような気がしてならない。でもレイにはまだ、それが何を示すのかわからなかった。

石碑から少し離れた場所《ばしょ》には、大きな穴——おそらく墓穴が掘られている。覗《のぞ》き込んでみると、墓穴のなかには、何かが静かにうずくまっているのが見えた。

「………」

レイはその何かを、じいっと見つめた。

「そんなに入りてぇか」

穴のなかを見つめたまま微動《びどう》だにしないレイを見つめ、ザックは少し冷たい声になる。

「ううん……ダメみたい」

レイは小さく首を振り、その大きな墓穴のなかで、体育座りをしているようにうずくまる、さっき死んだばかりのような生々しい男の死体を見つめ、ぽつりとつぶやいた。

「この穴、もう入ってるから」

（――また、死体、死体、かよ……）

「あぁ、死体ばっか気持ちわりぃ！　こっち見てんじゃねぇよ！」

ザックは苛立《いらだ》ちながら墓穴に歩み寄ると、穴のなかの死体を、容赦《ようしゃ》なく何度も踏みつけた。男の死体は、それが数日前まで生きていたとは想像できないほど、ぐちゃぐちゃになっていく。何か恨みでも晴らすように、死体を蹴りつけるザックの様子は、少し異《い》様《よう》だった。

「あ……」

ぐちゃぐちゃにされ、あとは腐っていくだけの脂肪の塊《かたまり》となっていくそれと、一瞬、目が合ったような気がして、レイはふっと目線を逸《そ》らす。

そのとき、レイの目には〈保存室〉というプレートが貼り付けられた扉が映った。その扉に近づいてみると、いっそう空気が冷たさを増したのが、肌に伝わってくる。冷気はそこから漏《も》れてきているようだった。

▲
▼

Floor B4

保存室と書かれた扉を開けると、そこはまるで夜のような、あるいは、死後の世界を感じさせるような静かな部屋だった。中へ入っていくと、さっきとは桁違《けたちが》いの冷気が充満している。

（冷凍庫の中にいるみたい……）

レイは羽織りの上から腕《うで》を軽くさする。

部屋の奥には、エレベーター前の部屋と同じ、薬品臭い水が張られたプールがあった。プールの底には、人影のようなものが沈んでいて、洗浄中という札が掲げられている。あまりはっきりとは見えないが、おそらくそれは死体だった。プールの上には、木材でできた橋がかかっている。レイは淡々《たんたん》と、その橋の上を渡っていく。行き止まりになっている壁は、湿気のせいか、脆《もろ》くなっていてひび割れているのが見て取れた。

「壁がボロボロ……」

「湿っぽいわ、ボロいわ、ろくな場所じゃねぇな」

顔をしかめながらも、ザックは部屋のなかをうろつく。

部屋のなかには、業務用のような大きな冷蔵庫が並んでいた。その瞬間ザックは、今《け》朝《さ》平らげた大量のスナック菓子を、レイからの思いもよらない〝お願い〟のせいで、吐いてしまったのを思い出す。

（だいたい、いきなり殺してとか、意味わかんねぇんだよな……。おかげで腹も減って

くるし）

「あー、何か入ってねぇのかよ」

ため息まじりにつぶやき、ザックは何も考えないままに、並んでいる冷蔵庫のうちの一つを開ける。しかし扉を開けた瞬間、ものの見事に食欲が失《う》せていくのを感じた。

「うお。死体じゃねぇか……」

冷蔵庫のなかに入っていたのは、食べ物ではなく、再び吐き気《け》を催《もよお》すような――手も足も首も、触れただけでも簡単に取れてしまいそうな、グロテスクな男の死体だったからだ。

死体には、薄い透明なビニールがかけられてあり、付せんのようなメモが貼り付けられている。

ワトキン・ベケット（36）
死亡場所――B3
死因――銃弾《じゅうだん》による失血死《しっけつし》
※体の損傷が激しいため、取り扱いに注意

Floor B4

「この人も、いけにえ……だったの？」

冷蔵庫のなかで腐敗《ふはい》しかけている死体を見やり、レイは訊いた。

「そんなもん知るかよ」

興味がないようにザックは答えた。死体には極力触れたくないし、できれば見たくもない。腐りかけの死体の臭いが、いちばん嫌いだった。

「紙にはB3って書いてある……。ここはB4だから、まだ上があるんだね」

「はーあ、かったりぃな」

ザックは、猫のような豪快《ごうかい》な欠伸《あくび》をする。

「あなたは、ここのこと、よく知ってるの？」

気《け》だるそうなザックの顔を見上げ、レイは訊いた。

「さぁな。俺は、殺したい奴を殺していいって言われて、ここに来ただけだしな。他のフロアの奴らもそうなんじゃねぇのか？　細かいことは、俺も知らねぇよ」

薄《うっす》らと、ザックはこのビルに誘われたときのことを思い返す。だがもう、何年前のことだったかもわからない。忘れてしまっていた。

「……そう」

レイはそんなザックの様子を見てぽつりとつぶやく。

〝──殺したい奴を、殺していい〟

ザックのその言葉は、胸の奥のほうに引っかかる。同時に、鮮明《せんめい》に浮かび上がる自らの過去を振り払うように、レイは訊いた。

「あなたは、ここに来る前は、どこにいたの」

「教えてもいいけどよ、そんなこと知って、何になんだよ？」

「別に……訊いてみただけ」

「んだよそれ。つーかお前こそ、ここに来るまでのこと、思い出したほうがいいんじゃねーか？　無事に出られても、家に帰れねぇぞ」

（家……？）

レイの頭上には、大きなクエスチョンマークが浮かぶ。

「……ここから出たら殺してくれるって言った」

「あぁ、そうだったな」

まるで忘れ物に気づいたような口調で、ザックは言った。

「……忘れないで」

「忘れてねぇよ！」

言いながら、ザックはふいっとレイから視線を逸らした。約束は交わしたものの、人形のようなレイを、殺したいという願望が湧いてこない。正直今はまだ、自分が無事に

Floor B4

このビルから出ることしか考えられないでいた。

（ま、出る頃には、あの死んだ目もどうにかなってんだろ……）

「もうさみぃから次行くぞ！」

「……うん」

憂鬱《ゆううつ》な表情でレイはうなずく。約束は交わしたけれど、ここから出たら、ザックが自分を殺してくれるという確証はない。もし殺してくれないのならば、必死になってここから出る意味は、レイにはもうなかった。

気まずい沈黙《ちんもく》のなか、ふたりは保存室を出ると、今度は反対側の通路へと進んで行った。そこには、レンガ調の扉があり、〈第一墓場〉と書かれた看板が掲げられていた。

▲
▼

第一墓場に入った瞬間――レイのその青い目の中には、ピカピカに磨《みが》かれた真新しい墓石が映った。
墓場が立ち並ぶ湿った土が敷き詰められた上を、吸い寄せられるように、レイはその墓石へと近づいていく。

「………」

まるで生命の気配が感じられない濁《にご》った空間のなかで、異様なほどに輝くその真新しい墓石には、細かな字で名前が彫《ほ》られていた。

「あ？　どうした。何が書いてあるんだ」

「……名前が書いてある」

つぶやきながら、レイはこわばった表情で、美しく彫られたその名前を見つめる。

「墓石なんだから当たり前だろ。なに驚いてんだよ？」

ザックは飄々《ひょうひょう》と言い、少し青ざめたようなレイの顔を覗《のぞ》き込む。

「……私の、名前。私の名前が書いてある」

ザックの視線を感じながらも、レイは墓石を見つめたまま、張りつめた声で伝えた。

その真新しい墓石には、〝レイチェル・ガードナー〟という名前が、くっきりと刻まれていた。

「……そうかよ」

ザックは、小さくつぶやく。字を読むことができないザックには、その名前を読むことはできない。それに第一まだ、レイの名前も知らない。だから字が読めたとしても、そこにレイの名前が書いてあるのかは、わからなかった。

「じゃあ、これは俺のか？」

レイの名前が刻まれた墓石の正面には、削りかけの大きな岩のようなものが、まるで放置されているように転がっている。おそらく生贄になったあと、急いで作られたものだろう。長い間このビルで暮らしていたザックには、それがこのフロアの住人が作ったものだと、すぐに理解できた。

「……ったく、まだ死んでもねぇのに墓なんか作りやがって、最高に苛々《いらいら》すんな。ぶっ壊してやりてぇ」

レイの墓石とは対照的に、その適当に削られた、ただの岩のような墓を睨《にら》みながら、ザックは担いでいるカマを、汚れた掌《てのひら》でぎゅっと握りしめる。

（……こんな悪趣味な墓、作ってんじゃねぇよ）

「そんなことしたら、先にカマのほうが欠けちゃうよ」

冷静に注意しながらも、レイは宝石のようにきらきらと光る自分の墓石を眺め続ける。

「うるせぇな、わぁってるよ。つぅか、いつまでも自分の墓石、馬鹿《ばか》みたいに眺めてんじゃねーよ」

「別に、眺めてない」

「ふうん、ならいいけどよ、わりぃが俺は、テメェと一緒に死ぬ気はねぇからな」

言いながら、ザックは部屋の奥へと進んでいく。すると脆《もろ》くなっていたのだろうか、レンガの壁に、大きな亀裂《きれつ》が入っているのが目に入った。

「おいおい……どんだけボロいんだよ」

その声に反応し、レイは後ろを振り向くと、ザックに駆《か》け寄り、同じように亀裂のなかを覗き込む。その亀裂はまるで、そのなかへ入ることを誘導《ゆうどう》しているようにも思えた。

（どこかに続いてる……。奥には、何があるんだろう？）

「結構奥まで続いてんな……」

「私、行ってこようか？」

たぶんこの大きさじゃ、ザックには入れない。そう思い、レイは提案した。

「あぁ？　そう言って、テメェだけ逃げるつもりじゃねぇだろうな」

しかしザックは不信感《ふしんかん》を示すように、脅《おど》すような声を漏らす。

「私は、逃げない。……殺されてないから」

レイはその声に怯《ひる》むことなく、真《ま》っ直《す》ぐにザックの目を見つめた。

（こいつマジで、ダニーに何か変な薬でも打たれたんじゃねぇのか……？）

その様子に、ザックは思わず顔を歪《ゆが》める。

最初に自分のフロアで会ったときのレイは、確かに他の人間より反応は薄かったが、それでも少女らしい絶望の表情を見せていた。こんな、居直るような態度ではなかったのだ。ザックは、そんな突然のレイの変化に、奇妙《きみょう》な違和感を覚えていた。

「お前……さっきからほんと気持ち悪ぃな」

（気持ち悪い？）

思いもよらないザックの感想に、レイは小さく首をかしげる。自分が気持ち悪い発言をしている意識なんて、毛頭《もうとう》なかった。

「……まぁいい。どうせ何もしないわけにもいかねぇ。行って来いよ」

半《なか》ばやけになったようにザックは言う。今は何を考えるよりも、一刻もはやく、このビルから脱出する方法を見出すのが先だ。

「うん」

「あと、途中で死んだら、〝死んだ！〟って、返事しろよ」

（……途中で死んだら……？）

「……死んだら、返事できない」

少し考えて、レイはいつもながらの真顔で言った。

「…………」

「…………」

沈黙のあいだ、ザックは自分が放った台詞《せりふ》の矛盾《むじゅん》に気づくと、

「……だ、だったらせめて、役に立ってから死ねよ!!」

包帯《ほうたい》の下でほんの少し顔を赤らめながら、恥ずかしまぎれにレイの臀部《でんぶ》をがしっと軽く蹴《け》った。

——役に立ってから……。

「……わかった」

蹴られた衝撃でよろめきながらも、レイはザックの顔を見て、しっかりとうなずく。

けれどふっと、亀裂の前で中に入るのを躊躇《ちゅうちょ》してしまう。なんだかまだ、自分の名前が刻まれた墓石を、見つめていたいような気がしたのだ。

「おい、早く行けよ！　俺は気が短いんだ」

そんなレイを見かねて、ザックは急《せ》かすように苛立った声を上げる。

「うん。あとこっちでも、カードみたいなものがないか探してみてほしい」

はっとして小さくうなずいたあと、レイはふっと思い出し頼んだ。Ｂ７もＢ６もＢ５のときも、エレベーターに乗るためにはカードが必要だった。

「あぁ、わぁったよ」

「……あと」

「あぁ?!　まだ何かあんのかよ！」

「できれば……、私のお墓は、壊さないで」

そう告《つ》げるレイの顔つきは、ほんの少し、憂《うれ》いを帯びているように見えた。

あのお墓を、誰が作ったのかは知らない。でも、自分のお墓がこの世に用意されている……その事実は、なぜだかレイの心を安心させた。そして同時に、ほんの少しだけ、心が高鳴るのを感じた。

それからレイは、ザックの返答を待たず、亀裂のなかにその華奢《きゃしゃ》な身体《からだ》を忍ばせていった。

「……知るかよ」

一人、墓場に置いてきぼりになったザックは、ため息《いき》を吐《つ》くようにつぶやいた。

▲▼

レイは、狭い亀裂の中を進んでいった。

まるで洞窟のなかのように、薄暗《うすぐら》く視界が悪い。歩くたび、土が舞って、むせ返りそうになる。どうにか息を吸わないように進んでいくと、突然道が開け、目の前には、狭くも広くもない、秘密基地のような部屋が現れた。肌寒さを掻《か》き消すような、温かさを感じさせるオレンジ色の電球が、ゆらゆらと揺《ゆ》れながら空間を照らしている。

（お墓を作る場所……？）

部屋の中央には大きな作業机があり、机の上には、墓石の目録《もくろく》や、墓石のデザインが描かれたものが無造作《むぞうさ》に放置されている。

（……これは？）

そして、何かが綴《つづ》られた青色のノートが、開きっぱなしになっていた。

（何が、書いてあるんだろう？）

もしかすると、このビルに関することが書かれているかもしれない……。そう思いレイは、開かれているノートのページを覗き込む。するとそこには、子供が書いたような幼い字で、奇妙なことが綴られていた。

僕はあの子のことを初めて知ったよ。

前からずっと気になっていたんだ。なのに、僕はずっとあの子のことを知らなかった！

会いたいのに、あいつが邪魔をするから。あの子は、とてもキレイな声をしていたよ。

きっと、きっと素敵《すてき》な子なんだろう。そうに違いない！

Floor B4

だってこんなにも一瞬で、彼女を好きになっちゃったんだから！

ああ、大変だ……。あの子には特別を用意しなくちゃ！

僕が考えた、あの子だけの特別な――永遠の眠り場所を。


レイはその気味《きみ》の悪い文章を、怪訝《けげん》な表情で読んだ。

（誰かの、日記……？　……ここは、誰かの部屋、なのかな？）

部屋の奥には、もう一枚、ドアが立ちはだかっている。そっと近づき、レイはノブを回してみる。けれど開かなかった。

（鍵《かぎ》がかかってる……。この扉、どうやったら開くんだろう？）

ふっと、机の上に散乱《さんらん》しているお墓の設計図が目に留《と》まる。

（――何か、手がかりがあるかも……）

そうレイがひらめいたとき、ザックの待つ第一墓場のほうから、何かが破壊されていくような、ガンッ、ガンッという騒々《そうぞう》しい音がした。

（……すごい音。あの人、何してるんだろう？）

レイがいなくなって、ひとりきりになった墓場のなかは、さらに不気味《ぶきみ》さが増す。まるで一人、あの世に取り残されてしまったような気分だ。

「ったく、探すっても、こんな場所、墓石しかねぇだろ」

（つーか、マジでこの墓うざってぇな）

その自分のために作られたのだろう、粗削《あらけず》りな墓を見つめ、ザックはチッと舌打ちをする。

（ぶっ壊してぇ……）

けれどレイの言う通り、頑丈《がんじょう》な墓石を壊そうものなら、カマの刃のほうがダメになってしまうのは自分でもわかる。

（何かねぇかな）

辺りを見渡すと、整列して並べられている墓石のうちの一つに、つるはしが立てかけられているのが目に飛び込んできた。おそらく土を掘り起こすために置かれているのだろう。

（つるはし、か……）

Floor B4

ザックはニヤリと微笑《ほほえ》み、つるはしを手にする。自分の武器じゃなければ、壊れたって支障《ししょう》などない。

――こんな下《くだ》らねぇ墓……、

「ぶっ壊してやるよ――」

そう決めてしまうと、笑いが込み上げてくる。別に、楽しい――とかじゃない。ただ、自分の墓がこの世にあるなんて、胸糞悪《むなくそわる》いじゃねえか。

(俺はまだ、死ぬ気なんてねぇんだよ!)

ザックは、ガンっと、自分の墓石をつるはしで叩きつける。しかし、墓石はザックの一撃をはね返した。

(硬ってぇ……)

軽く叩きつけたくらいでは、その丈夫な墓石は壊れないようだった。刃が当たった部分が、少し欠ける程度だ。

「ハッ……――雑な墓石のくせに、馬鹿みてぇに頑丈に作ってんじゃねーよ!」

なぜだろう。自分のフロアで、ただ生贄を追いかけていたときとは違う、心の奥底で眠っていた感情が、次々と溢《あふ》れてくる。墓石を作った人物に憎しみを込めるように声を荒らげると、ザックは、その粗削りな墓石を叩きつけた。

スイッチが入るともう、止まらない。自分でも、止めることはできない。ザックは、自分の為に作られたのだろうその墓を、何度も斬りつける。

斬りつけるたびに、墓石が砕かれ、ただの石ころのような破片が飛び散る。

それにしても、墓を壊すのは、思ったよりも気持ちがいい。

自分の為に作られたのであろうその墓は、一分も経たないうちに、その原型を失った。

(――やってやった)

しかし、なぜだろう。まだ、苛《いら》ついて仕方ない。ザックは舌打ちし、辺りを見回す。

墓場と表示されているのだから当然だが、どこを見渡しても墓だらけだ。墓の下には、無論、死体があるのだろう。それはザックにとって、愉快な状況ではなかった。

(そうだな……こうなったらもう、ぜんぶ、ぶっ壊してやるか……!)

――だいたい、こんな墓ばっか作るなんて、趣味わりぃんだよ。それに墓なんて、あっても無意味だ。いくら祈ったところで、死んだもんは、生き返ったりしない。死体なんて、ただの気持ち悪い物体だ。俺がそれを、わからせてやる。

「ヒャッハハハハハハ――――!」

別に躊躇する必要なんて微塵《みじん》もない。そう思うと、喉《のど》元からは、再び狂気的《きょうきてき》な笑いが込み上げてくる。

(あぁ……全部全部、ぶっ壊してやるよ!)

ザックはその包帯の隙間から覗く、切れ長の目をぎらりと光らせる。

CLUNK!!
?

そうしてつるはしを振り上げると、積もり積もった鬱憤《うっぷん》を晴らすように、目についた墓石を次から次に叩きつけ、ただの不格好な石へと姿を変えていった。

(あぁ、そうだ——あっちにも、墓があったな)

第一墓場にある最後の墓石を打ち砕いたあと、ザックはふと思い出し、第二墓場へと全速力《ぜんそくりょく》で駆けて行った。壊せるものは全部壊してやらないと、気が済まない。

(墓なんて、無意味、なんだからよ——!)

「ヒャッハハハハ!!」

ザックは楽しくてしょうがないような笑い声を上げながら、並べられた墓石に向かい、思うがままにつるはしをぶつけていく。こうして本能のままに暴れているときは、何も考えなくていいし、何も思い出さなくていい。ただ、得体の知れない高揚感だけが、心を支配していく。

そしてものの数分で、すべての墓石は、無残なほどに砕け散った。

途中、カチャリ——と、スイッチか何かが壊れるような音がしたが、ザックがそれを気に留めることはなかった。

(これで、全部か?)

墓を全て壊したことで、何かが満たされ、ほんの少し冷静になりながら、ザックはすたすたと第一墓場へと戻る。

少し茫然《ぼうぜん》となりながら、自分が破壊した墓石の群れを見渡すと、ふっとザックの目には、レイの名前が彫られているという墓が映った。あまりにもほかの墓と作りが違いすぎて、壊し忘れていたのだ。

〝――できれば……私のお墓は、壊さないで。〟

けれど脳裏には、その忠告が蘇る。その瞬間、ぷつりとスイッチが切れるように、ザックは身体の力が抜けてくのを感じた。

（……あいつ、壊すなって言ってたっけな……）

レイの忠告など、関係ない――。

そう思いながらも、なぜだか逆らうことができない。壊してはいけないような気がした。

「…………」

ザックはつるはしを地面に落とすと、疲れた身体を休めるように、レイの墓の前に大の字で横たわった。

――こんな墓にすがってどーすんだ……。

ガンッガンッと、けたたましい音が鳴り響《ひび》くなか、レイは、お墓の設計図と睨めっこしながら首をひねっていた。設計図には、謎《なぞ》の計算式が書かれている。それは何かのありかを示しているようだったが、それが何か、具体的に書かれているわけではない。

(もしかして……お墓の下に、扉を開けるスイッチがあるのかな？)

計算式の数字と、墓石の並びを思い出すと、それらは確かに一致《いっち》する。しかしそうひらめいたその瞬間《しゅんかん》、奥の扉から、ピピッという電子音が聞こえた。

(……?!)

その音に反応し、レイは扉へ近づく。そっとノブに手を掛けると、何もしていないのに、扉の鍵が開いていた。

(さっきまでは、絶対に閉まっていたはず……。あの人が、開けたの？　どうやって……？)

疑問を浮かべながらも、レイは開いた扉の先へと進んだ。扉の向こうにあったのは、広々とした部屋だった。資料室にでもなっているのだろうか、壁際を埋め尽くすように本棚が置かれていて、本棚には隙間なく、本が並べられている。

▲▼

レイは本棚に置かれている本を、適当に一冊選んで取り出した。本に触れるのが久しぶりなせいか、その紙の感触《かんしょく》にほんの少しうれしくなる。レイは幼い頃から本が好きだった。心を揺り動かされるような本に出会うと、一字一句を覚えてしまうくらいに、繰り返し読み返した。

――あの本も、そうだった……。そして書かれていること全てが、まるで自分の一部のようにレイの心のなかに入り込んで来た。

あの夜、レイが読んだその本には、神様の言葉が書かれていた。

（でもあの本は、ここにはない……）

その本の内容を思い返しながら、レイは手に取った本の中身を、ぱらぱらと確認していく。それはおそらく宗教関係の本だった。

（……私が知っている神様とは、違う……）

レイは冷たい目をして、その本を本棚へと戻す。にせものの神様に興味はない。

（あれは、なんだろう？）

ふっとレイは、本棚の下段に、分厚いファイルが挟まっているのを見つけた。そっと取り出して開けてみる。するとそこには、大量の履歴書《りれきしょ》がファイリングされていた。いちばん初めのページにファイリングされていたのは、ワトキン・ベケット（36）という名前の人の履歴書だった。

（ワトキン・ベケット……）

レイははっとする。それは、保存室の冷蔵庫のなかで発見した、腐《くさ》ったまま凍りかけていた死体に貼り付けられていた名前と同じだったからだ。

履歴書には、写真が貼り付けられている。生前に撮られたのだろうその写真には、黒と白のボーダー背景の前で、引きつったように笑う気弱そうな男の姿が映し出されていた。

次のページをめくると、そこにはさっき墓穴のなかで見た、生々しい死体の男とよく似た顔写真が貼られてある。

（ここに来た人のリスト、なのかな……？）

考えながらレイは、その穢《けが》れなど知らないような透き通るような白い手で、ぱらぱらとページをめくっていく。そしてあるページに辿り着いたとき、途端《とたん》に心臓がどきっとして、レイは目を見開いた。なぜならそこには、自分のことが詳細に記された履歴書がファイリングされていたからだ。

――レイチェル・ガードナー。

その名前が記された履歴書の上部には、もちろん自分自身の写真が貼られている。うろ覚えだが、それは初めてカウンセリングを受けた日に、ダニーに撮られた写真だった。

（……へぇ……）

しばらくレイは、他人事《ひとごと》のようにそれを読んだ。あのとき、手術台の上で全てを思い出してしまった瞬間から、自分の過去は自分がいちばんよく知っている。でもレイはまだ、このビルへ来た経緯だけがどうしても思い出せなかった。

（……私はどうして、ここに連れてこられたんだろう……）

小さなため息が零《こぼ》れる。

——でもそんなことは、思い出さないほうがいいのかもしれない……。だって、こんな過去は、忘れていたままのほうが、きっと、よかった……。

憂鬱な気分のまま、レイはさらにページをめくっていく。そして最後のほうのページに辿り着いたとき、思わず手が止まった。

（これ……あの人の……？）

目線の先には、まぎれもない、ザックの顔写真が貼られていたからだ。

CURRICULUM VITAE

№

NAME

アイザック・フォスター

ISAAC FOSTER

ADDRESS	—
PHONE	—
BIRTH	不明
AGE	推定20歳前後
HEIGHT	—
WEIGHT	—
FAMILY	—

幼少時、孤児院に在籍していた形跡あり。

未認可の違法施設であったため、経緯などの詳細は不明。

売買の可能性あり。

劣悪な環境であった施設はのちに摘発されるが、

その時点で、アイザック・フォスターは行方不明。

同時に、施設の庭から多数の子どもの骨が発見されている。

さらに、施設内では経営者である夫婦とみられる人物の

惨殺死体も発見されている。

庭の骨と施設内の遺体は、死亡時期が大きく違っていた。

——施設内の遺体の死因が刃物であることから、

夫婦の殺害はアイザック・フォスターの犯行とみられる。

アイザック・フォスターの消息は途絶える。

——しかし、その数年後、××州で起こった

連続猟奇殺人事件の一部は彼が関与している。

殺害現場は複数個所に及ぶ。

犯行時、儀式などの趣向は特にない。

ただ、人の感情にひどく反応する傾向がある。

身体能力は高いが、計画性に乏しい。

教養・知能はあまり高くない。

また、包帯で上半身を覆っている。

上半身には火傷跡があり、幼少期の

施設滞在前後に負ったものと思われる。

備考

追記

B6所属であったが、ルール違反により標的に変更済み

殺害者　　**死因**

（住んでいた施設で、人を殺したの？　他にも連続殺人をして……そのあと、ここで人を殺していたのかな……）

――今は逃げる側だけど……、何人、殺したんだろう……？

レイは無意識《むいしき》にもう一度、その履歴書に目を落とす。あの人の過去を、知りたいと思ったわけではない。でも本能的《ほんのうてき》に、知っておかなければならないような気はした。

履歴書には、〝人の感情にひどく反応する傾向がある〟と書かれてある。

（……人の、感情……）

〝あんまはしゃぐんじゃねーぞ。……俺、幸せそうな奴とか、うれしそうにしてる奴を見ると……つい、殺しちまう〟

レイはふっと、その言葉を思い出す。

（――私は……幸せそうじゃない。だからザックは、私を殺したいと思わないのかな……）

ふと憂鬱な気持ちになり、ファイルを閉じたそのとき、耳の中に降ってくるように、誰かの声が聞こえてきた。

……――あのね、ボクは君の望みを、知ってるよ。だからね、その望みを叶《かな》えに、君に会いに行くよ。

Floor B4

それは、作られた子供の笑い声のような不気味な声だった。

「……誰かいるの……？」

こわさを払拭《ふっしょく》するように、レイは問いかけ、辺りを見回す。けれど、誰もいないし、返事もない。

（……オバケ？）

――それは、嫌だ。その不確定な存在に少し怯《おび》えながらも、レイは、声がしたほう……部屋のさらに奥へと進んでいった。

しかし部屋の奥は、ここへ来たのと同じような、薄暗い通路が続いているばかりで、しかもその通路は、途中で行き止まりになっていた。突き当たりの床は、なぜだか大きく丸い形にくぼんでいる。

（なんだろう……？）

レイはそっとくぼみに乗ってみる。だけど何も起こらない。

――何かの、仕掛け……かな？

（とりあえず、さっきの履歴書を持って戻ろう）

レイは来た道を、さっきのファイルから、自分とザックのことが書かれてある履歴書を取り出し、それを抱えて第一墓場へと引き返した。

レイが第一墓場へ戻ると、この部屋へ来たときの静寂《せいじゃく》さは、見る影もなくなっていた。

（……お墓が全部、壊れてる）

▲▼

「あの……」

怪訝な表情を浮かべながらも、レイは自分の墓の前で、まるで不貞寝《ふてね》をするように寝転がっているザックの顔を覗き込む。

「あ？　何してんだ！　おせぇーんだよ!!」

その声に反応し、ザックはぱっと起き上がった。

「……こっちが聞きたい」

無残に荒らされた墓場を目の当たりにしながら、レイはつぶやく。しかし、わざわざ訊《たず》ねなくても、待っている間に、しびれを切らしたザックが荒らしたのだろうということは、容易《ようい》に理解できた。

――だけど……私のお墓は、壊れていない。

(残しておいて、くれたのかな?)

「で、何かあったのかよ?」

この惨状《さんじょう》について何食わぬ顔で、ザックは訊く。

「えっと、資料室みたいなのがあって、そこに履歴書が置いてあった」

「あぁ? りれきしょ?」

(りれきしょ、ってなんだ……?)

「うん。レイチェル・ガードナー……。これは私のことが、書いてある紙」

レイは淡々と告げ――それは自分の名前を、初めてザックに告げた瞬間だった――抱えていた履歴書を渡した。

(レイ……チェル・ガードナー……?)

けれどザックは、初めて聞くその名前を、よく覚えられなかった。履歴書を見ても、何も読むことができない。

(こんなもん渡されても、わかんねぇ、んだよ……)

ザックがはっきりと認識《にんしき》できるのは、貼られているレイの顔写真だけだった。写真のなかのレイは、何の不自由もないような、ただの美しい少女に見える。死にたがる理由など、ないような気がした。

「りれきしょだかなんだか知らねぇが、悪いけど俺は、字が読めねぇんだ」

ザックはさらりと打ち明ける。この先、文字が書かれた資料を持ってこられても、それを理解することはできない。一々《いちいち》対応するのも、面倒《めんどう》だと思った。

「そう……」

(字が読めない……)

レイはそれを、少し不思議に感じた。これまで、文字が読めない大人には出会ったことがなかった。だからザックにはどんなふうに、文字が見えているのか、絵のように見えているのか、少し気になった。

「じゃあ、その履歴書は、もういらない?」

書かれてあることの内容を思い浮かべながら、レイは訊いた。

「あぁ、どうせ読めねぇしな。……それに、お前のことがわかったところで、それ以上も以下もねぇよ」

ぽいっとレイの履歴書を床に捨て、ザックは言い切る。

「うん……」

(それ以上でも、以下でもない……)

その言葉は、なぜかレイの胸をざわめかせた。

「で、その紙は、誰のことが書いてあんだよ?」

Floor B4

もう一つ、レイが抱えている履歴書を、ザックは顎《あご》で指す。

「これは……アイザック……って人のことが、書いてあったの。……あなたのこと？」

履歴書を提示し、レイはじっと、ザックを見やった。

「……あぁ、そうだよ。アイザック・フォスターは俺だ」

レイの目を少し睨みつけるように視線を返し、ザックは少し大人びたような表情をして言った。

「で、それを読んで、テメェはどう思ったんだ」

（どう、思った……？）

レイは一瞬、返答に詰まった。

——私は、どう思ったんだろう。この人の過去は、私には……関係ない。だって私はただ、殺してほしいだけ……。

ここを出たら、ザックに殺してもらえる。その約束が、レイにとっては全てだった。

「……別に。これはあなたのことが書かれた紙。それ以上でも以下でもない」

履歴書を見つめたまま、レイは冷たく告げた。

わざとさっきのザックと同じ言葉を使ったのは、無意識にその言葉が気に入ったからかもしれない。

けれどザックは、その自分の言葉を模《も》したレイの物言いが、妙に気に入らなかった。

（どうせ何も考えず、適当に言ってんだろう……？）

「お前はこわくねぇのかよ、俺が」

だがザックは、あえて冷静に言い返す。

「……こわい？　こわくは、ないよ」

レイはこともなげに淡々と答えた。全てを思い出したあの瞬間から、死に対してこわいなんていう感情はもうない。こうして生きていることのほうがこわかった。

「ふうん……」

その鋭《するど》い目で、ザックはレイの何を考えているのかわからない青い目を射《い》る。

――こわくない、か……。

「あぁ、そういや昔、お前と同じことを言った女がいたよ……」

そしてザックはぎゅっとカマを握り締めると、その女にレイを重ねるように、あまり思い出したくはない、昔の出来事を話し始めた。

▲
▼

——……あれは、何年前だっただろう。

〈あなた、アイザック・フォスター？　私、ニュースを見たときから、大ファンだったの！〉

その女は、俺の顔を見た途端、目を輝かせてそう言った。そんなことを言うやつは、初めてだった。

〈あぁ……？　ファンだ？〉

捕まえたらすぐに殺そうと思っていたのに……、俺は少し、気が緩《ゆる》んでしまったのかもしれない。

〈ええ、だから、あなたのことは、こわくないわ〉

にこりと笑って、女は言った。

その強気な態度が面白かったから、逃げる時間を、三秒から五秒に増やしてやった。でも、けっきょく逃げ切れるわけがなくて、俺は路地裏の奥で、女を捕まえた。そしたら女は、青ざめた顔をして、気が狂ったように暴れだした。

〈あー……どうしようかな……〉

——逃がして、やろうか……。

一瞬、そんな馬鹿げたことを思って、俺は女を試すように言った。

〈ファンなんだろ？　こわくないなら、暴れるな〉

そしたら女は、

〈馬鹿じゃない？　ファンなんかじゃないわよ！　あなたに殺されたくないから、そう言ったのよ！　この化け物！〉

そう叫び始めた――。

▲▽

「俺は……嘘が、嫌いなんだ。だから、殺してやったよ」

冷血な声で、ザックはそのときの状況を、まるでさっき起こった出来事のように、ありありと思い浮かべながら話した。どうしてなのだろう、忘れたい記憶ほど、いつまでも消えることがない。

それにしても、ただレイを怖がらせたい一心で、急にこんなことを喋《しゃべ》り始めた自分に、驚くと同時に嫌気《いやけ》がさす。

（嘘が、嫌い……）

「……その話は、私が殺してもらえることと関係するの？」

レイは、少し考えたような仕草《しぐさ》をしたあと、大真面目《まじめ》に訊いた。
「……あ？」
「その手順を踏むと、殺してもらえたりするの？　あ、私も、ファンになったりすると
いいのかな？」
（私のときは、三秒だったし……）
「は……？　何、言ってんだ？」
その、半ば狂気じみたレイの思考回路に、ザックは拍子抜けしたように、あんぐりと
口を開ける。約束を交わしたとはいえ、自分にいつ殺されてもおかしくない状況で、そ
んな間抜けなことを言い出す人間は、今までいなかった。
「……違うの？」
レイは眉をしかめた。自分がおかしなことを言っているという自覚は、皆無《かいむ》だった。
――……あー、そうだ……。こいつ俺に、〝殺されたい〟んだった！
（なんで、あんな話、しちまったんだ……）
殺してほしい――そんな少女らしからぬレイの願いを思い出すと、ザックは途端に何
もかもがバカバカしくなってきた。自ら死を望んでいる人間を怖がらせようとしたこと
が、まず間違いだったのだ。
「……もう、いい。つーか、お前はなんで、俺が怖くねぇんだ」

無駄な昔話を披露《ひろう》してしまったことに少し後悔しながらも、ザックはその、一貫した、何も恐れないレイの態度に、少々脱力しながら問いかける。

「だって私、あなたのことを知らないから」

「はぁ？　知らないってお前……その紙、読んだんだろうが」

「読んだ。でも、あなたに会ったのはさっきのことだから……。まだ、あなたのことはよく知らない」

——言われてみれば、そうだった。あの妙な約束のせいで、少し感覚がおかしくなってしまったが、俺とこいつは、まだ、出会ったばかりだ。

単調な声で答えるレイに、ザックは妙に納得してしまった。

「……そーかよ。で、他に変わったことはなかったのか？」

なんだか呆れた気分になり、カマを握る手の力を弱めると、ザックは話を変えるように訊いた。

「えっと、声が聞こえた」

「声？」

「うん、子供の声だった。私の望みを、知っているって……」

伝えながら、レイはその声を鮮明に思い出す。

「あぁ?!　んだそれ、気持ちわりぃ!!」

「うん、でも姿は見えなかった。それと、行き止まりになっている床に、変なくぼみがあった。きっと何かの仕掛けだと思う……」

思いのほか、ザックが過剰《かじょう》に反応したのにびっくりして、レイはそのあと、謎の声に〝望みを叶えに会いに行く〟と言われたことを伝え忘れたまま、報告を続けた。

「何の仕掛けだよ？」

「たぶん、どこかの扉が開くんじゃないかな。もう他に行くところもないし」

通路の奥の、あのくぼみに乗っても何も起こらなかった。だからあの仕掛けは、おそらく何か、対《つい》になるものと連動しているのではないかと、レイは考えていた。

「そーいや、そうだな」

「うん。だから仕掛けを探しに行きたい」

レイには少し心当たりがあった。あのエレベーター前のプールに沈んでいたもの……あれは、死体ではなかったような気がする。それによく考えれば、何も浮かんでいないのに、プールの底に人影など映らない。

「あぁ、わかった。でもその前に、やることがあんだよ」

言いながらザックは、真っ直ぐ前を見据《みす》える。それは何かに苛立ったような口調だった。

「何……？」

ザックの視線の先には、自分の墓がそびえている。レイは嫌な胸騒《むなさわ》ぎがした。ザックが何をしようと思っているのか、嫌なくらいに予感できたからだ。

「この墓――」

つぶやきながらザックは、レイの名前が彫られた墓石へと近づいていく。そして、その不気味なほどにきらきらと輝く墓石を見据えると、ゆっくりと床に落としたつるはしを拾った。その行動は、このあと、レイの嫌な予感が的中することを示唆していた。

「この墓をぶっ壊さねぇと、苛々して仕方ねぇわ……‼」

ニヤリと不敵《ふてき》な笑みを浮かべ、ザックは渾身《こんしん》の力を込めて、光り輝くレイの墓石に向けてつるはしを振り下ろす。

「……待って‼」

その瞬間レイは、自分でも気づかないうちに小さく叫んでいた。けれど、その墓を作った人物を思い浮かべながらガンッ、ガンッと墓石を切りつけるザックの手は止まることを知らず、輝いていた墓石は見るも無残に砕け散った。

「…………」

レイはその原形のなくなった墓石を、茫然と見つめた。それは無条件に、悲しかった。まるで自分の居場所が、なくなってしまったような気がした。だが茫然と墓を見つめるレイに、ザックは力強く言い放《はな》つ。

「おい、お前が入る墓はここにはねぇんだ。お前が死ぬのは、俺が地下から出た後だ」

その言葉にはっとして、レイは目を見開く。

「……うん」

そして迷いのないザックの顔を見上げると、その言葉を噛《か》みしめるように、しょげたような顔をしながらも、小さくうなずいた。

――あの人は私を……本当に、殺してくれるのかな……?

でもレイはまだ、その言葉を心の底から信じることはできない。ザックはただ、ここから出たいだけかもしれない。だけど、嘘が嫌いだと言ったザックの目は、こわいくらいに真剣だった。

(はやく殺してほしい……)

こうしているあいだにも、ふと、そう思う瞬間が、何度もある。こんなふうに思うのなら、何もかもを思い出す前、ザックと初めて対峙《たいじ》したとき、逃げたりしないで、殺されておけばよかった。凍った心のなかで、レイは少し、そんなことを思った。

▲
▼

それからレイは、あまり軽くない足取りで、満足げなザックを引き連れ、エレベーター前の空間へと戻った。あのプールの底にあったものが仕掛けかどうか、確かめなければならない。レイは駆け足でプールに近寄ると、沈んでいるものに目を凝《こ》らす。それはやはり、あのくぼみとちょうど同じくらいの、丸い形をした大きなスイッチだった。

「ねぇ」

「何だ？」

「あのね、仕掛けかどうかわからないけど、あそこに行って、あのスイッチの上に立っていてほしい」

レイはプールの中のスイッチを指差す。

「あ?!　この水の中に？　俺がかよ」

ザックは思わず眉をひそめる。ただでさえ寒いフロアなのに、こんな強い薬品の臭いが漂うプールなんかに入りたくはない。

「……嫌なら、別に」

あからさまに嫌そうな顔をするザックに、レイは指差していた手を引っ込めた。

「おい、嫌とは言ってねぇよ！」

「でも、嫌な顔をした」

Floor B4

「あぁ?! 別に嫌な顔くらいしたっていいだろ!? 言っとくけど俺はな、お前と違って、ここで殺されるのはまっぴらごめんなんだよ」

「じゃあ、協力してほしい……」

「あぁ、んなこと言われなくてもわぁってるよ。入ればいいんだろう、入れば!」

悪態《あくたい》をつきながらも、ザックはレイの指示に従って、プールの中に入っていく。深さは、一メートルくらいだろうか。下半身は全て水に浸かってしまう。

「むかつくくらい、冷てぇ……」

プールのなかは予想以上に冷たく、長時間入っていれば、身体が凍りついてしまいそうな温度だった。

「大丈夫?」

「大丈夫じゃねぇけど、仕方ねぇだろ! ここに乗ってればいいんだな?」

文句を垂《た》れながらも、ザックはスイッチの上に乗る。その瞬間スイッチは、小さくカチッと小気味《こきみ》のいい音を立ててくぼんだ。

「うん」

深くうなずいたそのとき、足元に一枚のメモ用紙が落ちているのが、レイの目に映った。

(……何だろう)

レイはそっとメモを拾い上げる。メモは誰かが触ったあとのように、ほんのりと水に濡《ぬ》れていた。

ボクが手を貸してあげるよ。
苦しみたければ、苦しく、楽なのがいいなら、優しく。——お好みの方法を選んであげる。
ねぇ、どんな殺され方をしたい？

その文章は、さっきノートで読んだのと同じ筆跡の、子供の字で書かれていた。それを誰が書いたのかは、わからない。でもこれはきっと、自分に宛てられたものだと、レイは直感した。

（さっきのノートに書かれていたことも……）

〝——**永遠の眠り場所を。**〟

その一文を思い出し、レイは少し考え込む。ザックじゃなければ、すぐに殺してもらえるのかもしれない……。そう思うと、心のなかがざわめいた。

「おい、何してんだ？」

ザックは、冷たい水の中から、なぜだかじっと立ち止まるレイを見上げる。

「メモが落ちてたの……メモには直接そういうふうには書いてない」

レイはぽっりと答える。メモに直接「殺してあげる」と書かれているわけではない。けれど、そういう意図を込めて送られてきているのだろうということは、嫌でも感じ取れる。しかし表情には出さないものの、他の誰かに殺してもらうことを考えてしまったことに、わずかに動揺《どうよう》しながら、レイはザックの顔を見上げる。するとザックは、苛ついた表情を浮かべていた。

「あ？　殺してあげるだ？」

ザックはレイのその言葉に、どうしてかカッと頭に血がのぼった。

――なめてんじゃねぇよ。

「貸せ」

小さく舌打ちをし、ザックは一旦《いったん》スイッチから離れて水辺に近づくと、レイの手から強引にメモを取り上げ、びりびりと破いてプールのなかに撒《ま》いた。

「あのな、他の誰かに殺されようなんざ、考えるんじゃねぇぞ？　俺がここから出られなくなるのは、困んだよ」

「うん……でも、本当にあなたは私を殺してくれる？　私、つまらないから……」

消え入りそうな声で、レイは訊く。ここを出たら本当に殺してもらえるのか、不安だった。レイは一刻もはやく、この不幸な世界から、消えてしまいたかった。

しかしその、どこか返答を試すような言葉に、ザックはうんざりしたように問い返す。

「てかよ、死にたいんだったら、なんでテメェで死なねぇんだ……？」

他の誰かに殺されるのは、なんだか癪《しゃく》に障る。けれどその、波打つことのない湖面《こめん》のようなレイの目を見ていると、殺したい――という意欲が、益々《ますます》奪《うば》われていく。

「……自殺は、許されないから」

しばらく黙り込むと、空から降ってくる最初の雨の一粒《つぶ》のように、レイはぽつりと答えた。

「あぁ？　なんでだよ？」

「……神様が……、そう、おっしゃったから」

言いながらレイは、少し遠い目になり、月明かりのなか、夢中になって読んだ本を思い出す。だけどザックは、そんなレイの真剣な言葉を嘲笑《あざわら》った。

「へっ……、神様がねぇ。ならもっと、俺に殺される努力をしろ、っていうんだ」

（殺される、努力……？）

そんなこと、思いつきもしなかった。だってこの人にとって、人を殺すことなんて、お菓子を食べるのと同じくらいに容易《たやす》いはずだ。ダニー先生のときもそうだった。躊躇なく、身体を斬《き》りつけていた。なのに自分は殺してと頼んでもすぐに殺してもらえない。

それがなぜなのか、レイはいちまいち、よくわからないでいた。

「どうすれば……？」

「ああ？　役に立て、ってことだよ。そんで、殺されたいなら、そんなつまんねぇ顔ばっかすんの、やめろ。人間なら……、怒ったり、泣いたり、できんだろ」

「怒ったり、泣いたり……？」

表情がないのが気に入らないのだろうか。そう考えながら、レイは言われた通りに表情を変えてみせる。しかし、そんなふうに子供らしい振る舞いをしているのに、その目は見事に死んでいた。

「表情の筋肉っつうか……もうお前、オバケってか、死んでんじゃねぇのか」

そう考えると、ザックにも少し納得がいく。けれど幽霊《ゆうれい》が「殺して」なんて、頼んではこないだろう。

（オバケ……）

レイはほんの少し、眉をひそめる。それにオバケなんて言われるのは、心外だった。

「……生きてるから、殺してもらいたい」

「あー、わかったわかった。じゃあ、ほら、笑ってみろ」

鬼気迫《ききせま》るレイに対し、ザックは、軽くあしらうように指示を出す。

(――笑う)

それが、生きているという証拠《しょうこ》になるのだろうか。

「…………どう?」

レイは口元だけで微《かす》かに微笑んだ。しかし自分では、目一杯笑っているつもりだった。

けれどザックの指摘通り、顔の筋肉が反応していない。

「目が、死んでる」

だからそれは、ザックから見れば、到底《とうてい》笑っているふうには見えなかった。

「そう……ダメね」

落胆《らくたん》しながら、レイはつぶやく。けれどそれも、ザックの耳には、何の感情も籠《こも》って
いないように聞こえた。

(……ほんと、生きてんのかわかんねぇな)

「でも…………私はオバケじゃない」

ザックの心を読むように、続けてレイは言う。どんな恐ろしい人間を見ても、もう、
こわくはないとレイは思う。でもオバケという存在は、どうしても受け入れられない。

ザックにとって、自分がそういう存在に思われていることも、思わず反論してしまうく
らいには不快《ふかい》だった。

「あぁ? んなこと、わかってんだよ! まずオバケなんざいねぇだろ、馬鹿か!」

Floor B4

「えっ……？　オバケは、いないの？」

眠れない夜に、一人、真っ暗な部屋で見たホラー番組を思い浮かべながら、レイは驚いたような表情を見せる。それが作り物であったとしても、得体《えたい》の知れない心霊映像を見たあとは、その存在がいると思うと、時々こわくて眠れないこともあるくらい、オバケは苦手だった。

「当たり前だろ。テメェが変だから、オバケって言っただけだ！　んなもんいたら、そこら辺に湧いてんだろーが」

オバケの存在の有無を本気で訊ねるレイに、ザックは珍しく的確な突っ込みを入れた。

（へぇ……）

確かに、このビルのなかにはオバケがいてもおかしくない。でも遭遇しないということは、ザックの言う通り、オバケは本当にいないのかもしれない……。

（こいつ、オバケなんか信じてたのかよ……）

「つーかお前、何歳なんだよ」

ふいに気になってザックは訊いた。見た目から年下だということはわかるが、賢《かしこ》いわりに、オバケを信じていたり、死にたいと願ったり——まるで年齢《ねんれい》不詳《ふしょう》だ。

「十三……」

レイは正直に答えた。別に嘘をつく必要もない。それに、嘘は嫌いだと、ザックは言っていた。

（十三かよ。まだまだガキだな）

「あなたは？」

「あ？　俺は、成人男性だって言ってるだろうが」

ザックは答えた。二十歳と答えるより、成人男性という言い方のほうが、恰好良《かっこうよ》くて気に入っていた。

「……成人男性？」

（二十歳？）

数字だけを捉《とら》えると、十三歳のレイにとって、それはずいぶんと年上に思えた。けれど目の前にいるザックは、あまり年上という感じがしない。歳の差を感じるのは、背が高い、という部分くらいだろうか。

「ああ、つーかそんなことどうでもいいだろ。仕掛けだかなんだか知らねぇが、はやく行って来いよ」

（なんかしょうもねぇことに時間使っちまった……）

ずっとこうして水のなかにいるのにも限界がある。ザックは身体が冷えてきたのを感じて、やや苛立ちながら言い放つ。

「そうだね。亀裂の向こうにあったくぼみを見てくる」

年齢のことはザックが最初に訊いてきたのに……と、少しもやもやしながらも、レイは扉のほうを向く。これ以上、話を長引かせても仕方がない。

「とっとと戻って来いよ！」

「わかった」

今度は力強くうなずき、レイはその場を去った。

第一墓場へと向かう途中、メモに書かれた「殺してあげる」という内容が、ちいさく、心に渦巻くのを感じた。

▲▼

レイは急いで第一墓場へ戻ると、再び亀裂の中へと入って行こうとした。

しかし亀裂のなかは、さきほどとは違い、とても暗く、進もうにも前が見えない状態になっていた。奥の部屋の電気が、切れてしまったのかもしれないとレイは予想する。

けれどその代わり、亀裂の入り口にはまるで差し出されるように、非常用ライトと書かれた箱が置かれていた。

（こんな箱、さっきまではなかった気がするけど……）

不審《ふしん》に思いながらも、レイは箱を開けてみる。すると入っていたのは古い懐中電灯《かいちゅうでんとう》だった。箱の底には小さなメモが入っている。

『とまどうことは何もないよ。ボクと君の望みは、ピッタリなんだからね』

それはおそらくまた、自分に宛てられたものだろうと、レイは思った。なぜなら、さっき入り口の部屋に落ちていたメモの筆跡と同じだったからだ。

こわい。そう感じる反面、なぜだかこの不思議な言葉に、引き寄せられていくような感覚にもなる。

（とにかく、先に進もう……）

レイはメモを上着のポケットに入れると、弱いライトの明かりだけを頼りに、亀裂の奥の通路を歩きだした。少し進むと、資料室の入り口にはまた、まるでレイがここへやって来ることを先読みしていたみたいに小さなメモが落ちていた。

『君の望みを叶えてあげる。でも、ボクにも望みがあるんだよ』

（……私の、望み……）

小さく息を呑み、レイは世界を遮断するように目をつむる。そのとき一瞬、誰かが背後に迫り寄ってきたような気配が、確かにした。けれど目を開け振り返っても誰もいない。

(何……？)

オバケはいない。そうザックに教えてもらったばかりだが、それでも少し、その存在の可能性にこわさを感じながら、レイははやく仕掛けを解いてザックのもとへ戻ろうと、あの大きなくぼみへと急いだ。

亀裂の突き当たりに到着すると予想していた通り、くぼみは床から盛り上がり、大きなスイッチになっていた。

(やっぱり、連動していたんだ……)

スイッチの上には、また小さなメモが置かれてあるのが見える。

『できれば君のほうから身をあずけてほしい。ほら、だって〝両想い〟っていいよね』

(両想い……？)

その聞き慣れない言葉に、頭の上にクエスチョンマークを浮かべながらも、レイの心は少しざわめく。でも今は、このメモのことを気にしている場合じゃない。だって、ザックが冷たい水のなかで、自分を待っているのだ。躊躇《ためら》いながらも、レイはそのメモを払いのけ、スイッチの上にちょこんと立つ。

その瞬間、カチッという小気味のいい音がすると、突如《とつじょ》、行き止まりになっていた壁が動きだし、シャッターが上がるように天井へ吸い込まれていった。

(……これ、壁じゃなかったんだ)

レイは驚きながらも、通路の奥を見渡す。そこには長い廊下《ろうか》が続いていて、廊下の先には〈電源室・第三墓場〉というプレートが貼り付けられた扉が見えた。

（電源室……あの扉の向こうに、エレベーターがあるかもしれない……。行ってみよう）

レイはぎゅっと掌を丸める。しかし歩き出そうとしたそのとき、目の前に、まるで花びらが降ってくるように、ひらひらと小さなメモが落ちてきた。

『ボクは、君のことよくわかるよ。君は死にたいんでしょう？　ねぇ、だから――〝yes〟と答えて』

▲
▼

（あいつ、遅せぇ……）

――このまま逃げたり……いや、逃げんのはねぇか。自殺は駄目《だめ》とか、言ってたしな……。

その頃ザックは冷たい水の中で、一人悶々《もんもん》としながら、レイが戻ってくるのを待ちわびていた。

〝――でも、本当にあなたは私を殺してくれる？　私、つまらないから……〟

ふと、さっきの不安げなレイの言葉が脳裏を過《よぎ》る。

（殺すにしたって、あんなつまんねぇ顔じゃなぁ……）

ザックは、小さくため息を吐く。

なぜだろう。レイに対しては、全くといっていいほど殺意が湧いてこない。こんなことは今までなかった。でも、あの死んだような目で見つめられると、どうも、殺したいという気持ちが萎《な》えていく。「殺して」と、頼まれたのも原因かもしれないが、それだけではないような気がする。でもそれが何なのか、自分でもよくわからない。

「……私を殺して、ってなぁ」

ザックは、レイが作ったぎこちない笑顔を思い浮かべる。

（まぁ……さっきのは目が死んでなきゃ、悪くねぇ顔もしてたけどよ……）

「は～あ」

ザックは一旦、頭の中をリセットするように、大きく欠伸をする。

（つーか、これ以上入ってたら、身体が凍っちまう。もういいだろ）

それから身体が冷えてきたのも相まって、ザックはひょいっとプールから上がった。

（びっちょびちょだな……）

穿《は》いていた赤いズボンを脱ぎ、両手でぎゅっと、吸い込んだ冷たい水分を絞《しぼ》る。一度水分を含んだズボンはそう簡単に乾かないが、替《か》えなどないため、再びそれを穿くしかない。

（つーかあいつマジで、何してんだ……？）

嫌々ながらも濡れたズボンを穿きながら、ザックは、レイが向かった第一墓場へと歩いていく。その途中、頭のなかでは、なぜだかレイの言葉が、やけにくっきりと思い浮かんだ。

〝神様がそう、おっしゃったから〟

――神様、ね……。あいつ、そんなもん、信じてんのか……。

「神様なんて……いねぇよ……」

第一墓場に到着し、ザックはちいさくつぶやきながら、自分が壊した墓石の群れを眺める。この墓の下に、自分が下の階で殺した生贄は何人いるのだろう。もう、殺した人間がどんな顔だったのかも思い出せない。ザックの脳裏には、ふっといまわしい過去の記憶が蘇りそうになる。

「ああッ……！」

それを阻止《そし》するように、声を発したその瞬間――フロアには、バチバチッと何かが弾《はじ》けるような不穏《ふおん》な音が、突然、鳴り響いた。

Floor B4

（な、なんだ……?!）

それからすぐに全ての照明が落ち、目の前が真っ暗闇に包まれると、

《この、墓荒らし》

どこからともなく、まだ幼さの残る声が降りかかってきた。

「あぁ……？」

何も見えないが、ザックはすぐにその声が、このフロアの住人である少年――エディのものだとわかった。エディはいつも、自分が殺した死体の回収をしにくる。そのときに、何度か顔を合わせることがあったからだ。

「やぁ、ザック、久しぶりだね」

ぱっと電気がつくと、ザックの目の前には、予想通りエディが立っていた。相変《あいか》わらず趣味の悪い、麻袋《あさぶくろ》でできたジャガイモのような仮面を被《かぶ》っている。

「何の真似だ、エディ」

ザックは、何かに心を弾ませながら微笑んでいるエディを睨みつける。

「それはこっちが聞きたいよ。せっかく君のお墓まで用意してやったのに、自分の墓さえ荒らすなんてどうかしてるよ」

エディは楽し気な表情を一変させ、ザックを睨み返す。お互い、包帯や仮面をつけているせいで、うまく表情が読み取れないが、何を考えているのかは手に取るようにわか

った。

「ふうん、それにしちゃあ、俺の墓はかなりお粗末《そまつ》だったじゃねえか？　なぁ？」

ザックはエディに向けてカマを構える。しかし再び電気が消えると、エディの姿はどこにも見えなくなった。

《ごめんね、君の分は、急だったから。でも、墓石はあのままでいいよね？　君には、あのくらい雑なのがぴったりだよ！》

「あぁ？　先にお前の墓を作ってやろうか？」

暗闇のなか、すぐ近くから降ってくる煽《あお》るような言葉に、ザックは苛立ちながら、声のする方向へカマを振り落とす。

（ちっ……暗ぇ）

けれど、姿が見えないせいでかすりもしない。

空回《からまわ》りするザックに、エディはくすくすと笑い声を上げる。

《ボクね一目惚《ひとめぼ》れなんだ……》

そして、その真夜中のような暗闇にまぎれながら、エディは半ば自分に酔《よ》いしれるように、理想を語り始めた。

《いつも他の人が殺した死体のお墓ばっかり作っていて、最近ちょっとつまんなかった。お墓を作るのは好きだけど、中に入れる人間が愛おしくないなんて……、そんなの美し

くない。でもあの子には、ボクの理想のお墓を作ってあげたいんだ！》
（あの子って、あいつのことか？）
戸惑《とまど》いを見せるザックをよそに、エディは暗闇のなか、ぴょんぴょんと軽やかに飛び跳ねながら話し続ける。
《たぶんね、歳も近いと思うし、何より彼女の気持ちをわかってあげられる。想い想われ、両想い……！　一方的な、ぐちゃぐちゃ死体よりもずっとキレイなはずだよ？　まあ、彼女が望むなら……ぐちゃぐちゃでもいいんだけど》
その理想からは、レイを殺したいという願望とともに、芽生《めば》えたばかりのレイへの恋心がはっきりと読み取れる。
「気色《きしょく》悪いこと言ってんじゃねーよ」
だいたい一目惚れなんて言葉は、自分の辞書にはない。ザックは、どすのきいた声で言い放つ。
《気色悪い……？　何が？　君って、僕よりもずいぶん年上なのに女の子に対する恋心もわからないなんて、本当に野蛮《やばん》だよね。あぁ、君なんかより絶対……ボクと彼女の美学は、ぴったりだよ！　だから僕があの子を殺すんだ。邪魔しないでね！》
幼い笑い声を含む、勝ち誇ったようなエディの声が、だんだんと遠ざかっていくのがわかる。

そして、その気配が完全になくなると、バチバチッと音が響きフロアの照明がついた。眩《まぶ》しさを感じるなか、ザックは辺りを確認する。けれどエディの姿はもうどこにもなくなっていた。

(おいおい、あの墓掘《はかほ》り野郎、俺を出し抜く気かよ……)

――あいつに一目惚れだ？

――自分で殺したいだ？

「何が恋心だよ……ガキが色気《いろけ》づきやがって、気色わりぃ！」

一方的なレイに対するエディの感情と、自分への卑下《ひげ》に、何も考えられなくなるほどに、いっきに頭に血が上《のぼ》る。

――あんなクソガキに、殺させてたまるかよ！

ザックはすぐさまレイが入っていった亀裂のなかを覗き込む。

(あいつ、こっから入っていったな……)

「おいっ、戻ってこい！」

そして少し焦《あせ》りながら、ザックは亀裂のなかに向かって叫んだ。

「戻れっ、つってんだろーが！」

しかしその声は、亀裂の奥にいるレイには到底届かない。

「あぁ、くっそ……聞こえてねぇ！」

（あいつ、どんだけ奥まで行ってんだよ……！）

そのときふとザックは、この亀裂の奥に部屋があるとしたら、それはおそらく、保存室の裏側に当たるのではないかと思った。

（行ってみっか……）

――今死なれちゃ、困んだよ！

▲
▼

突如、目の前に降ってきた奇怪《きかい》なメモを手に、レイは思わず立ち止まる。

『ボクは、君のことよくわかるよ。君は死にたいんでしょう？　ねぇ、だから――〝yes〟と答えて』

その内容は、今までとは違う、具体的な内容のように感じて、嫌な予感が心を過る。

けれど同時に、なぜだか妙に胸が騒ぐのも感じた。

しかしそのとき、手に持っていたライトの光が、せわしなくチカチカと点滅《てんめつ》し始めた。

（ライトが……。電池がもう、ないのかな。一回、戻ろう）

それにいつまでも、ザックを冷たい水のなかで待たすわけにはいかない。そう思い、第一墓場へ引き返そうとしたそのとき、バチッと完全にライトの光が消えた。そしてレイの視界は暗闇に包まれた。


——……ねぇレイチェル、ボクが、君の望みを叶えてあげるよ。


（え……？）

そしてすぐ耳元で、あの不気味な子供の声が聞こえた。

ぞわりとしてレイは後ろを振り向いた。その瞬間、ぱちっと再びライトの電気がつく。背後を照らすと、そこには奇妙な仮面を被った背の低い男の子——エディが立っていた。

エディは仮面の奥で、観察するようにレイを見つめながら、より一層、その美しさに見惚《みほ》れた。レイは遠くから眺めているよりも、とても美しい顔立ちをしていた。そう
……それはきっと、可愛《かわい》いと形容するより、美しいと表現するべきだった。

「あはは、そんなに驚かなくてもいいのに。ねぇレイチェル、ボクのラブレター、全部読んでくれた？」

エディは幼い子供のようにぴょんぴょんと跳ねながら、レイに近づく。

PLEASE...
SAY YES...?

その奇妙な動きに、レイは思わず後ずさりをした。その男の子が、このフロアの住人だということは、言われなくても即座《そくざ》に理解できた。脳裏に、ザックの姿がちらつく。きっとザックは自分を待っているはずだった。

（戻らなきゃ……）

しかし、そう思いエディに背を向けた瞬間、行き止まりになっていた壁が、レイを閉じ込めるように、再びガシャンッと閉まった。

「逃げなくてもいいよ、レイチェル。……ボクは君を、他の人みたいに突然殺したりなんかしないよ？　それにボクは、君の望みを知ってる」

「……私の望み」

閉じ込められたことにとまどいながらも、レイはぽそりとつぶやく。

「うん、そう。……ボクはね、君をよく知っているんだ。——君の……お父さんとお母さん、周りのものがどうなったか、全部ね」

まるで絵本を読み上げるように可愛らしく話しながら、エディはレイにずいずいと歩み寄り、話を続ける。

「だから、ボクなら君を楽に殺してあげられるし、あいつに壊されちゃったけど、また君にぴったりのお墓も作ってあげる。……ねぇ、ボクたち、見た感じの年も近いし、きっと気が合うよ、ね？」

一見、自分の言葉が何も伝わっていないような、無感情に見えるレイの目を見つめ、エディはにこりと微笑む。

「だからね、君の望み、口にしてみてよ！」

エディは、自分の話に少しの反応も示さないレイに内心苛立ちながらも、明るい声で言い放つ。

（――望み……私の望みは……）

レイはごくりと小さく息を呑む。

望みなんて、たった一つしかない。それは、誰かに殺してもらうことだ。そしてその望みを、今すぐに叶えてくれる存在が、目の前にいる。それはまぎれもない事実だった。

「…………死にたい」

レイは仮面に開けられた穴から見える、エディの左目を見やり告げた。

「ほら、やっぱり！　あのねレイチェル、ボクが君を殺してあげるよ――だから〝yes〟と答えてよ？」

自分に向かって死にたいと告げるレイの姿に、エディはうれしくなる。レイを、自分のモノにできるかもしれない高揚感《こうようかん》で、仮面の奥の目がぎらぎらと輝いた。

「…………」

〝――……お前を殺してやるよ〟

けれどレイの脳裏には、ザックの言葉が浮かぶ。

今、確実に、殺してくれる存在がいるというのに、yesとうなずくことができないのは、いうまでもなく、ザックと交わした約束のせいだ。だけどそれは、その約束を破ることに罪悪感《ざいあくかん》を覚えているからではない。レイは、心のどこかで、誰かい——ではない、ザックに殺してほしい……そう、感じ始めていた。

「もう、じれったいよ。君は何を迷っているの？」

俯《うつむ》くようにエディから視線を外し、レイはまた押し黙る。

「もしかして……あいつのせい？」

「…………」

「ねぇ、どうしてザックといるの？」

まるで自分を無視するかのように、一向《いっこう》に何も答えようとしないレイの態度に、しびれを切らし、エディは少し冷たい声色《こわいろ》になって訊いた。

「…………彼に、殺してもらう約束をしたから」

その問いに、レイはようやく声を放つ。胸のなかには、このフロアへ来るまでのエレベーターのなかで何度も噛みしめたザックの言葉が、響き渡る。

「……へー、変なの。そんなの、ボクが代わりに、今すぐにでも殺してあげるよ？」

ようやく返ってきたその答えにエディは明らかに不快な声を漏らす。約束したからといって、別にレイがザックに殺されなければならないなんていう決まりはない。それどころか、ここのルールに則《のっと》るとしたら、今、いけにえであるレイを殺す権利を持っているのは、このフロアの住人である自分だった。

「……でも、そうしたら彼が、ここから出られない」

少し考えてレイは言った。

もちろん、今すぐに殺してほしい気持ちに変わりはない。エディの言葉に揺らめかないわけでもない。きっと頼めば痛くないように殺してくれるのかもしれない。でもなぜだかエディには、殺してほしいと願う気になれない。不思議なくらいに、ザックの存在が、心のなかを支配していく。

「なにそれ……。そんなの、なんの問題もないよ」

やけにザックを気に掛けるレイの応答に、エディはもはや失笑するように言った。

「……ねぇレイチェル、ボクが君を殺してあげるよ……。——だからほら、〝yes〟と言って?」

そして、壁際に追い詰めるようにエディがレイに詰め寄ったそのとき、

——……おい、聞こえるか!

（……！）

壁のすぐ向こうから、焦りを伴《ともな》った叫び声が聞こえてきた。

「……あぁ、耳障りなのが来た」

エディは小さくため息を漏らす。

壁の向こうから聞こえてくるのはまぎれもない――ザックの声だったからだ。

「ねぇ、選びなよ？　あいつに殺されるか、ボクに殺されるか。……――大好きなレイチェル。きっと素敵に眠らせてあげる……」

さっきまでの声色とは違う、子供らしからぬ誘《さそ》うような声で言い、エディはじっとレイの目を見つめる。

（素敵に……）

レイはふっと、エディに殺されようとする自分を想像してみる。誰かに面と向かって大好きなんて言われたのは、初めてだったからかもしれない。だけどその想像のなかの自分は、無表情で、まるで人形のようだった。ザックの言う〝いい顔〟ではない。殺されなくても、最初から死んでいるみたいだった。

――おいエディ！

テメェの美学っていうのも、ずいぶん雑だなぁ！

Floor B4

そいつをつまんねぇ顔のまま、殺すってか?!

もの想いに沈むレイとは対照的に、壁の向こうでエディが放つレイへの言葉に、ザックは苛立ちながら声を荒らげる。

「あぁ……もう、うるさいな。ボクは今、レイチェルとお話してるんだよ」

エディは呆れたような声で答える。

（……お話、だ……？　――脅迫《きょうはく》の間違いだろ……！）

――おいレイ、そこにいんだろ?!

聞こえてんのなら、返事しろ！

無我夢中《むがむちゅう》で叫びながら、ザックはそのとき無意識に初めてレイの名前を呼んだ。あのとき聞き取れた〝レイ〟という響きだけは、しっかりと覚えていた。

「……私？」

レイはザックに、自分の名前を呼ばれたことに驚きながら、はっとして返事をした。

――そーだよ、決まってんだろ！

おいテメェ、勝手に殺されようなんざ、思うんじゃねえぞ……！

このビルにはな、お前を殺したい奴が、たくさんいるんだよ！

でもな、絶対に、俺がお前を、殺してやる……！


――……神に、誓ってな！


その瞬間、レイの目のなかには、ぶわっと、空から……無数の天使の羽が降ってくるような、そんな幻想が見えた。

――チリン……、と鈴《すず》の音が鳴る。

「神、様に……？」

レイは、声を震《ふる》わせながら言った。

普段、動いているのか、止まっているのかもわからない、静かな心臓が、止まってしまうかと思うくらいに、どくん……どくんと、激しく高鳴っているのがわかる。

――……あぁ、そうだよ……！

だから、俺以外に殺されんじゃねぇ！

ザックも感情を昂《たかぶ》らせながら、言い放つ。こんなふうに、誰かのために、大声を上げるのは、初めてかもしれない。だけど実際のところ、まだ人形のようなレイを、心の底から殺したいとは思えない。でもレイが、自分以外の誰かに殺されるのは、なぜだか嫌だった。許せなかった。

「……わかった」

レイはこくりとうなずくと、壁の向こうのザックに伝わるよう、思い切り叫んだ。

「そのまま思い切り、壁を叩いて……！」

別に助けてほしいわけじゃない。今すぐ、ザックに会いたいと、そう思った。

レイの指示を聞き、壁の向こう側で、ザックはニヤリと笑う。

エディは、悲しさが混じったような表情で、レイを見た。

「レイチェル、どうして⁉」

でももう、レイの目のなかに、エディの姿は映らない。ザック以外の何も、映らなかった。

フロアには、ドンッ・ドンッ——と、ザックがレイのために奏《かな》でる激しい音が響く。

そのたびに、レイの小さな胸は、掴まれているように痛くなる。

ドンッ・ドン！

ドンッ・ドン──！

音は、レイの心臓の音と比例《ひれい》して、まるで花火がフィナーレを迎《むか》えるように、大きくなる。

（──ザック）

その音に包まれながら、レイは心のなかで、その名前を初めて呼んだ。

そのとき、──ドンッ！　と、一層大きな音が鳴り響く。

そして次の瞬間、爆発音のようなけたたましい音とともに、壁は見事に大破《たいは》された。

壊れた壁の砂嵐《すなあらし》が舞い上がる向こうからは、長身の男の影がゆっくりと近づいてくる。

「……よぉ」

そしてザックは、レイに向かって、得意げに微笑んだ。

「………」

胸を押さえながら、レイはじっとザックの姿を見つめた。心臓がどきどきして鳴りやまない。まるであの夜、あの本……神様が書いたあの本を読んだときと同じような気持ちが込み上げてきた。

「クソガキは、どこだ?」

レイが無事であることを確認して、ほっとしたような表情になったあと、ザックはすぐに辺りを見回す。けれどエディはもう姿を晦《くら》ましたあとだった。

《あぁ……どうして、レイチェル？　ボクが殺しても問題ないのに。……ねぇ君は本当にこいつに殺してほしいの？　ボクのほうが絶対にいいのに》

エディは姿を晦ませたまま、どこからか、レイに話しかける。それは、すぐ耳元で囁《ささや》かれているように思うのに、エディの姿はやはりなかった。

「ごちゃごちゃうるせぇ……。どこにいる?!　出てきやがれ！　ぶっ殺してやる！」

威嚇《いかく》するように声のするほうを睨みながら、ザックはカマを振りかざす。

（……ザックは、いらない）

《レイチェル、君は僕が殺してあげるよ。——だから、待ってるね？》

ザックの存在を無視するように、エディは静かに告げた。

（——レイチェルはきっと、ボクのものになってくれる。だってこんなに、一目見ただけで、大好きになったんだから……）

声がフェードアウトしていくと、カチャリと次の部屋の扉が開く音が聞こえた。

「くっそ、あの野郎逃げやがった！」

ザックは地面を踏みつける。それからレイのほうを振り向くと、半ば本気で怒りだした。

「つーかテメェもひ弱だな！　なに簡単に、あんなクソガキに捕まってんだよ?!　そんなんじゃ、俺に殺されなくても、すぐに死んじまうんじゃねぇか⁉」

「……うん」

しかしレイは、心ここにあらずというように、うなずく。

――絶対に、俺がお前を殺してやる！

――…………神に、誓ってな！


レイの胸中には、その言葉が木霊《こだま》し続けていた。

ザックは、まるで本当に人形になってしまったように微動だにしないレイの顔を覗き込む。

「おい、聞いてんのか」

「おいっ！」

その声に、ようやく意識を取り戻したかのように、レイははっとして顔を上げると、急にザックへ迫り寄った。

「――さっき、こう言った……」

「あ……？」

「神様、神様って……。神様に……〝神に誓って〟って……。本当に、神様に誓ってくれるの？　神様に誓って、殺してくれるの――？」

そしてレイは、ぐいぐいとザックを壁際に追い詰めるように迫りながら、神様という言葉を執拗《しつよう》に繰り返し、訊ねた。ザックを見つめるレイの目は、何かに取り憑《つ》かれたような狂気を秘めているようにも見えた。

（いったい、何だよ――？）

さっきまでぼうっとしていたかと思えば、突然、自分に迫り寄って来るレイからは、得体の知れない不気味さを感じる。

「だからそう言ってんだろうが！　俺は、嘘は、嫌いなんだよ！」

とまどいながらも、ザックはレイから少し身を離し、怒鳴りながら答えた。

（――嘘が、嫌い……）

「……そう。わかった。私、がんばる。あなたの役に立つようにする」

ザックの返答に、レイは不思議と冷静さを取り戻した。だって、嘘が嫌いという、ザックのその言葉が正しいなら、先ほどの誓《ちか》いは絶対に守られることとなる。

「わかりゃあ、いいんだよ」

ふっと憑き物が落ちるように、レイの口調から狂気のようなものが消え、ザックは少し安堵《あんど》した。

「……そういえば、私の名前、呼んだ」

そしてレイはふと、思い出す。

〝——おいレイ、そこにいんだろ?!〟

あのときザックはそう言って自分を呼んだ。レイ、と。

「あぁ、そうだったか?　でも、全部は覚えられてねぇ。名前、なんて言った?」

「レイチェル・ガードナー」

B7でコンピューターに答えたときと同じように、レイはもう一度、自分の名前を告げた。

「そっか。……俺はさぁ、自分にとって得だと思って、お前を連れて行ってるけどよぉ……結構面倒だよ、お前がいると」

ザックはため息混じりに言い、

「……なぁ?　レイ」

その、黄色く光る切れ長の眼でレイを見やった。レイはその目のなかに映る、無表情な自分を見た。そして少し、不思議な気持ちになった。自分ではもっと、表情を作っているつもりだったからだ。

(……レイ)

それにしても、自分の名前を、そんなふうに呼ばれたのは、初めてだった。ザックがレイを呼ぶ声は、ダニーとも、エディとも違う、何も求めていないような、荒っぽいけれど優しさを含んだ声だった。

「で、どうすんだ、この先」

ザックは場を仕切り直すようにつぶやく。

「さっき、扉が開く音が聞こえた。たぶん、この先の扉が開いたんだと思う。あの子、待ってるって……言ってたから」

レイは、廊下に先にある〈電源室・第三墓場〉と書かれた扉を指差す。

「ふざけた野郎だな。ま、とにかく、こんな土くせぇ所に長居する気はねぇ。とっとと出ようぜ」

「うん」

ふたりは顔を見わせたあと、扉へと続く薄暗い廊下を歩きだした。

▲
▼

「土の臭《にお》いがする……」

廊下には、湿った土の臭いが漂《ただよ》っている。廊下の先には、第三墓場と示されたプレートが掲げられているのだから、それは間違いなく、扉の向こうから漂ってきているものだろう。

「まだ墓があんのかよ。空いてる穴があっても入んじゃねーぞ」

ザックは、第三墓場の様子を想像し、顔をしかめる。自分を見つめるレイの無感情な目には、少しでも目を離したら、勝手に死んでしまいそうな、そんな危うさが漂っている。

「自殺はしないって言った」

その危うさを払いのけるように、レイは言い切る。それは偽《いつわ》りのない声だった。

「へぇへぇ、そうだったな」

(神様……ね)

ザックはレイの言葉を思い出し、少し呆れながら扉を開ける。吐き気がするような土の臭いが、いっそう強くなった。

(……!)

「やぁ!」

そして大量の墓が並べられた第三墓場の入り口には、大きなシャベルを抱えたエディが待ち構えていた。

「……来てくれたんだね、レイチェル」

レイだけを視界のなかに映し、エディは仮面の裏でにこりと微笑む。

(――こんな奴、殺すのも面倒くせぇ……)

「クソガキ、どけよ」

ザックは冷たい声で言い放つ。自分をないがしろにされ続けるのは、いい気分ではない。

「はぁ？　なんでボクが、お前の言うことを聞かなきゃいけないの？」

「そりゃ俺は、お前より、長く生きてるからだよ」

「あー、下らない。馬鹿と話してると本当に疲れるよ」

「あぁ?!」

そのエディの態度に、ザックの心には再び怒りの火がつく。

(――このガキ、ぜってぇ殺す！)

「ねぇレイチェル、君は知っているの？　隣にいるそいつがどんな奴か！　美しさもこだわりもないし、過去だってろくでもない奴なんだよ?!」

「……それは、さっき書類で見た」

レイは、ザックのことが書かれた履歴書の内容を思い返す。あれはきっとエディが作った資料なのだろう。

「なら、なんでボクじゃなくてザックがいいの⁉　ボクだって、君を殺してあげられるのに！」

エディは小さい子供がわめくように声を荒らげた。

「……この人は、神様に誓ってくれた……私を殺してくれるって」

その、何も映そうとしない青い目のなかが、一瞬《しゅん》きらりと光る。

「——それだけで、私の中の全てなの」

そのレイの目のなかには、さっき幻想のなかで見た、天使の羽が降っていた。

（——神様、に……？）

その言葉に、エディは目を見開く。

「……ねぇ、その神様ってなぁに？　おかしいよ。ボクはそんな話、神様から聞いていないよ？」

少し苦笑しながら、エディは己の信じている神様のことを思い浮かべる。それは、レイの神様とは違う、神様だった。

「それに、そんな自由はここにはないはずだよ。ボクたちが与えられているのは、それぞれの担当フロア内での行動と——そのあいだ……人間を殺していい権利だけなんだよ？」

（……人を、殺していい権利）

その言葉に、レイはふっと俯く。

（人を殺す権利を、神様が与えたりはしない……）

そして心の奥でそう思った。

「ねぇレイチェル……。どうしても、ボクじゃダメ？」

仮面の隙間からは、エディの少年らしいつぶらな瞳が垣間見《かいまみ》える。

「……私を殺すのは、あなたじゃない」

――私を殺すのは……あの人……ザックだ。

壁の向こうでザックが叫んだ言葉を反芻《はんすう》しながら、レイは、いままでにない鮮明な声で告げた。

「ハハハ！　だとよぉ！　ざまみろ、クソガキ！」

エディへの冷酷なレイの態度に、ザックは心底愉快《ゆかい》げに笑う。まるで、勝ち誇ったような気分だった。

（ボク、じゃない……）

その瞬間、エディの心のなかには、ふわりと思い出したくもない過去の記憶が降りかかる。それはエディが、まだ家族と暮らしていた頃の記憶だった――。

――四人兄弟の三男坊として生まれたボクの持ち物は、いつも兄のおさがりばかりだった。

ボクは新しいモノが欲しかった。ボクのだけの新しいモノが……。

だからボクは、たくさん勉強をした。テストでいい点を取れば、両親に欲しいモノ……新しい玩具《おもちゃ》や服を買ってもらえた。だけど結局はそれさえも、おさがりとして弟に渡す破目《はめ》になった。

でも生き物は、生き物だけは、おさがりになったりはしなかった。ボクの家では、猫や小鳥、金魚や虫……色んな生き物を飼っていた。

もちろん、飼っている間は『家族みんなのもの』だった――。でも、唯一、ボクのモノだと思える瞬間があった。それは、お墓を作ってあげたときだった。ボクは、お墓を作るのが得意だった。その動物にぴったりのお墓を作ることができた。

そしてボクのお墓に埋めてあげた瞬間、『あぁ、この子は僕のだ。僕が最後に、大好きなこの子のお墓を作って埋めてあげたんだ』と、そう思えて、うれしかった。

そんなある日、失恋したらしく情緒不安定《じょうちょふあんてい》だった兄が、小鳥を八つ当たりの道具にして殺した。

（ひどい……この小鳥は兄だけのものではないのに、勝手に殺すなんて！）

僕は憤慨《ふんがい》しながらも、死んだ小鳥のためにお墓を作った。でもそのとき、いつも感じていた『最後は、ボクのモノ』という、喜びを感じることができなかった。

兄に殺された小鳥は、既《すで》に『奪われたもの』で、もうボクのモノではなかった……。

立て続けに、飼っていた猫が病気になった。病院に行ったけれど、病気は治ることがないと言われて、毎日ひどく苦しそうだった。

「このままではかわいそうね……。最後は、安楽死《あんらくし》させるのはどう？」

母が言った。

ボクはその夜、自分の手で、その猫の最後を奪った。その猫のお墓を作りながら、ボクは今までで、いちばんの喜びを感じた。自分で最後を奪い、そしてさらに自分の作ったお墓に入れる——本当に、猫のなにもかもが、ボクのモノになったような気がした……。

▲▼

（だからレイチェルも、ボクが殺さなきゃ……、ボクのモノには、ならないんだ）

過去の記憶を噛みしめるように、エディは両手に嵌《は》めている黒いグローブのなかで、拳《こぶし》をぎゅっと握りしめる。

「……あぁ、辛いなぁ、ボクが、キレイなまま殺してあげたかったのに。でもね、知ってる？　墓穴は暗くて涼しくて、心地いいんだよ……？」

「……そう」

興味がないように、レイは答える。できれば墓穴に入るのは、死んでからがいい。

「ねぇレイチェル……せめてそこに、連れて行ってあげる」

（——お墓にさえ入れれば、レイチェルは、ボクのモノになるんだ……！）

エディはすばやくレイに近寄り、その手を握ろうとした。

「……！　何してんだよ！」

その瞬間——ザックは、何も考えないままに、エディをめがけて、カマを振り下ろした。

「ああ、嫌だ！　この乱暴者！　人殺し！」

瞬発力《しゅんぱつりょく》の高いエディは、その攻撃をすばやく避け、ザックに怒鳴り散らす。おかげで腕にはかすり傷がついただけだった。

「テメーだって、人殺しには変わんねぇだろうが！」

Floor B4

「一緒にしないでよ！　いくら身体能力が高くても、頭が空っぽな君は、いつも逃げられてばっかりなくせに！　役目も果たせず、ろくに殺せてないから、苛々しっぱなしじゃない！」

エディはザックに負けじと言い返す。レイはその言い争いを無表情に眺める。エディは、まだ成長途中の透き通るような少年の声をしていて、こんなところで人を殺すために生きているとは思えなかった。

「あぁ？　それこそ、お前に言われたかねぇよ。だいたい飢《う》えてんのはテメェだろ？　ガキのくせして欲求不満か？　笑えねぇなぁ、おい」

ザックは顔を歪め、挑発するようにエディを見下ろす。

「……バカがうるさいよ」

その嘲笑《あざわら》うようなザックの言葉に、エディの声は、怒りを通り越《こ》し、急に冷たい色合いを帯びた。

「──お前は無視でいいよ、いらないし。ボクが欲しいのは、レイチェルなんだ」

エディは詩を朗読《ろうどく》するかのように、レイに向かって囁きかける。

「ねぇレイチェル……、君のために世界でいちばん美しいお墓を作って、その美しい蓋《ふた》の下に、永遠に閉じ込めてあげるよ！」

それはエディにとって、純粋な愛のメッセージだった。

「だから……ね、僕がレイチェルの最後を、奪ってあげる……！」

そしてエディが高らかに言い放ったその瞬間、バチバチッと不穏な音が響くと同時に、フロアは暗闇に包まれた。

「あぁ！　くっそ、またかよ！」

再び訪れた何も見えない空間に、ザックは、一抹《いちまつ》の不安を感じた。このままでは、レイをエディに殺されてしまう。その結末は絶対に、避けなければいけない。だって、レイを殺すと約束したのだ。

「おいレイ！　お前、先に行け！　電源室なんだったら、電源がどっかにあんだろ?!　つけてこい！」

目を開けているのか閉じているのかもわからない暗闇のなか、ザックは叫んだ。

「――わかった！」

レイはとまどいながらも、ザックの声がするほうを振り向き、ポシェットから、ライトを取り出すと、走り出した。

（探さなきゃ――……でも、もうライトの電池はあまりない……急がないと……！）

真っ暗闇のなか、今にも消えそうなライトの明かりだけを頼りに、電源を探す。無数の墓が並び、フロアのなかは、まるで迷路のようになっていた。

――……ねぇレイチェル、どこにいるの……？

背後からは、エディの声が聞こえる。

（……はやくしないと！）

そのとき、ライトのなかに大きな機械が映った。きっとそれは、電源装置《そうち》に違いなかった。

レイは一目散にその機械へ近づくと、〝B4照明〟と書かれた、大きなレバーを上げた。パチパチッと音を立てて、いっきにフロアの明かりがつくと、レイは部屋の高台の上に立っていた。見下ろすと、そこには一際《ひときわ》大きなお墓が一つ、置かれている。

そしてその前には、エディが茫然と立っていた。

「レイチェル、どうして？　せっかく君のお墓を作ったのに……」

必死で追いかけてきたのだろう、はぁはぁと息を切らしながら、エディは理解できないというように嘆《なげ》いた。

「……私のお墓は、作らなくていい」

レイもほんの少し、息を切らしながら、冷たい目でエディを見下ろし、首を振った。

「レイチェル、どうしてそんなことを言うの？」

エディは永遠に溶けない氷のような、レイの冷え切った態度に、小さく声を震わせる。

そのときレイの視界には、自分を追いかけてきたザックの姿が映った。

「――――……そりゃあお前……、フラれたんだよ」

そして、ふたりに追いついたザックは、大人げなくはっきりと言いながらエディに詰め寄る。

「……近づくな……！」

振り向き、エディは声を荒らげた。レイを追いかけるのに夢中で、ザックの存在をすっかり忘れていた。

「レイはテメェの墓なんか、望んでねぇってよ」

「……嘘だ」

「嘘なんて、つかねーよ。俺は嘘が嫌いなんだ」

まるで絶望の淵《ふち》に立たされたように、顔を引きつらせるエディに、ザックは容赦なく畳《たた》みかける。

——どうして……、ボクなら、レイチェルを幸せにしてあげられるのに……。

——ボクの大切なモノは、いつだって誰かに奪われてばかり……。

——嫌だ……レイチェルの最後は、絶対に僕が奪うんだ……！

もはや懇願《こんがん》するように、エディは早口でレイに向かって、叫び始めた。

「ねぇレイチェル、こんな悪魔みたいな奴なんかやめて、ボクのお墓に入ろうよ！ね？　お墓に入ったらもう、家にだって帰らなくていいんだ。あんな酷い、両親がいた家には……」

レイを真っ直ぐに見つめながら、エディは背負っていた大きなシャベルをレイに向ける。

（……家に帰らなくていい）

その言葉は、確実にレイの心の奥へと響いたが、無事に脱出できたとしても、もう家に帰るつもりなんて、なかった。

けれどその何かを迷うようなレイの表情を見た瞬間、エディに対するザックの苛立ちは、沸点《ふってん》を超えた。

「あぁ……しつけぇ！」

それにもうこれ以上、エディをレイに近づかせるわけにはいかない。レイは、自分が殺すと、約束したのだ。

「……なぁエディ、そんなに墓がいいんなら、お前を真っ先に入れてやるよ……!!」

（…………！）

その、ザックの凶悪《きょうあく》な目つきに、エディは戦慄《せんりつ》する。しかしもう、手遅れだったーー。

ザックはカマを振り上げると、一瞬にして、エディの胸部《きょうぶ》を切りつけた。

まるで泉のように血が溢れ、エディの世界は、瞬く間に暗闇に包まれる。それはもちろん、電気が消えたからではなく、その生命が途切《とぎ》れたからだった。

（……どうして）

だんだんと、もうそこが暗闇だということすら、わからなくなる。ただ、レイを自分のモノにできなかった悔しさだけが、残ったような気がした。

「あぁ、ここにちょうどテメェにぴったりのいい墓穴があるじゃねーか」

死にゆく姿を見届けたあと、ザックはニヤリと笑い、その穴にエディの身体を放り入れる。

「あぁ、そうだ。お前の言う通り、蓋をしてやるよ！」

ザックは続けて閃《ひらめ》いたように言い、墓穴の横に置かれていた墓石で、押しつぶすように蓋をした。それは皮肉にもエディがレイのために、作ったばかりの真新しい墓石だった。

「おいレイ、よくやったな。おかげでこいつは大好きな墓ン中だ！　くそ生意気《なまいき》な墓掘り野郎が！」

ザックは愉快そうに笑う。

（あの子……お墓の中は、心地いいって言ってたから、きっと、天国に行けるよね……）

レイはエディが埋められたぴかぴかの墓石を、青く透き通った目で祈るように見つめた。

Floor B4

「……あ」

そのときふっとレイは、その墓石の裏側に、小さなカードが埋め込まれているのに気がついた。高台から駆け下りたレイはポシェットから裁縫道具《さいほうどうぐ》の針を取り出すと、器用に墓石からカードを取り外す。

「なんだそれ？」

「たぶんエレベーターを開けるカード……だと思う」

「おー！　やっと、この土くせぇ場所から、おさらばできんのか」

言いながらザックは、うーんと猫のように伸びをした。

「うん」

レイはうなずき、エレベーターのカードを自分の上着のポケットにしまうと、ザックのパーカーの裾をぎゅっと掴んだ。

「ねぇ……」

「……あ？」

その、可愛らしい行動に少しとまどいながら、ザックは振り返る。

「私、あなたの役に立てた？」

そしてレイは、自分よりも三十センチは背が高いだろうザックを見上げ、真剣な声色で訊いた。

「えっと………つーか、やめろ！　その、あなたっていうの。さぶイボが立っちまう」

「……じゃあ、アイザック？」

小鳥のように、レイは小首をかしげる。

「……ザック。ザックでいい、ザックで」

ザックは、目を逸らし、あしらうように言った。

「わかった。私、ザックの役に立てた？」

それからなぜか急に速足になるザックに、小走りになってついていきながら、レイは生真面目《きまじめ》に言い直した。

「あぁ、ちったぁな」

ザックは、頰《ほお》をぽりぽりと掻く。それはザックが、照れているときの印だった。

「………そう、よかった」

レイはつぶやき、ふっと目を閉じる。

Floor B4

——神に……誓って。

心のなかでは、そのザックの言葉が、まだ、木霊し続けていた。

FLOOR B3

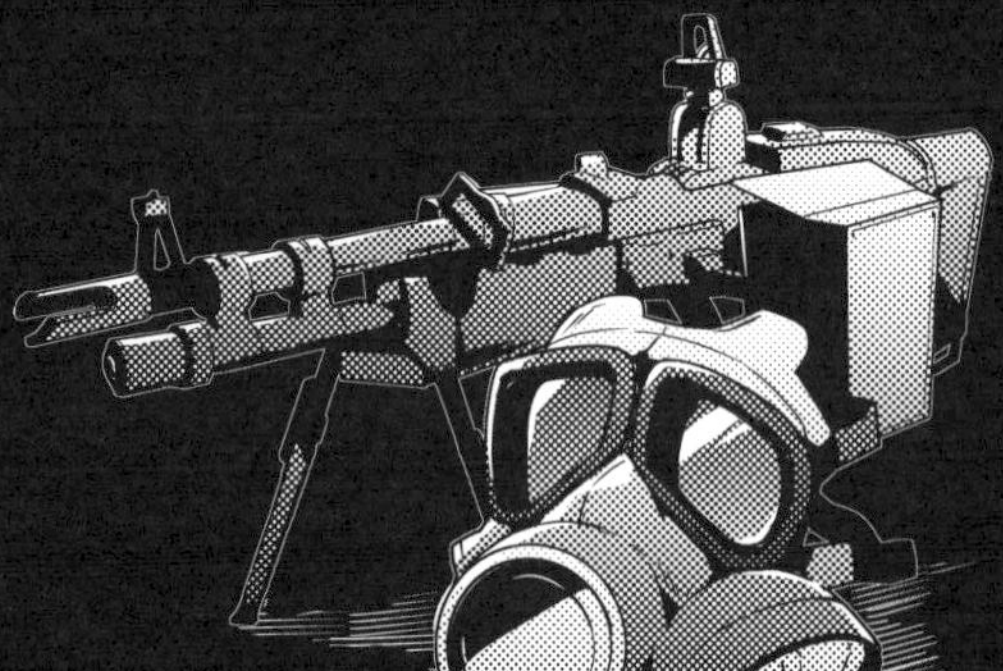

Floor B3

「ねぇザック……、神様に誓ったとおり、ここから出られたら……殺してね」

B3へと上がる薄暗いエレベーターのなかで、レイは祈るようにザックを見上げる。

──無事にここを出たら、ザックに殺してもらえる……。

それはレイにとって、最後の……たった一つの希望だった。

「お前……本当、何度もうるせぇな。わぁってるよ」

そのしつこさに呆《あき》れながらも、ザックはレイの目を見据え、ため息《いき》まじりに答えた。

それからほどなくしてエレベーターの扉が開くと、目に飛び込んできたフロアの明るさに、レイは少し目を細めた。

(眩《まぶ》しい……)

これまで、エレベーターのなかやフロアが薄暗かったせいで、余計にそう感じる。見上げると、天井には煌々《こうこう》と辺りを照らす蛍光灯《けいこうとう》が張り巡《めぐ》らされていた。

「B3か。いっきに上まであがりゃあいいのに、いちいち止まりやがって。またエレベーター探しかよ」

ザックは嫌気《いやけ》が差したようにつぶやく。

「そうね」

小さく相槌《あいづち》を打ちながら、レイはエレベーターから下りる。目の前には、行く手を阻《はば》むように、鉄格子《てつごうし》の壁がそびえている。レイはそっと、その壁の一部になっている扉に手を掛けた。

（鍵《かぎ》が、かかってる……）

無表情の下で、レイは少しだけ動揺《どうよう》する。この扉が開かないことには、ここから先に進むことができないからだ。

「おい、どうしたんだよ」

扉の前で立ち止まるレイに、ザックは少し怪訝《けげん》な顔を浮かべる。

「言っても、ザックがわかるか……わからない」

「あぁ?! わかんねーでも、わかるかもしれねぇんだから、一応言えよ！」

「うん。……この扉、鍵が掛かってる」

レイは扉を見つめながら、ぽつりと告げた。

「あのな、俺が馬鹿《ばか》なのは違いねぇが、それくらいわかる」

おそらく悪気はないのだろう、そのレイの返答に、ザックは思わず口元を引きつらせる。

「そう?」

「………。つーかお前、鍵開けるの得意じゃねぇーか。がんばれよ」

無情なレイの反応に、再度口元を歪《ゆが》ませながらも、ザックは他人任せにやる気なく言い放《はな》つ。

「うん、がんばる……」

途方《とほう》に暮《く》れながらも、レイはうなずいた。今ふたりが閉じ込められたようになっている場所《ばしょ》は、六畳にも満たない狭い空間で、見渡す限りインテリアも何も置かれていない。探したところで、鍵を開ける手がかりは見つかりそうになかった。

(ザックの役に立たないと。でも、どうしよう……?)

レイは肩から下げているポシェットの中に手を入れ、なにか扉を開けられるような道具がないかを探った。中には、裁縫道具《さいほうどうぐ》とハンカチに包《くる》まった何か――が入っている。

(でも、これは……)

ふいに触れてしまったその感触《かんしょく》に、はっとして息を呑《の》む。

(これは……使えない……)

小さく息を吐《は》き、レイは再び、その細い指先で何かにハンカチを被《かぶ》せた。

「何か、見つかったのかよ?」

その途端《とたん》、ザックは待っていられないというように、レイの背後からポシェットのなかを覗《のぞ》き込んだ。少しどきりとしながら、レイはザックのほうを振り向く。

「えっと、糸と針と――」

「おお？　お前、針とかで鍵開けられる奴か？」

ザックは、レイの言葉をさえぎるように訊《き》いた。

「そんな特技ない。それにこの扉、鍵穴もない」

レイは小さく首を振る。

「じゃあ、針と糸なんかあっても、意味ねぇじゃねぇか！　どけッ、もうぶっ壊してやる！」

「この扉、鉄格子だから、無理だと思う……」

「うるせぇッ。やってみなきゃ、わかんねぇだろうが！」

（あ……）

レイの忠告もむなしく、ザックは勢いよく、その大きなカマで鉄の扉を斬りつけた。けれど扉は、当然のごとくビクともしない。少しのかすり傷がついただけだった。

「くっそ、硬ってぇ！」

反動で手がじんじんとしびれる。

「……鉄だもの」

だから言ったのに、というような顔でレイはザックを見やった。

「早く言えよ！　手がしびれちまったじゃねぇか！」

「……鉄格子って言った」

わめくザックに対し、レイは再び呆れるような声を出す。

そのとき——突如《とつじょ》として、目が眩《くら》むような強烈な赤い光が、一斉《いっせい》に部屋を照らした。

「…………」

「……なんだッ?!」

ぼんやりとその状況を受け入れるレイと対照的に、ザックは警戒《けいかい》しながら周囲を見回す。

間もなくして、フロアには、ウィーン・ウィーン——と耳をふさぎたくなるような、けたたましいサイレンの音が鳴り響いた。

「おい、下がれ！」

はっとして、ザックはレイの手を掴《つか》むと、自分のほうへ引き寄せるように、扉のそばからすばやく引き離した。天井のほうから、カチャリ……と、何かが動くような音が、微《かす》かに聞こえた気がしたのだ。

すると次の瞬間、その予感通り——、明らかにさっきまで扉の前にいたレイをめがけて、何発もの銃弾《じゅうだん》が一斉に放たれた。

その、鼓膜《こまく》が破れてしまいそうな発砲音《はっぽうおん》に少し動揺しながら、レイはほんの一瞬、無《む》意識《いしき》にザックの胸に顔を埋めた。

「……蜂の巣にする気かよ……」

発砲が止《や》み、茫然《ぼうぜん》としながらザックはつぶやく。音のしたほうを見上げると、さっきまで何の変哲《へんてつ》もなかった天井からは、いくつかの銃口が飛び出していた。

(……銃弾)

レイはそっとザックから離れ、小さく息を呑んだ。胸がざわめく。薄《うっす》らと、あの夜に浮かんでいた青い月が目蓋《まぶた》に浮かんだ。

それから部屋を照らしていた赤い光がぱっと消えると、ふたりには目を開けていられないほどの強いスポットライトの光が浴びせられる。

(眩しい……)

レイは少し目を細める。

《あっはははは!》

そしてまだ発砲音が残響《ざんきょう》するフロアには、気が狂ったような、甲高《かんだか》い女の笑い声が響き渡った。

《はぁい! お迎えが遅くなってごめんなさいね? あなた達があんまりにもノロマなものだから、お昼寝してしまっていたの。……でも……今、よく死ななかったわね。——合格よ!》

どこからか女がそう言うと、パチパチパチパチパチ——と、誰もいないのに、レイとザックを取り囲むような、盛大《せいだい》な拍手の音が鳴り響《ひび》く。

（うるさい……）

それは不気味《ぶきみ》なほどに大音量だった。

《特にザック、あなたはなんて素晴らしいカンをしているのかしら！　実は私……前からあなたはきっと素晴らしい罪人になると思っていたの。寝ぼけていた目が、期待感ですっかり覚めちゃったわ！》

（素晴らしい罪人、だ……？）

その貶《けな》されているとしか思えない発言に苛立《いらだ》ちながらも、ザックは声のするほうに目を配る。しかし、女の姿はどこにもない。

それもそのはずで、女は、監視カメラから送られてくるふたりの映像を、このフロアのどこかの部屋に設置されている大きなモニターで優雅《ゆうが》に眺めながら、ビルの至る箇所《かしょ》に内蔵されているスピーカーを通して、ふたりに話しかけているのだった。

「テメェの寝起き事情なんて、心底知らねぇよ！　それより、さっさとここを開けろッ」

溶けそうなほどの熱を発するスポットライトのなかで、ザックは吠《ほ》えるように言い、鉄の扉をガンッと蹴《け》った。

《ええ、いいわ。合格したあなたたちには、その権利があるもの。でも私、まだお化《け》粧《しょう》が終わってないの。だって、さっきまで寝ていたんだもの！　だから、私も準備をしておくから、あなた達も、罰を受ける準備をしていて頂戴《ちょうだい》？》

「……あぁ、準備だ？」

一方的な女の言いように、ザックは顔を歪める。

《えぇ。罪人は、罰を受ける前に、ちゃんと順序を踏むべきよね。だってそっちのほうが、雰囲気《ふんいき》が出るでしょ？　そう……罪人といえば……、ボーダー背景の、マグショットで決まりよね？　だから、あなた達もマグショットを撮って頂戴！　そのための部屋の鍵は、開けておいてあげるから》

そう言うと、女は手元にある複雑な機械を操作し、ふたりの行き先を閉ざしていた鉄格子の扉を開けた。

「……マグショットって何だ？」

ザックはレイを見下ろし、訊いた。

レイは答えようとしたが、それを阻むように、上機嫌《じょうきげん》に女は言った。

《罪を犯した人間を撮影した写真のことよ、ザック。あなた、一度も撮られたことがないのね。素敵《すてき》！　私、その写真、大切に保管しておいてあげるわ》

「………………」

ちょっと不服《ふふく》な表情で、レイはカメラを見やる。きっと自分たちの様子は、あのカメラに映されているのだろう。

《そうそう……レイチェル、あなたもよ？　せいぜい、それらしく写って頂戴。ちゃーんと、ネームボードと一緒にね。ちゃんと言うことを聞かないと、次の部屋には行けないわよ》

女は、カメラをじっと見つめるレイの何を考えているのかわからない顔を、モニター越《ご》しに見つめ返す。

（レイチェル……）

知らない女から自分の名前を呼ばれるのは、なんだか妙《みょう》な気分だった。

《うふふ……。――――私は、断罪人……。……あぁ、罪深き悪人ども。許されるまで痛めつけてあげる。私は、それが許された人間なのだから！》

そして女はうっとりとした声で、何かの役を演じているかのように高らかに言い放つと、卒然《そつぜん》と放送を切った。

「……あぁッ、マジでなんなんだよ?!　癇《かん》に障る声で好き勝手言いやがってッ……。なんで俺が、罰を下されなきゃなんねぇーんだ。寝言は寝て言えよ！」

苛立ちながら、ザックは大きく舌打ちをする。

「……罪人……」

レイは、ザックに聞こえないような小さな声で、ぽつりとつぶやいた。

「おい、レイ。あんな狂った奴に構ってる暇はねぇ。はやく行くぞ！」

吐き捨てるように言い、ザックは鉄格子の扉の向こうへと歩いていく。

「……うん」

（……罪、人……）

——罪を犯した、人間……。

ザックの後を歩きながら、その言葉は、まるで木霊《こだま》のように、レイの胸のなかでぐるぐると渦巻いた。

▲
▼

——……連続殺人鬼《れんぞくさつじんき》。

隣を歩くザックの横顔を見上げながら、ふっとレイの頭には、履歴書《りれきしょ》で見た情報が浮かぶ。

（ザックは、たくさん人を、殺してきた……）

「ザックはどうして、人を、殺そうと思ったの……？」

「あぁ？　いきなりなんだよ」

「……少し、気になったから」

レイは言った。本当は、それほど気になったわけじゃない、と言ったら、嘘《うそ》になるかもしれないけれど、答えてくれなくてもよかった。なんでもいいから、少し、話していたかったのかもしれない。

それに、さっき女が放った、罪人……という言葉が、心につっかえてなかなか消えなかった。

「さあな。でも、殺されてもいい、下《くだ》らない人間なんていっぱいいるだろ」

歩きながら、ザックは答えた。誰かを殺すことについて、あまり深く考えたことはなかった。けれど、自分が初めて人を殺したのは、殺したほうがいいと思ったからかもしれない。

――でもその後は、たぶん違う……。殺したいから、殺しただけだ。

「ザックは、そういう人たちを、殺してきたの……？」

「別に。俺は殺したいから、殺すだけだ」

ザックは言い切る。

（殺したいから……）

――ザックは、どんなときに、殺したいって思うのかな……。私のことも、ちゃんと、殺したいって思ってくれたらいいけど……。

▲▼

それからふたりは、誘《さそ》うように開いていた次の扉のなかへと入った。

そこは、マグショットを撮る専用の部屋のようになっていた。奥の壁が白と黒のボーダー背景になっている。

（この前で写真を撮るのかな……？）

ボーダー背景の前に設置されている三脚《さんきゃく》の上には、ポラロイドカメラが備え付けられてあり、床には、そのポラロイドカメラで撮られたのだろう何枚もの人物写真が、散らばっている。

レイはそっと床に膝《ひざ》をつくと、散らばっている写真を、一枚ずつ拾い集めた。写っている人物は、それぞれ自分の名前が書かれているのだろうネームボードを持っている。

そして誰もかれも、死を悟《さと》ったような、絶望の表情をして写っていた。

（この人達の写真は、履歴書にはなかった気がする……。まだ、生きているのかもしれない……）

――どこにいるんだろう……？

少し悪寒を覚えながらレイは立ち上がり、部屋のなかを見渡す。機材が置かれている机の上には、紐《ひも》がついた白い板が二つ並べられている。淡々と近寄り、手に取って裏返してみると、板にはザックと自分のフルネームが刻印されていた。これをおそらく、首にかけろという指示だろう。

「……ザック、このネームボードを、首に掛けるんだと思う」

レイは言い〝アイザック・フォスター〟と書かれたほうのネームボードを手に取ると、ザックに渡した。

「おー」

ザックは何も考えないまま、言われた通りにネームボードを首に掛けた。

「……でもよぉ……何で写真なんか撮らなきゃいけねーんだよ、下らねぇ」

しかしふっと、あの女に従っている自分に嫌気が差してくる。大人になってまで、誰かの言いなりになるなんて、まっぴらごめんだった。けれどあの女は、次の部屋への扉は、ふたりがマグショットを撮り終えるまで、開かないと言っていた。

「……はぁ」

ここから出たいだけなのに、けっきょく各フロアの住人に振り回されている状況に、ザックは小さくため息を吐《つ》いた。

「……写真、嫌いなの？」

そのため息が耳に入り、不安げにレイは訊いた。

「知るかよ。写真なんか撮ったことも、撮られたこともねぇよ。撮りたいとも思わねぇし」

ザックは答える。それは反抗期の少年のような口ぶりだった。

「そう……でも、先に進むためには、撮らなきゃいけない」

言いながら、レイは少し困ったような顔を見せる。

（あまり、ザックに迷惑はかけたくない……）

そう思うけれど、ふたりともが生贄《いけにえ》となっている以上、このビルからは、一筋縄《ひとすじなわ》では出られそうもない。仕掛けがたくさんあるのも、逃亡を防止するためかもしれない、とレイは思う。どんなシステムになっているのかはわからないけれど、あの床に散らばった写真を見る限り、生贄は自分たちだけではなさそうだった。

「……あぁ、くそ、わかったよ。撮ればいいんだろ！」

悪態《あくたい》を吐きながらも、ザックはボーダー背景の前に移動した。

「うん……じゃあ、撮るね」

レイは片目をつむり、ポラロイドカメラのレンズを覗き込む。

「へぇへぇ。撮るんだったら、早く撮れよ」

（あー、ムカつくぜ……）

けれど苛立ちを隠せないのか、ザックがぴょんぴょんと跳ねるせいで、なかなか焦点が合わない。

「あの……動かないで。ブレる」

レイは、レンズの向こう側のザックを真剣に覗きながら注意する。

「んだよお前、真面目《まじめ》かよ！」

「はい、そのまま」

そのとき一瞬、ザックの動きが止まったのを狙い、レイはカシャとシャッターを切った。

ポラロイドカメラからは、すぐに写真が出てきた。しばらくすると、フィルムにザックの顔が浮かんでくる。ザックの表情は不機嫌《ふきげん》なものの、ちゃんとピントは合っている。

（上手く撮れてる……）

レイは少しうれしかった。なんだか罪人扱いされている状況を忘れてしまうくらい、楽しい気分になってくる。

そのポラロイド写真をポシェットにしまい、レイはちょっとした仮装を楽しむみたいに、〝レイチェル・ガードナー〟と刻まれたネームプレートを首に掛ける。

「じゃあ次は、私を撮って」

それからザックにそう指示をすると、レイはその冷徹《れいてつ》な表情に似合わない、うきうきしたような足取りで、ボーダー背景の前に立った。

「おー……ここ、押せばいいのか？」

ザックは初めて触れるカメラに、ちょっととまどいながら訊いた。

「うん」

レイは小さくうなずく。その瞬間、ザックは何も考えずに、カシャっとシャッターを切った。

「あ……」

（ちゃんと、カメラ見てなかったのに……）

「へぇ、マジで押すだけで撮れんだな。案外おもしれぇな。簡単だしよ」

カメラから出てくるポラロイド写真を確認しながら、ザックは楽しそうにつぶやく。

「……ブレてるけど」

ザックが半《なか》ば適当に撮影した写真を確認しながら、レイは無表情に文句を垂《た》れた。

「あぁ？　ボタン押せば撮れるって言ったのは、お前だろうが」

「………」

そのザックの短絡的《たんらくてき》な反論に、レイはちょっと黙り込む。それは、レイが少し不機嫌

HURRY UP!
3
2
Isaac Foste
...Don't move.

になったときに、無意識にする反応だった。

「写ってるんだから、別にいいだろ？」

微妙にそれを感じ取り、ザックは言った。

「うん、確かに……」

レイはうなずく。この状況をすっかり楽しんでしまっていたけれど、そういえば、あの女の指示によって、次の扉を開けるために撮っていたのだ。

「つーか、結構よく撮れてると思うけどな」

フィルムにはっきりと浮かび上がった、レイの微妙な瞬間の写真を眺めながら、ザックは満足げな顔をする。撮られるのは嫌だが、撮るのは案外、楽しいかもしれないと、ザックは思う。それに、こういう機械に触れるのは、はじめてで新鮮だった。

「撮れてない」

しかしレイは即座に首を振る。だってどうみても、写真はブレている。でもいま、自分は笑うことができないのだから、結局どの瞬間を狙われても、いい写真にはならないのだろう。

レイが少し落胆したそのとき、カチャリ――と、次の部屋へと繋《つな》がる扉が開く音が響いた。

「お、開いたな！」

「うん」

あまり気に入らない自分のポラロイド写真をポシェットにしまい、レイはザックのあとを追うように、扉の先へと向かった。

▲▼

扉を抜けると、そこは白い床に塵《ちり》一つ落ちていない、とても清潔《せいけつ》な空間だった。

（……目が覚めたときの部屋に、少し似てる）

部屋の中央には、電話ボックスくらいの大きさの、透明《とうめい》なシャワールームのような装《そう》置《ち》が置かれている。装置の入り口には、小さなプレートのようなものが貼り付けられていた。

（何か、書いてある……）

近づいていくと、プレートには、ややふざけたような文章が綴《つづ》られていた。

罪人は、その罪深き身体《からだ》を、消毒すること。しっかり消毒しないと、次の扉は開きませ

ーん♪

レイはそれに書いてあることを、ザックにも伝わるように、抑揚《よくよう》のない声で読み上げた。

（あの女の人が、書いたのかな……？）

「あぁ、消毒だ？」

ザックは顔を歪める。正直あまり、いい予感はしない。

「うん。次の扉は開かないって書いてある」

「……またかよ、どうすりゃいいんだよ」

「この装置の中に、入ればいいんじゃないかな？」

レイは言った。ザックと同じく、いい予感《よかん》はしないが、消毒しないと開かないという指示があった以上、おそらくそれ以外に方法はないだろう。

「消毒って何すんだよ？」

「さぁ……？」

レイは小首をかしげる。無菌室などに入る際、除菌《じょきん》を施《ほどこ》す眩しいライトのようなものを当てられるのは、テレビドラマか何かで見たことがあるような気がした。

「あぁ、もういい。考える時間が無駄だ。とっとと済ませようぜ」

ザックはため息混じりに言い装置に入った。こうしてもたもたしているのは性に合わない。

「うん」

続いてレイも装置へ入る。するとその瞬間、まるで誰かが操作しているようにタイミングよく装置の鍵が閉まり、室内には、〝**消毒スタート**〟というアナウンスが流れた。

その拍子に、装置の上部からは、まるで強い雨が降るように、アルコール臭《くさ》い液体が一斉に降《ふ》りかかってくる。

「あぁ?! んだよコレっ!」

(――大雨……)

このビルのなかに住んでいたザックにとって、雨の音なんて、何年振りかわからない。ふいに思い出したくもないことを思い出してしまいそうで、ザックは反射的に扉に手を掛ける。けれど鍵が閉まっていて、簡単に開けることはできない。

(……こんなの、聞いてない……)

予想していたのとは違う展開に、レイはまた無言になる。それは言わずもがな、不機嫌になっている証拠《しょうこ》だった。

それから、ふたりに噴き付けるアルコールの雨は一分間も降り続き、〝**消毒終了**〟というう、淡白《たんぱく》なアナウンスが流れると、ようやく装置のドアが開いた。

「はぁ……はぁ。消毒ってレベルじゃねぇだろ……!」

装置から出て早々《そうそう》、ザックは何度か激しい呼吸をした。あの激しい雨のなかで呼吸をすることは、ほぼ不可能だった。

「…………」

不覚《ふかく》にもびしょ濡れになったレイは、無言のまま装置から出ると、はっとして、ポシェットのなかを確認した。なかのものが濡《ぬ》れてしまっては困る。しかし合成皮革《ごうせいひかく》の鞄《かばん》は雨粒《つぶ》を弾き、何も濡れてはいなかった。

（……よかった）

レイがほっとしたそのとき、フロアには再び、テンションの高い女の声が響き渡った。

《はぁい！　断罪される準備が整ったみたいね！》

「おいテメエ、ふざけんじゃねぇよ！　びっちょびちょになったじゃねぇかよ！」

ザックは女に負《ま》けないような大声を張り上げる。B４のプールで濡れた下半身の衣服が、せっかく乾いてきたばかりだったのだ。

《あははっ、ずいぶん汚れてたみたいだし、いいじゃない》

女は楽しげに言い放つ。監視カメラに映るびしょ濡れになったふたりの姿を眺めているだけで、とても愉快な気分だった。

（……髪、乾かしたい）

しとしととアルコール臭い液体が、プラチナブロンド色の髪から滴《したた》り落ちてくる。レ

Floor B3

イは内心苛々しながら、小さな手でぎゅっと、髪の水分を絞った。

《さぁ、準備が整ったところで、あなた達にちょっとした選択肢をあげる!》

「あぁ? まだ何か、あんのかよッ」

《そうよ、ザック。こんなのは序《じょ》の口《くち》。これから先に進むと、たくさんの辛ーい刑罰が、あなたたちを待っているの! だからそう……。牢獄《ろうごく》に入るのはどうかしら? ゆっくりと己の罪を見つめなおす、有意義な時間を過ごせるわよ。それに牢獄に入れば、素敵な飼い殺し生活が待っているの! ねぇ、どうする?》

女は足を組み換え、その長い睫毛《まつげ》にマスカラを塗りながら、モニターの向こうでそれぞれ苛立っている様子のふたりに問いかける。

「そんなもん、誰が好き好んで入るかよ」

ザックは即答する。牢獄なんかに入ってじわじわと飼い殺されるくらいなら、刃物《はもの》で刺《さ》されるほうがいくらかマシだ。

「牢獄で一生……。すぐに死ぬわけじゃないの……?」

レイはぼんやりと、自分が閉じ込められている姿を想像しながら、女に訊《たず》ねる。

(あぁ?!)

ザックはすかさずレイを睨《にら》む。エディのときもそうだ。殺してくれるなら、けっきょく自分じゃなくても、誰でもいいような態度が気に入らない。

《あら……レイチェルは入りたいのかしら？　もちろん一人で入ってもいいのよ》

女はくすりと笑い、促《うなが》すように言った。牢獄のなかで一人、人形のようになり果てていくレイチェルを見るのは、さぞかし楽しいだろう。

「入らねぇよッ！　おいレイ。あいつの言うことなんかに反応すんじゃねぇ！　はやく行くぞ！」

ザックはレイの優柔不断《ゆうじゅうふだん》な態度に苛立ちながらも、その細い腕《うで》を掴み、開いた扉の先へと歩いていく。

（ふーん……）

女にとって、それはあまり面白くない図だった。

（でも、約束——なんて、言っていられるのも、今のうちよ……）

《そう……残念ね。せっかく、一生飼い殺してあげようと思ったのに。でも、牢獄に入りたいときは、いつでも言ってね？》

この先に起こりうることを想像しながら、女は不敵《ふてき》に笑う。

「うるせぇ！」

レイを引きずるように次の部屋へと誘導《ゆうどう》しながら、ザックは吐き捨てるように怒鳴った。

(牢獄に入りたかったっていうのか？)

自分に殺してほしいと、そう頼んだくせに、死ねればなんでもいい……そう捉《とら》えられても仕方のないレイの煮《に》え切らない態度に、ザックは苛立ちながら廊下《ろうか》を進んでいく。

(別に殺したいわけじゃねぇけどよ……。あんな、つまんねぇ顔……)

ザックは、次第《しだい》に募っていくもやもやとした気持ちを晴らすように次の扉を開ける。

すると部屋からは、何かが焦《こ》げたあとのような、嫌なにおいが漂ってきた。

(何のにおいだろう？)

その不穏《ふおん》な空気のなか、レイはきょろきょろと部屋を見渡し、警戒しながら進んでいく。部屋の奥は、まるで舞台のようになっていて、床から一段高くなっていた。その舞台の上には、両脇の複雑そうな機械にコードで繋がれた不気味な椅子《いす》が置かれている。

「…………」

レイは恐々《こわごわ》とその不気味な椅子に近づく。機械は作動していないようだったが、拘束《こうそく》具《ぐ》のようなものが取り付けられていた。

（この椅子……たぶん……）

——いつか映画で見たことがある。

レイはその残酷《ざんこく》なシーンを思い出して、小さく息を呑んだ。

（でも……この人形たちは、何？）

その不気味な椅子の前には、まるで舞台の観客のように、顔のない子供のような人形が——全部で十六体、それぞれ小さな椅子に座らされ、並べられていた。

「この人形、何だ？」

その不可解《ふかかい》な光景に、ザックも不気味そうな声を漏らす。

「わからない」

ここに人形が置かれている意味を考えるように、レイはじっと人形を見やる。

「しかも、ぶっさいくな人形だしな」

「……そう？」

ザックの素直な意見に、レイは小首をかしげる。だってレイはこの人形たちを、ぶさいくだとも、気味が悪いとも思わなかった。むしろ、こうして人形が並べられている光景は、なんだか懐かしくて心地よかった。

「……趣味わりぃな、お前」

自分とは異なるレイの美的感覚に、ザックは少し口元を歪ませる。

Floor B3

「ここは、最初の刑罰の部屋なのかな？」

ふっとレイは、女が言っていた〝これからたくさんのつらい刑罰が待っているわ〟という言葉を思い出す。

「さぁな」

ザックは適当に答える。女の話を聞き流していたわけではないけれど、あまりたくさんのことは覚えていられない。

――ガチャリ。そのとき入り口のほうで、不吉な音が鳴った。

（……鍵を閉められた？）

レイは確認するように、すぐに扉まで駆《か》け寄りドアノブを回してみた。やはり鍵は閉められた後だった。

「ザック、鍵を閉められた」

「あー？　どこいつもこいつも、タイミングよく鍵閉めたり、話しかけてきやがったり、いったい何なんだよ」

「それは、監視カメラで、見ているんだと思う」

天井に吊《つ》るされてあるカメラを見上げて、レイは言った。B7からこのフロアに来るまでにも、監視カメラは至るところに仕掛けられていた。きっとここへ来るまでのことも全て、女に監視されていたであろうことは容易に見当がつく。

「あぁ⁉　マジかよ、気持ちわりぃな」

「ザックは、見たりしなかったの？」

「見ねぇよ。だいたいそんな監視する機械みたいなのは、俺の部屋にはなかったしよ。まぁあったとしても、そんなもん見たりする、キモい趣味はねぇけどな」

続けてザックは気だるげに言う。

「とにかく、早くここから出られるようにしろよ。同じ所ウロウロして……前にも後ろにも進めねぇ。こういうのがいちばん疲れんだよ、俺は」

はぁ、と大きくため息を吐きながら、ザックは疲れた様子で舞台に上がる。そして休《きゅう》憩《けい》するように、機械に繋がれたその不気味な椅子に腰かけた。

「ねぇザック、その椅子……あんまり座らないほうがいい……」

レイははっとして、その不気味な椅子から離れることを促す。頭のなかに、映画で見た残虐《ざんぎゃく》なシーンが浮かぶ。人間が苦しみながら、じわじわと焦げていく様子が……。

「あ？　うっせぇな。だりぃんだよ」

けれどザックは、さらに深く腰掛け、リラックスするように足を組んだ。

「……ねぇ、降りたほうがいいよ。その椅子、たぶん……」

少し青ざめながら、レイは舞台の下からザックを見上げた。

「あ？　この椅子がなんだよ」

ザックは気だるそうにレイを見下ろす。ザックから見るレイの表情は、あまり焦《あせ》っているようには見えない。というより、いつだって何を考えているのかすらわからない。わかるのは、目が死んでいるということだけだ。

そしてレイはその死んだ目で、その危険さに、何も感づいていないザックの間抜けな顔を見つめながら、小さく言い放った。

「……処刑用《しょけいよう》の——電気椅子……」

その瞬間——……誰かが操作しているように、電気椅子に取り付けられていた拘束具が、ガチャッという音を立てて、ザックの身体を締め付けた。

《あっはははは！》

同時に、その周波数《しゅうはすう》で虫など殺してしまえそうな、女の笑い声が鳴り響くと、天井から、巨大なモニターがゆっくりと降りてくる。モニターには、ミディアムカットのブロンドの髪の毛先を鮮やかなピンクに染めた、化粧っ気の強い猫目《ねこめ》の美しい女の姿が映し出されていた。

《はぁい！　画面越しにて失礼いたしますわぁ！　私がこのフロアの断罪人よ。その目に焼きつけて頂戴ね？　って……やだ。ザックがそこに座ったのね！》

（……最高じゃない）

女は心の中でほくそ笑む。最高のシナリオが頭のなかで完成しつつあった。

「おいテメェ、これを外せ！」

モニターのなかで不敵に笑う女に向かい、拘束具をカチャカチャと鳴らしながら、ザックは叫ぶ。その椅子に固定された手錠《てじょう》は、馬鹿力で外せるものではない。

《ザック、何を言っているの？　外すわけないじゃない。罪人に罰を与えない断罪人がいて？　罪人はね、その命が尽きるまで、罪を償《つぐな》い続けなければいけない生き物なのよ》

電気椅子の上で暴れるザックの映像をモニターで見つめながら、女は浮き浮きと胸を弾ませる。なぜならこれから、自分の手によって、ザックの身体を、好きなだけ痛めつけることができるのだ。

（……そう考えると、うれしくて、今にも殺してしまいそうよ、ザック）

そうして直後――女は喜びに溢《あふ》れた様子で手元の機械を操作し、その電気椅子に、数秒間、激しい電流を流した。

「……ぅぉッ……！」

突然、激しい電流に打たれ、ザックの身体は反り返る。

（……！）

その痛々しい光景に、レイは思わず目を見開く。

「ザック……」

HI!!
Sorry, I am on the screen over!
I'm the judgement of this floor! Please burning into your memory, ok?

電流が止まったのを見計らい、レイはザックに近寄ると、憂《うれ》いを帯びた声で、その名前を呼びかけた。

「…………」

けれどザックからの反応がない。

《あらやだ？　ザック？》

レイと同様《どうよう》に、女も少し不安げな表情を見せる。でもそれは心配などではなく、これくらいでザックが死んでしまうなんて、つまらないと思ったからだ。

「…………痛ってぇなぁ!!　このやろぉおおお!!」

しかし、この程度で死ぬわけにはいかない。ザックは怒りを放つように大声を上げた。

（……生きてた）

その気魄《きはく》溢れる姿に、レイはほっとして胸をなでおろす。

《凄いわ！　生きてる、生きてる！　殺人鬼で、化け物で、まるで理想の罪人だわ！》

ザックの、人間とは思えない不死身《ふじみ》さに、女は楽しくてしょうがないように声を昂《たかぶ》らせる。

「うるせぇぇ！　喜んでんじゃねぇよ！　ぶっ殺してやるから、外せ、オラァ!!」

ザックは怒鳴りながら、身体を揺らし拘束具を剝《は》がそうとする。でもやはり、手も足も胴体も、少ししか動かすことができない。

《ふふ、そうね……。じゃあ、今からザックの電気椅子を、ずぅっとビリビリさせちゃうから……その間に、レイチェル・ガードナーがこの電気椅子を解除すればいいわ。うまくいけば、ここを通してあげてもいいわよ？》

平然《へいぜん》と恐ろしいことを述べながら、女はモニターのなかであざとく首をかしげる。

（……ずっと、びりびり？）

「……やめて。さすがに死ぬ」

レイは冷静に考えた末、そう言った。

電気椅子は処刑するために作られたものだ。さすがのザックでも、ずっと電流を流されれば死んでしまう。そんなの、誰でも容易《ようい》に想像できることだった。

《ザックがどれほど化け物で、しつこい罪人かを確認する……それが楽しいんじゃないの？　あぁ、ザック……まるで化け物のようなあなたが、私の罰にどれだけ耐えられるか、楽しみで楽しみで、胸がドキドキしているわ！》

けれど女は無論《むろん》、その提案を止《や》める気などない。それどころか、はやく刑罰を執行したくて、うずうずしていた。

（はやく苦痛に歪む、ザックの顔が見たいわ……）

《さぁて、お集まりの皆さまぁ！　今から、断罪が始まりまーす！　憎き罪人の、苦痛に歪む姿を楽しんで下さいませぇ！》

そして女は、妙な掛け声を放つ。

すると突如、電気椅子の前に置かれている十六体の人形の顔が、ぶんぶんと左右に動きだした。

その奇怪《きかい》な光景に、レイはぞっとして身体をこわばらせる。それは仕掛けなどではなく、まるで突然、人形たちに命が宿ったようにも見えた。

《――罪人を憎む、観衆《かんしゅう》の視線……。その視線こそが、罪人の死の価値。ここでは、観衆の目が罰を下す……。はい、スタート♪》

それから女は瞬《まばた》きもせずにレイを見つめながら、意味深《いみしん》につぶやくと、モニターの電源を切った。

間もなくして、ザックの座る電気椅子には、ビリビリビリ――と物凄い音を立てながら、さっきよりも激しい電流の波が容赦《ようしゃ》なく流れ始める。

「ッ……！」

呻《うめ》き声にもならない声を上げ、ザックは身体を仰《の》け反らせる。身体がしびれて、少しでも気を抜けば意識が飛びそうだった。

「ザック……！」

激しい電流のせいで、レイはザックに近寄ることができない。

「……ッおいレイ!!　ここでやらなきゃ、テメェは、約束一つ、守れねぇってことだ……！　うまく、やれ！　役に立つって、言ったろうが……っ！　……っんでもってなぁ！　俺に、あのいかれサド女を、ぶっ殺させろ……ッ……!!」

常人《じょうじん》では耐えられないような、強い電流を浴びながらも、ザックは全ての気力を振り絞《しぼ》るように言い放つ。

「……わかった、がんばる」

そのあまりにも酷い刑罰に、微かに険《けわ》しい表情を浮かべながら、レイは小さくうなずいた。

「俺が、死んだら、わ、わかって、んだろうな!?」

ザックは悲痛な表情を浮かべ、訊く。

(俺はレイと違って、死にたくなんてねぇんだ……。それに、こんないかれた女に、殺されてたまるかよッ)

けれどこの電流が流れ続ければ、死ぬ――。それは事実だった。

(ザックが死んだら……)

――それは嫌だ……。どうにかしてこの電流を、止めるしかない。

「……死んだら、何もできない。それは困る」

気持ちを落ち着かせながら、レイは答えた。

「わかってんなら、はやく、し、ろ……！」

「うん」

レイは、ザックの目をしっかりと見てうなずいた。

〝——罪人を憎む、観衆の視線……〟

(この人形たちが、観衆ということ……?)

女が最後につぶやいた言葉——きっとそれは、この仕掛けを解くヒントだと、レイは感じた——を思い返しながら、レイは思考を巡らせる。

(観衆の視線……。きっとそうだ……)

電気椅子を見つめる、十六体の人形——……。

人形はぶんぶんと楽しそうに頭を揺らしながら、ザックを見つめている。

(……?)

そのときはっとして、その中に頭が動いていない人形があることに気がついた。レイはそっと、その動いていない人形に近づく。

〝——その視線こそが、罪人の死の価値〟

（視線が、罪人の死の価値……。死の価値を、なくすには……。もしかして……視線を、外せばいいのかな……？）

レイはその、動いていない人形の頭を持つと、力を入れて首を後ろに回した。すると電気椅子に流れる電流が、ほんの少し弱くなったように見えた。

（弱くなった、かな……？）

「……ザック、どう？　マシになった？」

成果を確かめるべく、レイは訊ねた。

「ああ⁉　ふざけて、んのか⁉　痛っ、てぇ、んだよぉ！　早く、しろ、よぉ‼」

けれど少し電流が弱くなったくらいで、身体のしびれはおさまらない。ザックは全身で痛みを訴《うった》えるように、暴れながら叫ぶ。

「……急ぐ。……がんばって」

（はやくしないと……）

レイは掌《てのひら》をぎゅっと握る。

（人形の視線を、電気椅子から外せばいいのはわかった……）

けれど残りの人形の頭は激しく左右に揺《ゆ》れていて、さっきみたいに首を折るのは難しい。

（……切り落とすしか、ない……）

もうそれしか、ザックを助ける手は、ない。

「……ねぇ、ザックのカマ、こっちに投げられない？」

はやく電流を止めたい一心で、レイは言った。

「あぁ?!」

「貸して、必要なの」

大きく顔を歪めるザックに、レイは強気に言い放つ。

（こいつ……人が死にそうになってるときに命令してくるとか、俺を何だと思ってんだ……?!）

ザックは内心、腸《はらわた》が煮えくり返りそうになりながらも、少しだけ動かせる手で、自分のカマをレイのほうへと投げた。何に必要なのかは知らないが、助かるためにはレイにがんばってもらう他ない。しかしカマは、投げたというよりも、ただぽとりと床に落としたと表現したほうが正しい距離だった。

「……届いてない」

レイは思わずつぶやく。

「しび、れて、んだよぉぉお!!　あとは、テメェで、どうに、か、しろ!!」

そのときふっとザックは、意識が遠くなっていくのを感じた。

（……くっ、そ……）

今にも目蓋が閉じそうになる。

――……ダメだ。

「ザック……？」

様子が明らかに変わったことに気づき、レイは不安げに名前を呼んだ。

「………………」

意識はどうにか保っているものの、ザックは言葉を発することができない。なぜだか口のなかに、硬いパンの感触が蘇った。

――どうして帰って来てくれなかったんだ……？

そして走馬燈《そうまとう》のように、悲しい顔をした子供の頃の自分が、目の前を通り過ぎていく。

「……うるさくてもいい。生きてるなら、しゃべって」

少しだけ開いているザックの目を見つめ、レイは言った。レイは、ザックが生きていることを、確かめたかった。

（…………喋ってって、何だよ……）

死にかけている人間に対して、微塵《みじん》の配慮《はいりょ》もないレイの言葉に苛立った瞬間、子供の頃の自分が、目の前から消えていく。

「……わがまま……なんだよ、テメェ、は!!　こっちは、死にかけて、んだよぉおお!!」

ザックは目蓋を痙攣させながらもレイを見遣り、自分が生きていることを確かめるように、ザックは叫んだ。

「……よかった」

(生きてた……)

レイは安堵《あんど》した声を漏らす。

ザックが死んだら、困る——……だって私を、殺すのはザックだから……。

レイはそっとザックが落としてくれたカマを拾い、十キロはあるだろうその重たいカマをどうにか持ち上げる。こんなものを、ザックが軽々と振り回しているのが嘘《うそ》みたいだ。

(すごく重たい……。でも、がんばろう)

そしてレイは、残りの人形の頭をできるだけはやく、一つ一つ切り落としていった。切り落とした人形の首からは、得体《えたい》の知れない赤いものが飛び出す。それが糸なのか、綿なのか、何なのか、レイには考える暇もなかった。そして全ての人形の頭を切り落としたとき——電気椅子に流れる電気は、ぴたりと止まった。同時にザックの身体を縛《しば》りつけていた拘束具が外れる。

(止まった……)

――ザックは、無事……？

カマを床に置くと、レイはぱたぱたとザックのそばまで駆け寄った。

「……ザック、大丈夫？」

レイは、ぐったりとしているザックの顔を覗き込む。

「…………」

しかし言葉は返ってこない。ザックは静かに目をつむっている。けれど包帯《ほうたい》の隙間《すきま》からは、睫毛が微かに震《ふる》えているのが見えた。

「……ザック……？」

レイはもう一度、名前を呼んだ。

「…………」

でも返事はなく、ふたりの間にはどうすることもできない沈黙《ちんもく》が流れる。その間、レイはただじっと、ザックを見つめた。

それから何秒くらい経《た》ったのかわからない。とても長く感じた沈黙のあと、ザックは声もなく、ふつふつと込み上げてくる怒りとともに、すばやく椅子から立ち上がると、

「お…………せ、ぇんだよ!! おかげで、どんだけしびれたと思ってんだ!!」

生き返ったようにそう叫んだ。

「…………生きてた」

レイはちょっと驚いたような顔でザックを見上げる。ザックの声を聞いた瞬間、なんだか自分も生き返ったような心地になった。

「あぁ⁉　当ったり前だろうが‼」

「……死んでたら、どうしようかと思った……」

心の中身を零《こぼ》すようにレイは言った。

「はぁ？　そう簡単にくたばるかよ、バカ」

さっきまで電流を浴び続けていたのが嘘のように、ザックは自慢げな顔をして言う。

「……凄い」

レイはつぶやく。その生命力はもう、その一言に尽きた。

天井からは再び大きなモニターが降りてくる。モニターのなかの女は、相変《あいか》わらず楽しくて仕方がないようにゲラゲラと笑っていた。

《本当に凄いわぁ！　まさか生きちゃうなんて……やっぱり化け物の殺人鬼は、タフでしつこく生きてこそ魅力的だわ。――あぁ……模範的《もはんてき》で理想的よ、ザック。あなたの死ぬ瞬間を見るのも楽しみだったけど……私は優しいから、彼女の努力を買って……ここは通してあげる！》

言いながら、女は上手にウインクをしてみせる。その瞬間、レイの耳には、カチャリと扉の開く音が届いた。

《それに罰は、一つじゃないもの……——罪の数だけ、罰もある。素敵でしょ？》

女は画面のなかで真っ赤な口紅《くちべに》を塗り直し、ふっと微笑む。そして、ふたりが言い返す間もなく、モニターの電源はぷつりと切られた。

「あのクソサド女……気色《きしょく》悪い声で笑いやがって、あの声マジで苛々《いらいら》すんだよッ。モニターじゃなきゃ、真っ先にぶっ殺してやるのによぉ！」

ザックはストレスを発散させるように床を蹴りつけながら、大きく舌打ちを打つ。

「…………」

しかしその言葉に、レイはふっと目を伏せる。

（——殺して……やる……）

ザックが無意識に放つ女への言葉が、どうしてか、棘《とげ》のように胸に刺さるのだ。

（……ザックは、私を殺したそうには見えない）

そう考えると、ちくりと胸が痛む。その感情がなんなのか、うまく説明できない。だってそれはレイが生まれて初めて感じる感情だった。

——わからない……。

わからないけれど、ザックが自分以外の誰かを殺したいと思うのは、なんだかとても嫌だった。

「つーかなんだよ、この人形のバラバラ殺人現場……。お前、何してんだ」

ようやく辺りを見回しながら、ザックは訊いた。床には、レイが切り落とした人形の頭が、まるで殺人現場のように散らばっている。

「人形の視線が仕掛けみたいだったから、切り落としたの」

レイは淡々《たんたん》と答えた。

「なんだそれ……気持ちわりぃ。ったく……変なことにカマは使われるし、俺は電気くらうし、踏《ふ》んだり蹴ったりだな」

はぁ、とザックは小さくため息を吐く。

「……半分は、ザックのせい」

少し呆れながらレイは言った。どう思い返しても、ザックが自ら電気椅子に座ったことが、全てのことの発端《ほったん》であることは間違いない。

「うるせぇな、お前がもっと注意しろよ！」

「……注意した」

「あ？　聞いてねぇよ」

眉《まゆ》をしかめ、ザックは言い返す。しかしそれは逆切れなどではなかった。激しい電流に撃たれ続けたせいで、ザックはもうどうしてこんなことになったのかすら、あまり覚えていなかった。

「それは、ザックが悪い……」

「あぁ、もう助かったんだからいいだろ⁈」

拗《す》ねた声を出すレイに、開き直ったようにザックは声を上げる。

「でも、もう少しで死んでた……ザックが死んだら殺してもらえない」

レイは神妙《しんみょう》な面持《おもも》ちで言った。今レイが望んでいるのは、ザックに殺される未来──ただ、それだけだ。

「あぁ、本当にしつけぇな！　そんときは最悪オバケになって、出てきてやるよ」

「オバケはいないって言った」

「あぁ、いちいちうるせぇ！　だいたい、そんな簡単には死なねぇよ」

「……本当？」

レイは、祈るような目でザックを見上げる。

「おう。死んでたまるかよ。つーかその椅子、近づくと危ねぇからもう行くぞ！」

ザックは、その繰り返されるレイの〝お願い〟から逃れるように歩き出す。

いまはまだ、不思議なくらいに、レイを殺したいという願望が湧かない。殺したいと思えない。そんな相手に出会うのは、いつぶりだろう。

──殺したいと思えない相手を殺すのって、どんな感じなんだ……？

ザックはふと思う。しかし、レイを殺したくないわけではない。他の奴らに殺されるのも嫌だ。もしも最高の笑顔を向けられたら、殺さずにはいられないだろう。

（……不思議な、感覚だ）

「……私は座らない」

少し間を開けて、レイは言った。

「俺も座らねえよ！」

ザックは不機嫌に言い残し、部屋を後にする。レイもその後を追った。

▲▼

「ザックは、このビルのこと、どこまで知ってるの？」

次の部屋へと続く、蛍光灯が張り巡らされた妙に明るい廊下を歩きながらレイは訊く。

「あぁ？　前にも似たような質問、したろ？」

「ええ、でも……ここの人たちのこと、どこまで知っているのかと思って」

「別に……気持ち悪ぃ奴ら、って、ことしか知らねえよ」

ザックは気だるげに答える。

「そう、なの？　でもダニー先生のことを名前で呼んでた……。あのお墓にいた男の子のことも」

「そりゃお前、名前くらいは知ってるけどよ、移動以外で、他のフロアはうろつかねぇし……まぁ稀《まれ》に顔を見せるようなときもあったけどよぉ、あいつらまともじゃねぇから、ろくに話もしてねぇよ」

（つーかダニー先生って、何だ……？）

その、聞き慣れないレイの呼び方に違和感を覚えながらも、ザックは話した。

自分以外の人間に興味はない。他人に興味があるとしたら、それは、何不自由なくのうのうと生きている人間の表情が絶望に変わる——その瞬間だけだった。

「……まともじゃない……。でも、殺したくはなるの？」

独り言のようにレイは訊いた。さっきの女に対するザックの言葉が、心の表面に引っかかって、取れないでいた。

「あ？」

しかしレイの心情とは裏腹に、ザックは腑抜《ふぬ》けた声を出す。何せ、意識せずに自分が放った言葉なんて、すぐに忘れてしまう。忘れるというより、端《はな》から覚えてもいない。

それにザックは、常に誰かを殺したいと思っているわけではなかった。殺したいという感情は、刹那的《せつなてき》に湧き上がってくるものだ。

「……なんでもない」

レイは自らの発言を取り消すように、小さく首を振った。

▲
▼

それから少しして、ふたりは次の扉の前へと辿り着いた。扉には〝厳重注意《げんじゅうちゅうい》〟と書かれたプレートが貼り付けられている。

その禍々《まがまが》しい連なりに、レイはぴたっと電池が切れるように扉の前で立ち止まった。

（厳重注意……）

「おい、なにやってんだ。行かねぇのか？」

ザックはその背後から、催促《さいそく》するかのようにレイの顔を覗き込む。その文字の連なりは、ザックには到底《とうてい》読めるものではなかった。

「見るからに危ない」

レイはぼそりとつぶやく。あの女がわざわざ前もって厳重注意と示しているのだから、この扉の向こうに何らかの罠が仕掛けられているのは目に見えている。

（でも先へ進むには、ここを通るしかない……）

――どうしよう……。

「あぁ？　ここで、危ないか危なくねぇかなんか考えても意味ねぇだろ。んなビビってたら、先に進まねぇだろ⁉」

悶々《もんもん》としたまま扉に手を掛けようともしないレイに、ザックはしびれを切らすように怒鳴る。

「でも……さっきのことで、少し慎重になったほうがいいと思う」

言いながらレイはふっと、ザックの身体に電気が流れたときの、目をつむりたくなるような酷い光景を思い返す。

――もう少し助けるのが遅かったら、ザックは死んでいたかもしれない……。

そう思うと、扉の向こうに入るのがますます躊躇《ためら》われる。

「はぁ？　グズグズしてねぇで、行ったほうが早いだろうが」

しかしザックは間髪《かんはつ》を容《い》れずに言った。

さっき自分が死にかけたことなんて、ザックにとってはもうただの過去にしか過ぎない。

昔から、過去は振り返らない主義だ。主義というより、それは必然といったほうがいいかもしれない。なぜなら思い返したって、いい出来事なんてたったの一つも浮かんでこない。生まれてきてからずっと、不幸の塊《かたまり》のような人生だったのだ。だから多少の不幸や試練を、恐れることはない。むしろ、幸福になるほうがこわいくらいだ。

「……ザックは、たまに石橋を叩いてもいいと思う」

あまりにも危機感のないザックに、レイは鋭く言い放つ。

「はぁ⁉ じゃあけっきょく壊すんだろ⁉ あんま変わんねーじゃねぇか！」

「……変わるし、そもそも意味が違う」

「あぁ⁈ 何かを叩くのに意味もくそもねぇだろ。わけわかんねぇこと言ってねぇで、はやく行くぞ」

「……ザックと話してると、頭が混乱してくる」

しかし石橋を叩くという意味が、ザックに伝わるわけもなく、ふたりはオチのない会話を繰り広げながら、厳重注意と書かれた扉のなかへ入っていった。

▲▼

そして部屋に入った瞬間、カチャリ——と、お決まりのように鍵が閉まった。というより、それは閉められた、というほうが正しいだろう。

Floor B3

「あ……」

レイは小さく声を漏らす。見渡す限り、次の部屋への扉はない。

（どうしよう、閉じ込められた……）

ざわざわと得体の知れない不安が心を過《よぎ》る。入口には〝ゲート開閉《かいへい》〟と書かれた、カードリーダーが置かれてある。

（……カードがいるのかな）

レイはふっと、B7でコンピューターからカードが出てきたことを思い出す。

「別に鍵を閉められるくらい、もう驚くことでもねぇだろ」

厳重注意という看板の意味もわかっていないザックは、余裕げにかます。

「うん……」

鍵を閉められたことにとまどいながらも、レイは部屋を見てまわる。部屋には、梯子《はしご》のない高いロフトがあり、壁にはまるで家電量販店《かでんりょうはんてん》のように、たくさんの壁掛けテレビが並んでいる。目を凝《こ》らすと、液晶画面《えきしょうがめん》には誰かが引っ掻いた跡《あと》のような傷がいくつも残っていた。

（あれは何だろう）

部屋の中央には、人の形をした赤黒い物体が横たわっている。

（死体だ……）

けれどそれは長い間放置されているのだろう、すっかり腐っていた。

(何か書かれてる……?)

〝ここに横たわる男は――……〟

しかしその先の文章は、死体に被さっていて読むことができない。

(……何が、書いてあるんだろう?)

ぼんやりと考えながら、レイは部屋の奥へと進んでいく。部屋の奥には、冷蔵庫くらいの大きな金庫が置かれていて、そっと金庫を開けてみると、そのなかには、古びたガスマスクが一つ置かれてあった。

(――ガスマスク……)

一気にいやな予感が押し寄せる。というより、いやな予感しかしなかった。

「なんか、くせぇな……この部屋」

そのいやな予感を感じ取るように、ザックはため息まじりにつぶやく。どこの部屋へ行っても閉じ込められてばかりで、ほとほと嫌気が差してくる。

(あ?)

そのときザックはふと、何かを靴《くつ》の先で踏んだような気がした。そっと足を上げると、それはリモコンだった。おそらくテレビをつけるためのものだろう。

――……そういや、テレビなんて、もう何年も見てないな。

床に手を伸ばし、リモコンを拾うと、ザックはほとんど無意識に、壁に掛けられてある無数のテレビに向かって電源ボタンを押した。するとその瞬間、壁に掛けられてある全てのテレビ画面に、こちらに向かって手を振る、女の姿が映し出された。


はぁい、ごきげんよう！　この映像は、罪人向けのビデオとなっておりまぁす！

今からこの部屋のご説明をするから、死にたくなかったらよーく聞いて、ね？

この部屋の処刑は、ちょっと贅沢《ぜいたく》につくっておりまぁす。

密閉性《みっぺいせい》の高い室内で、外に空気を漏らしません。そんな室内に、素敵なものが充満《じゅうまん》しまぁす！

それは、罪人を優しく死に至らしめてくれる特製の……毒ガスです♪

けれどもちろん、脱出方法がないわけではありません。それに慈悲《じひ》を込めて、今にも壊れそうなガスマスクを一つ用意してあるから、探してみてね？

脱獄犯《だつごくはん》も、また魅力的な罪人……。私、嫌いじゃありませぇん♪

でも魅力的になれないようなら、素直に毒ガスで、死んでね——……？

あぁ、そうそう。なかなか死なないと退屈だから、タイムリミットをつけてありまぁす。

その時間を過ぎると、もっと強力なガスをプレゼント！

さて、数秒後には毒ガススタイムスタートよ。それでは、素敵な時間をお過ごしくださいませぇ！


――ウィーン・ウィーン！

予《あらかじ》め用意されていたのだろう、その映像が消えると、部屋のなかには、けたたましいサイレンの音が鳴り響いた。テレビ画面には、砂時計の絵が表示されている。レイにはその砂時計が、これから部屋に注ぎ込まれる毒ガスの量と比例《ひれい》していくのだろうことは容易に予想がついた。

「……おい、どうする」

ザックはやや神妙な表情になった。厳重注意の文字は読めなかったが、いま相当にヤバい状況になっているのは、いくら自分が馬鹿だと自負していても理解できる。

「説明じゃ、脱出する方法がないわけじゃないって言ってた。がんばって脱出方法を探す。とにかく急いでガスマスクをつけて……」

レイは部屋の奥へ行き、金庫のなかから古びたガスマスクを取り出すと、ザックに渡した。

「おい、俺がこれをつけんのか？」

ザックは頭上にクエスチョンマークを浮かべる。ふたりが助かるためには、自分よりも身体の小さいレイが、優先的にガスマスクをつけたほうがいいのは明らかだった。

「うん。……ザックが死んだら困る。だから、ザックが使っていて」

けれどレイは、そう淡々と言った。どこからともなく、毒ガスが部屋のなかに流れ始めるのを身体で感じる。それは脳が眩《くら》むような、異様《いよう》なにおいだった。

「テメェが死んだらどーすんだ」

ザックは鋭《するど》い口調で訊く。

「……さぁ」

レイは目を伏せると、他人事《ひとごと》のように答えた。

「さぁ、じゃねぇだろ！　お前が死んだら、俺は出れねぇんだ！　考えろよ！」

ザックは、レイの無責任な態度に思わず声を荒らげる。

——こいつは、本当に俺に殺されたいと思ってんのか？

（ただ、楽に死にたいだけなんじゃねぇのか……？）

レイの目を見やるが、その作り物のような青い眼球からは、なんの感情も感じられない。そもそも何を考えているのかも、わからない。死にたいと思っているのかすらも。けれどそんなことは、考えている時間もないし、必要もない。だけどふっと、どうしてレイが、自分に殺されたいとそう願ったのか、ときどき心に靄《もや》がかかったような浮かない気分になる。

(だって俺は、誰かに必要とされたことなんてねぇんだからよ)

「……じゃあ、苦しくなったら交代してもらう」

少し考えてレイは言った。

「あのな、お前は死んでも構わねぇのかもしれねぇけど、俺は今、お前に死なれちゃ困るんだよ。だから、苦しくなる前に言え！」

ザックは説教《せっきょう》を垂れるように言い返す。レイが何を思っているのかはともかく、ここから出られないことには、何も始まらない。こんなビルのなかでくたばるのだけはごめんだった。

「わかった、苦しくなる前に言う。だからはやく、マスクつけて」

レイは言った。

死ぬのはこわくない。生きているほうがこわいくらいだと思う。でも、できるなら、ザックに殺してもらいたい。出会ったばかりなのに、どうしてこんなにもそう思うのか、自分でもわからない。考えてもきっと理屈では説明できない。

ただザックに殺してほしいと思ってしまったから、それはその瞬間から、レイの願いになった。

そしてザックも、誓ってくれた。

(神様に……)

――だから私は、ザックの役に立ちたい。役に、立たなければいけない。そう思っていた。

「……で、どうやってここから出んだよ」

あまり効果がなさそうな古びたガスマスクをつけながら、ザックはやや不安げな声色《こわいろ》で訊く。密室から脱出する方法なんて、自分には到底解けないだろう。となると、レイに頼るしかなかった。

「きっと、ヒントがあるはずだから、探す」

ザックに頼りにされていることは、ひしひしと感じ取れる。表情を変えないものの、がんばろうという気持ちを抱きながら、レイは淡々と答えた。

「じゃあ、はやく探せ。時間ねぇぞ」

「うん」

小さくうなずき、レイはさっそく、赤黒い死体のもとへ駆け寄った。

(あの死体の下に、何かが書かれていた……)

部屋に入ったときからずっと、あの文字が気になっていた。あれは何かの、手がかりかもしれない。そう予想し、レイは死体を動かそうと手をかける。

（……重い）

けれど死体は思っていたよりも重く、床にへばりついていて、レイの腕の力では少ししか動かすことができない。

『ここに横たわる男は、意気地《いくじ》もないのに……――』

しかし少しだけ移動させられた死体の下からは、やはり文章の続きが確認できた。

「ザック」

「なんだ？」

「あの死体を動かしてほしい。床に何か書いてあるから」

「あぁ？　こんなのも動かせねぇのかよ。ったく、チビは面倒《めんどう》だな」

ザックは冗談《じょうだん》まじりに文句を垂れながらも、軽々とその肉の塊のような死体を持ち上げ、横に動かす。レイのように頭が働くわけでもない自分にできるのは、こういった力仕事くらいだ。

「うぉ……、足、とれやがった」

しかしその拍子に、死体の右足が、根本からちぎれてしまった。

（気持ちわりぃ……）

だがレイはその足に、何か違和感を覚えた。他の身体の部分とは、少し色が違うような気がする。

damn it !
?

（死体になる前から、腐っていた……？）

「で、何が書いてんだよ」

死体が退《の》けられた床には、文章が綴られている。けれど字が読めないザックには、それを読むことはできない。

『ここに横たわる男は、意気地もないのに、その足で命を踏みにじった愚《おろ》かな人殺し。罪と自覚し、それに苦しむならば、その足を捨てればよいのに、それすらできぬ。けっきょく、その両足を、永遠に地獄《じごく》を彷徨うために使うしかない愚かな罪人』

赤い文字で書かれたその文章を、レイは心のなかで読んだ。

（どういう意味……？）

――足を捨てる……。ちぎれた足と、関係がある……？

死体の横には、大きな水溜《みずたま》りのように血がこびりついている。ふと、その血の下になっている床に、何かまた文字が書いてあるのがレイの目に映った。

（続きが書かれている……？）

けれど血に汚れているせいで、その文章は所々《ところどころ》しか読むことができない。

「ザック、何か汚れを落とせるようなものが欲しい」

汚れを落とせれば、またヒントが書いてあるかもしれない。そう思い、レイは言った。

「あのな、俺は魔法使いじゃねぇんだよ」

ザックは眉をしかめる。自分が馬鹿なせいかもしれないが、レイの思考回路に、全くついていけない。もちろん手元にそんな道具もなかった。

「それは知ってる」

「つーか何だよ、汚れを落とすもんって。何に使うんだよ」

「この床の血を拭《ふ》きたい。何か書かれてあるから。雑巾《ぞうきん》とかがあればいいけど……」

「雑巾なんて持ってるわけねぇだろ。お前こそ、その鞄のなか、ハンカチとか入ってねぇのかよ?」

何気なくザックは訊く。

「……ハンカチは……入ってる」

ポシェットを見やり、レイは少し陰鬱《いんうつ》な声色になって言った。

「じゃあ、それを使えばいいだろ?」

「……うん」

(だけど……これを、使ったら……)

一瞬ひどく目が眩む。薄明るい青い色が、ぼんやりと目蓋に浮かぶ。けれど瞬きをすると、もう見えなくなった。

「どうしたんだよ?」

ザックはレイの顔を覗き込む。一瞬、顔色が変わったような気がしたからだ。

「えっと……毒ガスで、少し苦しくなってきたような気がする」

自分をいつになく不安げに見つめるザックの顔を見上げ、レイはいつもと同じ調子で言った。

「あぁ⁉　苦しくなる前に早く言えっつったろ?!」

ザックは顔を歪め、即座にガスマスクを外すと、急いでレイの顔面に被せた。

「だって、苦しくならないと、苦しいかどうかわからない」

その小さな顔をすっぽりと覆う、古びたガスマスクをつけられながら、レイはぼそりとつぶやく。でもそれは、苦しい……というよりは、なんだか頭のなかがふわふわとして、地に足がつかないような、そんな妙な感覚だった。

「ったくよぉ、テメェは黙ってたら、生きてるか死んでるかもわかんねぇんだよ！」

「大丈夫、生きてる」

「んなことわぁってるよ！」

「わかんないって言ったから……」

「あぁ……もうごちゃごちゃ喋んな！　テメェはせいぜい息してろ！」

いちいち揚《あ》げ足《あし》をとるように相槌《あいづち》を送ってくるレイの言葉を振り切るように、ザックは吠える。

「うん。でもはやく、あの汚れを落とさないと……。きっと、ここから出るヒントだと思う」

「わかった。落としてきてやるから、ハンカチ貸せ！」

ザックは半ば、やけくそになったように言う。レイに死なれたら困るのは、ザックだって同じだった。どんな毒ガスが流れているのか知らないが、自分はまだまだ余裕だ。だから今、体力を使う作業は、できるだけ自分が担ったほうがいい。ザックは本能的《ほんのうてき》にそう感じていた。

「うん」

ハンカチを取り出すため、ポシェットのなかに入れると、ふっと手に、あの夜の感触が蘇《よみがえ》る。でも今は躊躇している暇はない。レイは鞄の奥に指を落とし、あの日からずっと――何かを包んでいた水色のハンカチを掴むと、ザックに渡した。

「あー……これで床を拭けばいいんだな？」

その可愛らしいハンカチに、若干《じゃっかん》とまどいながらも、ザックは訊いた。

「うん。私も手伝う。歯ブラシが入ってたから」

ポシェットのなかを漁りながら、レイはガスマスクの下で、ごにょごにょと喋る。

（……なんか、ただお面つけてるみてぇだな）

「つぅかお前……それ、つけてる意味あんのか？」

交代したものの、ガスマスクは明らかに、レイの顔のサイズに合っていない。顔の周りには、大きな隙間ができていた。

「どうだろう……？　これもう、壊れてる気がする……」

レイは言った。そういえば、なんだかさっきよりも息苦しくなっているような気がする。

「あぁ？　じゃぁそんなもん外せ！　余計苦しくなるだけだ。苦しいんだったら、できるだけ、息止めとけ」

「……？　さっきは、息しとけって言ったのに？」

的確なザックの言葉に、レイはなぜか首をかしげる。

「あぁ?!　もう、ガスマスクがねぇんだから、息止めるしかねぇだろうが！」

ザックは少し顔を歪める。自分よりも頭のいいレイが、そんなこともわからないのは、どう考えてもおかしい
「……息を止める」

ほとんど無意味にレイはつぶやく。自分でもよくわからないけれど、この異常な状況が、なぜだか少し可笑《おか》しいように感じて、少し口元が緩む。

「お前やっぱ、毒まわってんじゃねぇか？」

なんだか楽しそうにも見えるレイに、ザックは首をひねる。

「なんか、変？」

レイはまた首をかしげる。

(変?)

そう訊かれて、ザックは観察するようにレイを見た。いつもと同じような気もするし、何かが違う気もする。しかし表情がないので変化がわからない。

——変っちゃ、変だけどよ……。

「……わかんねぇ。つーか、いつも変だろ」

考えるのも面倒になってきて、ザックは言い切った。

「変なの、私?」

少しきょとんとしたような表情を浮かべながらも、レイはいつも通りの単調さで言い、ザックの顔を見上げる。だが、その目は明らかにうつろだった。

(なんか、毒ガスのせいでラリってきてねぇか、こいつ?)

——大丈夫かよ……。

「とりあえず、時間がねぇんだ。床、拭くぞ!」

しかし一刻を争うこの状況で、下らない会話ばかりしていられない。自分はまだ余裕だが、これ以上毒ガスが充満してきたら、そうもいっていられないだろう。はやくここから出たい一心で、ザックは率先《そっせん》して床を拭き始めた。

(しっかし、面倒くせぇなっ。掃除なんてしたことねぇのによ……)

ザックは大きなため息を吐きながらも、血がこびり付いた床を、ごしごしとハンカチで拭いた。

（……やっぱり、何か書いてある）

レイは浮かんできた文字の部分を、さらにくっきりと読めるように、歯ブラシでこすっていく。

次第に汚れが落ちてくると、床にはやはり、さっきの文章の続きが書かれていた。

『罪を犯したのは、体のどの部分か。それを自覚するならば、そこを切り捨てよ。天秤《てんびん》にその部分と、罪を並べ、重さを揃《そろ》えるがいい。——ただ、もしそれが魂《たましい》というならば、決して望みは報《むく》われぬ』

（天秤に、罪を犯した部分と、重さを揃える……？）

レイははっとした。罪を犯した部分……——それはきっと、さっきの足のことだった。

（そういえば棚の上に、天秤があった）

「ザック、さっきの死体の足を天秤に乗せてみてほしい」

とっさにレイは言った。

「あぁ?! なんで俺がこんな気色わりぃもん、持たなきゃなんねぇんだよ！」

思わずザックは顔を歪める。死体に触るのはあまり好きじゃない。死体の臭いが、いつまでもとれないような気がして嫌だった。

「じゃあ、いい」

レイはザックを見捨てるように言った。

(……?!)

ザックは少し目を丸くする。その反応は、普段のレイのものとは違う。そう感じた。

(やっぱ、この毒ガス、変なもん混じってんな……)

茫然とするザックをよそに、レイは死体に近づき、ちぎれた死体の足を持ち上げる。

(……重い)

それは、思っていたよりもずっと重かった。知らず知らずのうちに、毒が回ってきているせいかもしれないけれど、なかなか持ち上げることもできない。

「あぁ、どけ！　天秤に足を置けばいいんだな？」

その様子を傍観《ぼうかん》しておられず、ザックはレイの手からちぎれた死体の足を奪うと、けっきょくレイの指示通り、棚に置かれている天秤に、どんっと足を置いた。あの様子では、足を運ぶだけで何時間かかるかわからない。それにレイに、あまりにも役立たずだと思われるのも癪《しゃく》だった。

(重さを合わせる……)

レイはもう片方の皿に、天秤の横に並べられていた錘《おも》りを、足と同じ重さになるように乗せていく。そしてぴたりと天秤が釣り合った瞬間——カチャリと、ロフトの上で、何かが開いたような音がした。

「何か、開いたんじゃねぇか？」

「たぶん」

その音に反応し、ふたりはロフトを見上げる。床からロフトまでの距離は三メートル近くある。とてもじゃないが、梯子がなくては上《のぼ》ることはできない。背の高いザックの目線からでも、ロフトの上が、どのような様子になっているのかわからなかった。

「なんかあるか、見てこいよ」

「どうやって？」

「……そうだな……。そこまで、ついてこい」

少し考えたあと、ザックは珍しく何かを閃《ひらめ》いたような顔で、レイをロフトの下まで誘導した。そしてなんの予告もなく、レイの腰辺りを、その骨ばった両手でがしっと摑むと、

「じゃぁ、いくぞ」

「え？」

その刹那、まるで道具でも扱うようにその小さな身体を軽々と持ち上げ、ひょいっとロフトに押し投げた。

（……!?）

レイはいったい何が起こったのかわからなかった。だって一瞬、身体が宙に浮いたようになって、気がつけばロフトの上にいたのだ。

「おい！　ボーっとしてねぇで、何かないか探せ！　役に立つんだろ！」

その予想もしていなかった出来事に、思考が一時《いちじ》停止しているレイを、ザックは苛立った口調で促す。

「うん」

そうだ……——私、ザックの、役に立つ。

（音がしたのは……たぶん奥のほうから……）

ロフトの上は、掃除がされていないのか、ほこり塗《まみ》れになっている。天井との距離も、五十センチほどしかない。レイはむせそうになりながらも、ほふく前進でロフトの奥へと進んでいった。すると突き当たりには小さな箱が置かれてあった。

（鍵、開いてる……さっきのは、この箱が開いた音だったのかな……）

なかに入っていたのは小さな機械だった。機械には、〝——汝《なんじ》は神を信じるか？〟という文字が表示されていた。機械にはYESとNOのボタンがついている。

（……神）

それが誰にとっての神様を意味するのかはわからない。でも毒ガスが回ってきているレイに、あまり思考能力は残っていなかった。レイは自分の神様を思い浮かべながら、

ＹＥＳのボタンを押した。すると機械からは、ジーッという音とともにカードが出てきた。おそらくそれは入り口にあった開閉ゲートに挿すものだろう、とレイは思った。

（これで、出られる）

「ザック、カードがあった」

レイはロフトから、ひょっこりと顔だけを覗かせる。

「おーでかした！　これでこのクセェ部屋から出られるな」

ザックは誇らしげな顔で、レイを見上げる。けれどそのあと、なかなかレイが降りてくる様子がない。

「おい、どうしたんだよ？」

「えっと、……降りられない……」

レイはほんの少し少女らしいようなこわごわとした表情になって、床を見下ろす。

「あぁ?!　そんなの、飛び降りればいいだろうが！」

「………たぶん骨が折れると思う。あと……、少しこわい」

がなるザックに、レイは無表情のまま素直な感情を吐露《とろ》した。高い所はあまり得意ではない。

「んだよそれッ。ほんとっに面倒な奴だなテメェは！　はぁ……ほら、手ぇ貸せ」

ザックはため息まじりに言う。

「……手？」

レイは首をかしげた。

「降りられねぇんだろうが?!」

「うん」

「じゃあ、貸せ！」

理解の遅いレイに苛立ちながらも、ザックは、包帯が巻かれた手を差し伸べる。

「わかった」

機械から取り出したカードキーを上着のポケットに入れ、レイはゆっくりと、ザックに手を伸ばす。そしてザックは、その手を摑み、レイの身体をほんの一瞬持ち抱えると、がさつに床へと下ろした。

「ありがとう」

ぐらつきながらも、レイは小さく言った。

「別に。で、カードは？」

ザックはふんと目を背け訊いた。

「これを、あの機械に入れれば、出られると思う」

レイはポケットからカードキーを取り出し、ザックに提示する。

「じゃあ、はやく入れてこいよ」

「うん」

（……あれ？）

しかし機械に向かおうと歩きだした途端、急に立っていられないほどの猛烈《もうれつ》な眩暈《めまい》がして、レイは思わず、その場にうずくまった。

テレビ画面の砂時計は、三分の二ほど埋まっている。それは言わずもがな、部屋の三分の二の空気が、毒ガスに侵《おか》されていることを示していた。

「おい、どうした」

ザックは声を掛けながら、レイと目線を合わせるようにしゃがみ込む。

「……わからない。視界がぐらぐらする」

うつろな目で、レイは包帯が巻かれたザックの顔を見つめる。

「……くっそ、毒が回ってんのか」

舌打ちを鳴らすと、ザックはレイの手からカードを奪い取り、装置に向かった。

「カード、差し込みゃいいだけなんだろ⁉」

「……うん」

ザックの問いかけに、レイは小さくうなずいた。ザックは急いで装置に駆け寄り、カードを差し込もうとした。けれどなかなか上手く入れることができない。

「あぁ⁈　なんで入らねぇんだよ⁉」

最高に苛つきながら、ザックは半ば無理やり機械にカードを押し込める。すると、ポキッと不吉な音がして、カードが真っ二つに折れた。

「あ……？」

状況を把握しきれないまま、ザックは間抜けな声を漏らす。

「あ……」

予想だにしない出来事に、レイはぽかんと口を開けた。

《あっはははははは！》

その瞬間、部屋には、こらえきれないと言わんばかりの、女の笑い声が響き渡る。

そしてテレビ画面には、再び女の姿が映る。今度の映像は、録画ではないようだった。

《信じられないわ！　まさか、自ら強制ゲームオーバーだなんて！　ねぇザック、教えてあげる。カードを入れる向きが、違うのよ？　可笑しくって笑いが止まらないわ！　まだまだ罰を下し足りないけど……、罪人は、ルールを守らないと、ね？　だって、強制ゲームオーバーですもの。でも、ザックはまだまだ余裕そうだし、仕方がないから……、今から、もーっと強烈な毒ガスをプレゼントしてあげる。特別よ？　だって毒ガスって、すっごく高いんだから。この、贅沢な罪人ども！　さぁ、苦しんで頂戴ね！》

女は終始《しゅうし》可笑しそうに話し終え、また一方的にモニターとの通信を切る。

（……本当はもうちょっと楽しみたかったけど、ゲームオーバーじゃ仕方ないわね、ザ

ック）
そして手元の機械を操作し、即効性《そっこうせい》のある毒ガスを流し始めた。

▲▼

ざあああああ――――と、まるで雨のような音が、部屋を包む。

通信の切れたテレビ画面には、目が痛くなるような砂嵐《すなあらし》の映像が映っていた。

「あああ！　ここまで来たんだから、開けろよ！」

その耳障《みみざわ》りな声に馬鹿にされ、ザックはガンっと機械を蹴りつけ、怒りを露《あら》わにする。

同時に、自分の不甲斐《ふがい》なさにも腹が立った。

（ああ、くそ……！　――――このままじゃ、死ぬ）

ごくりと息を呑む。自分が窮地《きゅうち》に立たされていることは、まぎれもない事実だった。

「ザック」

ゆっくりと立ち上がると、レイは少しかすれた声で、ザックを呼んだ。

「んだよ」

ザックは苛立ちながら、レイのほうを振り返る。

「あなたとの約束って、ここから出ないと、叶《かな》わないんだっけ……？」

するとレイは神妙な面持ちになってそう訊いた。

「あぁ!?　こんなときに、なに言ってんだ！」

「答えて」

うつろな目でザックを見つめながらも、レイは確かな口調で言い放った。

「あぁ、そうだよ。俺がここから生きて出ることが、最低条件だ!!」

ザックもそれに答えるように、力強く言い放った。

「……わかった、私、がんばる。でも、助かるかわからない。それでもいい？」

今までにないような真剣な目つきで、レイは再び訊いた。

だけどそれはやっぱり、死ぬのがこわいわけでも、生き残りたいわけでもなかった。

ただここから出て、ザックに殺されたかった。それはこの命の終わり方として、とても美しいような気がした。そしてきっと、ここから出てザックに殺されるなら、天国に行けるような、そんな気がした。

「そうだな……どーせ、このままじゃ死ぬ。なんだっていい、やれよ！」

少しだけ光が戻ったようなレイの目を見つめながら、ザックはほとんどやけになって叫ぶ。このまま死ぬのを待つなんて性分《しょうぶん》じゃない。死ぬんだとしても、何もしないよりましだった。

「うん、がんばる」

残りの体力を振り絞るように、レイは力強くうなずいた。

（このガスは、可燃性《かねんせい》かもしれない。……時間差で発火すれば、爆発を起こせるかもしれない）

レイは何年か前に読んだ化学の本を思い出しながら、テレビのリモコンから電池を抜き取ると、電池に針金を巻き付けて、その熱で発火するもの——さっき床を拭いたハンカチ——を、さらに針金で固定し、それをそっと壁際へと置いた。

「それ、なんだよ」

嫌な予感を巡らせながら、ザックはその奇妙《きみょう》な物体を見下げる。

「…………これが燃えれば爆発する、かも」

小さく首をかしげながら、レイは平然と告げた。

「あぁ⁉　なんだそれ⁉　死ぬじゃねぇか‼」

的確に突っ込みを入れながら、ザックは一瞬、白目《しろめ》を剥《む》いた。

（死ぬのを早めてどうすんだよ……！）

——あー……、このまま、あんないかれた女に殺されるなんて、最低だ。

しかし落ち込んでいる暇もなく、うなだれるザックに、レイは冷静に指示を出す。

「だから早く、隠れる場所へ移動しよう」

「は？　んなもん、どこにあんだよ！」

「こっちにある、でしょ……」

レイは部屋の奥に置かれている金庫に目線をやった。ガスマスクが入っていたその金庫は、冷蔵庫ほどの大きさがある。

「おい、あんな狭いとこにふたりで入んのか⁉」

その見るからに窮屈《きゅうくつ》そうな空間に、ザックは怪訝そうに眉をしかめる。大きいとはいえども、それは、細身のザックと小柄なレイが、ぎりぎり二人で入れるくらいのサイズだった。

「うん」

当然のようにレイはうなずき、先に金庫の中に入ると、催促するようにつぶやいた。

「はやくしないと、爆発する」

「……あぁ、わぁったよ！」

ザックは得体の知れない気恥ずかしさを感じながらも、急いで狭い金庫へ入り、扉を閉めた。

「本当に隠れるだけで大丈夫なのかよ」

「たぶん。これ丈夫そうだから」

「大丈夫じゃなかったら承知しねぇぞ！」

ふたりは狭く真っ暗な金庫のなかで、ぼそぼそと話し合う。

「うん、でもザック、もうちょっと離れてほしい。潰《つぶ》れる」

「はぁ?! しょうがねぇだろ、狭めぇんだから！」

レイの無茶な要望に、ザックは声を荒らげる。

「……耳が潰れる」

「テメェ……さっきから文句ばっか言いやがって、本当に俺に殺される気あんのかよ?!」

「ある。私を殺すのは、ザックしかいない」

「じゃあもっとなぁ、そういう態度で俺と接しろよ」

「どういう意味……？」

「そんなの自分で考えろ！」

監視カメラにも映らない金庫のなかで、ふたりはまた終着点のない会話を繰り広げる。

その途端、バァンッ——と、鼓膜を破りそうな物凄い轟音が鳴り響き、金庫のなかは激しく揺れた。レイが作った火種《ひだね》が、充満したガスによって爆発したのだ。その名残《なごり》のような熱風が、微かに、金庫のわずかな隙間から入り込んでくる。けれど熱風を浴びたのはザックだけだった。ザックは、金庫の扉を背にして、レイのことを庇《かば》うような姿勢をとっていたからだ。

「あっちぃッ……」

それは一瞬、ザックに火傷《やけど》の記憶を連想させた。蘇る記憶に、反射的に指先がふるえる。でもあのときの感覚は、もっと凄《すさ》まじかった。だからこんなのは大したことじゃない。ザックはそう、自分に言い聞かせる。

「大丈夫？」

「お、おぉ……、これくらいはなんともねぇ。つうか、爆発したのか？」

少し動揺しながらも、ザックはとぼけたように言い、わずかな隙間の向こうを覗く。

「そうみたい」

辺りが静まり返ったのを見計らってから、ふたりはそろりと金庫の外へ出た。

「……マジかよ」

目の前に広がる光景にザックは絶句《ぜっく》した。部屋は、ふたりが入っていた金庫を残して、全てが真っ黒になるほどに焼け焦げていたからだ。

「ここから、出られそう」

火種を置いていた壁際には、爆発によって、人が通れるくらいの大きな穴が開いている。レイはその穴を指差し言った。

「おー、やっと出られるな！」

「うん……」

「どうしたんだ？」

「……あのね、私、役に立てた？」

レイは上目《うわめ》づかいになって訊く。

「あぁ？　そりゃぁ、お前。爆発させて、何もかもぶっ飛ばしたんだからな。やってやったって気分だな！」

「……そう、よかった」

満足げに話すザックに、レイは、だんだんと意識が遠ざかっていくのを感じながらも、安堵の声を出した。

（役に、立てた……）

それはレイにとって、何かの使命だったのかもしれない。生まれて初めて味わう、その充実した気持ちは、不思議なほどレイの心を満たしていく。だが、そんな気持ちとは裏腹に、レイの身体は、大量に吸い込んでしまった毒ガスによって、ふらふらになっていた。

「おい、ここにきてくたばんなよ？」

さらに生気《せいき》がなくなったようなレイの表情を見やり、ザックは言った。

「……大丈夫」

レイはか細い声で言った。

「じゃあ、行くぞ。死なれちゃ困るけどよ、先にも進まねぇとな」

「うん」

そしてふたりは、壁に開いた大きな穴を潜《くぐ》り、ようやく廊下へと出た。

▲▼

「しっかし、こんなことになるなんてよぉ、あいつも思ってもなかったろうな！」

真っ黒に焼け焦げた部屋の内部を思い出しながら、ザックは愉快《ゆかい》そうに高笑う。

「うん……」

今にも閉じてしまいそうなうつろな目でザックを見つめながら、レイはうなずく。

どうしてだろう――……目の前が、ぐるぐる、する。

（さっきまでは、大丈夫だったのに……）

ふっとレイは俯《うつむ》く。目を開けていられなかった。体力が消耗《しょうもう》しきっているせいで、立っているだけでも睡魔《すいま》の波が意識をさらうように押し寄せてくる。

（なんだか、眠い……）

「おい、歩けんのか？」

今にも目が閉じそうになっているレイを、怪訝な表情で見つめ、ザックは訊く。

「うん……がんばる」

うつろな目でザックを見つめ返し、レイは答えた。けれどそれは返事ではなく、ただ浮かんだ言葉を発しただけだった。

「……なら、いいけどよ」

それからザックは、レイを気にしながらも、薄暗い廊下の先へと進んでいった。そのあとを、レイはまるで夢遊病患者《むゆうびょうかんじゃ》のように、ふらふらとついていく。

自分ではちゃんと歩いているつもりだった。でも、まるで夢のなかにいるみたいに、なかなか前に進むことができない。視界がぐにゃぐにゃと歪んでいて、いま自分が夢のなかにいるのか、現実世界にいるのかさえ、わからなくなってくる。

（あぁぁっ……おせぇ……）

「だぁああ！　くっそ！　このペースで進めるかよ！」

そんなレイののろまさに、ザックはくるりと後ろを振り向き、ついにしびれを切らして叫んだ。

「……ザックだけ、先に、行く？」

レイはほとんど機能していない頭で考え、訊く。

「できるなら、そうしてぇけどよ。でも俺一人だと、けっきょく行き詰まるだろうが」

ため息まじりにザックは言う。それに、レイをこんな物騒《ぶっそう》なフロアに、一人で置いていくのは、なんだか気が引けた。

（いつ、あのいかれた女が、話しかけてくるかもわかんねぇしよ……）

「大丈夫、私、歩けるよ」

レイは自分に言い聞かせるように言う。

「あてになんねぇ顔して、何言ってんだ。大丈夫じゃねぇだろ」

ザックは軽くため息を吐く。この調子では、どう考えても、これ以上進むことはできない。

「……がんばる」

レイは、再度そうつぶやく。けれどそれは、今にも消え入りそうな声だった。

「何が、がんばる、だよ。がんばったって、死ぬときは死ぬんだよ。死ぬのはお前の望みなんだろうが、そうなりゃ、俺の望みがどーにもなんなくなんだろーが！」

（……望み……）

その言葉は、不思議なくらいに、レイの心に浸透《しんとう》する。

「そう、だったね……。じゃあ、なおさらがんばらないと……」

半分、夢のなかに足を踏み入れながらも、レイは言った。

「お前さぁ、賢《かしこ》いのに、ほんと人形みたいに同じこと繰り返してばっかだな……」

レイの代わり映えのしない受け答えに、ザックは半ば、呆れたようにため息を吐く。

(――……人形、みたい)

「……どうしたらいい?」

ふっと身体中の電気が切れたように立ち止まり、レイは訊いた。

「うるせぇ、人間だったら自分で考えろ」

ザックは吐き捨てるように言う。

(人間だったら……)

――私は……生きてる。だから人形じゃない。人形じゃないから、今、とても眠い……。

「少し待ってくれたら、ふらふらするの治ると思う……」

その冷たいザックの声に、はっとしたレイは、ようやく心のなかのものを言葉にした。

「はあ。ったく、最初からそう言えよ」

「……うん」

夢と現実の狭間《はざま》で、レイはふっと、ザックは今まで会ったほかの誰とも違うと感じる。

ザックの言葉づかいは荒っぽいけれど、決して自分を否定したりしない。そしてダニーのように、過度《かど》に期待したり、求めたりもしない。レイはザックといると、自分が自分でいられるような気がした。そんなふうに思えるのは、生まれて初めてだった。

(ザックは、どうして私の話を、聞いてくれるんだろう……)

——あの家では誰も、私の話なんて、聞いてくれなかったのに。

うつろな表情を浮かべて何を考えているかわからないレイの様子に、ザックは呆《あき》れながらも、その細いレイの手首をぱっと掴んだ。それから、すたすたと廊下を歩いていくと、カメラの死角《しかく》になる場所を探し、あぐらをかいて座った。

「ここはカメラに映んねぇ。ここでなら待っててやるよ。だから、早くしろ」

「……うん」

レイは小さくうなずき、ザックの隣にちょこんと正座《せいざ》をする。そしてゆっくりと目を閉じると、一瞬で、気を失うようにすやすやと眠り始めた。それはとても深い、生きていることを忘れてしまうような深い眠りだった。

「おいレイ、起きたら動けるようにちゃんと休めよ……って、もう寝たのかよ!」

その眠りに就《つ》くスピードに少し驚きながらも、ザックは長い睫毛を小さく震わせながら、天使のような美しい顔で眠る、レイの愛らしい姿を見つめる。

(寝てると真っ白で、さらに人形みたいだな、こいつ……)

——俺は、お人形さんを切り裂く趣味はねぇのによ……。

ここから出たら、ちゃんと、笑えんのか……？

（目は死んでるし、返事だって、うんとか、がんばるばっかで、面白くねぇ……）

「はぁ……まぁ無駄なことばっか考えても仕方ねぇ……。俺も少し休むか……」

ため息まじりに大きく欠伸《あくび》をしたあと、ザックはあぐらをかいたまま、ゆっくりと目蓋を落とす。

そのときふっと、寝ぼけているのだろうレイが、自分の肩にもたれかかってくるのを感じた。けれど跳ねのけることも面倒で、ザックはそのまま背後の壁に凭《もた》れかかった。

自分では平気なように思えても、毒が回っていたのか、すぐに眠りはやってきた。

▲
▼

そしてザックは、夢を見ようとしていた。

夢なんて、もう何年も見ていなかった。もしも見ていたとしても、それはただ黒いだけの、悲しい夢だった。

でも今、目蓋の裏で始まろうとする夢は、そんな悲しい夢よりも見る価値のない、悪

Floor B3

夢だった。

けれど始まってしまえば、簡単に夢を終わらせることはできない。だって夢のなかでは、それが夢だなんて、わからないのだ。

――そして夢は、強制的に始まる。

ザックは少年で、孤児院《こじいん》にいた。幼少期《ようしょうき》を過ごしたそこは、思い出すだけでも吐《は》き気《け》がするくらい、とても劣悪《れつあく》な施設だった。ザックの目の前では、その施設を経営する夫婦が、薄暗いリビングで、まともではない会話を淡々と交わしている。

それはまるで、忘れかけていた過去の記憶が目の前に蘇ってくるような……鮮明《せんめい》な映像だった。


――ねぇ、あんた。今月来たあの子供、臭いと思って覗いてみたら、すっかりダメになってたわ。

――ああ、そうか。

――そうか……って、どうするの？

――庭にでも埋めちまえよ。

――また、それ？　大丈夫なの？

――こんな施設に、はした金《がね》で捨てられた子供なんて、誰も見に来るわけないだろう。

――……でもいやだわ、私。腐《くさ》ったものを触るのは嫌いなのよ。

――わがままな奴だな。……あぁ、そういえば、あいつはまだ、生きてんのか？

――あいつ？

――あいつだよ。火傷で化けもんみたいな姿したガキ。

――あぁ、アレ？　……生きてるわよ。食べ物だって与えてないのに……。残飯《ざんぱん》でも漁《あさ》っているのかしら。気味が悪いったらありゃしない。

――じゃあ、あいつに埋めさせればいいだろ。ガキの始末《しまつ》は、ガキにさせりゃあいい。

――……それもそうね。

――実は、前もやらせてみたんだ。そしたら、あいつ黙って埋めやがった。

――あら？　そうなの？

――ちょうどいいだろう？　残飯なんかなくなったって、ゴミ箱の悪臭《あくしゅう》が減るだけだ。人手も足りないことだし、生かしておきゃあ、化け物でも便利なもんだよ。道具みたいなもんさ。化け物にお似合いの役職《やくしょく》だ。

――そう、それならまぁいいわ。

――じゃあ、これでこの問題は解決だ。俺は今から映画を見るんだ。邪魔しないでくれよ。

——……いやだわ、どうせまた、あのスプラッターホラーのビデオでしょう？

——好きなんだよ、あの映画。能天気《のうてんき》な馬鹿どもが殺されるのが、スカッとするんだ。

——悪趣味ね。私はあの映画嫌いよ。だって殺人鬼が死なないんだもの。

——いいから、邪魔しないでくれ。お前はさっさと、あいつに死体を片づけさせろよ。

（……化け物……）

あぁ、そうだ。俺は、化け物だ。そんなことは知っている。でも俺は、テメェらの道具になるために、生まれてきたわけじゃねぇ——……。

（あぁ……。殺したい……殺してやる……）

濃い霧に包まれているような夢のなかで、少年だったザックはまだ成長途中の、その小さな手で、大きな包丁《ほうちょう》をぎゅっと握り締める。

「ザック……」

そのとき夢に、誰かの声が混じった。

——あぁ……？

これは……、誰の声だった……？

あぁ……。そうか。

レイだ……。

——レイが、呼んでいるのか。

俺の、名前を……。

「……ザック」

そしてそれが、夢ではない、現実の音だと感じた瞬間、記憶から消えることのない悪夢は、静かにフェードアウトしていった。

▲▼

「……ザック」

少しだけ先に目を覚ましたレイは、眠りのなかで、なにやら苦痛の表情を浮かべているザックの顔を覗き込み、その名前を優しく呼んだ。

「ん……」

そのレイの声に反応し、ザックはゆっくりと目を開ける。

「……起きた？」

「……おー」

ザックはまだ少し寝ぼけて答えた。頭のなかが何かに蝕《むしば》まれていくように気持ち悪い。

そう――……とんでもない悪夢を、見ていた。

(なんで、こんな夢を見たんだ……?)

もう何年も、忘れていたのに――思い出しも、しなかったのに。

「あの……ザック、少し重い」

まだ完全に夢の世界から戻ってこられないでいるザックを横目で見ながら、レイは言った。

「あ?」

ふと横を見ると、レイの顔がやたらに近い。

(……?!)

いつの間にか、すっかりレイの肩に寄りかかって眠っていたらしい。

「テメェが先に寄りかかってきたんだろうが!!」

ザックはぱっと身体を離し、反射的に声を荒げる。

「……そうなの?」

大して興味がないように、レイは首をかしげた。深い眠りのなかにいたレイには、まるで身に覚えがない。

「そーだよ、決まってんだろ！」

「……そう」

「つーか、もう行けんのか？」

立ち上がりながら、ザックは訊く。

「うん、だいぶスッキリしたから」

レイは眠気の取れた、透き通るような声で答えた。

「なら、はやく行くぞ。これ以上、ちんたらしてられねぇ」

「うん」

▲▼

それからザックは、あまりレイを顧《かえり》みずに、少し速足になりながら、ほとんど光のない廊下の先へと歩いていった。

（くっそ……）

さっき見た胸糞悪《むなくそわる》い夢のせいで、無性《むしょう》に苛々《いらいら》して仕方がない。けれど過去に苛ついても、どうすることもできない。それにもうあの夫婦はいない。だってあの夜、自分で殺したのだから――。

廊下の先からは、吐き気がするようなえげつない死体の臭いがする。この臭いは確実に死体の臭いだ。何度も嗅《か》いだことがあるのだから、間違えるわけはない。そして臭いのするほうからは、うぉぉー……という不気味な呻き声が、まるで地響きのように鳴っている。

（この声、なんだろう……）

レイはその声に耳を澄ませながら、すたすたと先へ行くザックの後ろを、小走りについていく。

うおおぉぉぉぉ――……。

先に進むにつれて、呻き声が激しさを増していく。

（ザック、さっきから一言も話さない……。やっぱり私が寝たから、怒ってるのかな……？）

少し不安になり、レイは小さく眉をしかめる。

「ザック……」

どんどんと自分から離れていくザックを呼び止めようとしたとき、フロアには再び、女からの放送が始まるのだろう、サイレンの音が響き渡った。

《はぁい！　ご機嫌いかがかしら？　それにしても、ここに来るのがずいぶん遅かったわね？　何していたのかしら》

監視カメラがとらえる機嫌がいいとは言えないふたりに向かい、女は嫌みたらしく訊ねる。ふたりがどこかで休憩していたことくらいは、別に監視カメラに映ってなかったとしても、なんとなくわかることだ。

「別に、何もしてねぇよ」

復活したばかりの細胞を破壊してくるような、女のテンションの高い声色に苛立ちながらも、ザックは面倒くさそうに答える。

《ふうん。でも、あの状況から出てきちゃうなんて、予想外だったわね！　ちょっと感心しちゃった。うふふ。憎らしいけど、賞賛《しょうさん》してあげる！》

（――これで、また、楽しめるわ）

女は楽しそうに、ガス室から脱出したふたりに、パチパチと手を叩いた。

《それと、せっかくここを通るんだから、もう一度訊いてあげようと思って。牢獄で、一生を過ごすのはどうかしら？》

あからさまに不機嫌な様子のザックに向かい、女はその艶《つや》っぽい口元でにやにやと微笑《ほほえ》みながら、再び問いかける。

この廊下の先には、一生出ることのできない、飼い殺し専用の牢獄が連なっている。

さっきから聞こえてくる呻き声は、その牢獄のなかで、死を待つばかりの罪人が発しているものだった。

「だから、入らねぇって言ってんだろうが！　しつこいんだよ。どーせ、ろくなもんじゃねぇってことは、わかってんだ。何度も訊いてくんな！」

《あら、つれないわね。ねぇザック、私を楽しませてくれる、道具にはなってくれないのね？》

「あぁ？　道具だ？」

ザックは顔を歪める。その言葉は、やけにザックの癇《かん》に障《さわ》った。

〝――生かしておきゃあ、化け物でも便利なもんだよ。道具みたいなもんさ。化け物にお似合いの役職だ。〟

脳裏《のうり》には、さっき夢で見たその言葉が否応《いやおう》なく蘇ってくる。

《ええ、そう。道具――。でも、勘違いしないでね。道具っていうのはね、あなた達のことを言っているのよ？》

その女の口調は、老夫婦の女の喋《しゃべ》り方によく似ていて、ザックは、何かに打ち付けられるように、頭が痛くなるのを感じた。

《だって、あなた達を見ていると、本当に可笑しいんだもの！　ずっと見ていたけど……あなた達って、ずいぶん変な、約束ごとをしているのね？　危うくって、お互いの身勝手を押しつけただけの約束……。利害《りがい》は一致《いっち》しているように見えるけど、お互いが道具にしか過ぎない。でも……、本当の道具はどっちなのかしら？》

くすくすと笑いながら女は訊く。

（無意味な約束をしていることに、どうして気づかないのかしら……？）

「あ？　どういう意味だ？」

ザックは顔を引きつらせる。女の言っている言葉の意味がわからないわけではなかった。ただ、呑み込むことができなかった。

《あらやだ。わからない？　でもいいわ、そのうち、わかることね。それに馬鹿な子って、可愛くて好きよ。ねぇ、ザック？　うふふ。それでは引き続き、刑罰をお楽しみくださいませぇ♪》

そこで女はまた一方的に放送を切った。

――…………道具、か。

（……俺は、所詮《しょせん》、誰かの道具でしかないのか――？）

「あぁ、ムカムカしてきやがった」

ザックは、苛立ちを表すようにぼりぼりと頭を掻きむしり、ぼそりと低くつぶやいた。

「……ザック？」

レイはいつものように、何を考えているかもわからない、感情のこもらない瞳で、ザックの顔を見上げる。

（こいつにとっても……俺は、殺してくれる道具か……？）

――わからない。今は、考えたくない。何も。

「……今、あんま話しかけてくんな。行くぞ」

全てのことから目を背けるように、ふいっと目線を逸《そ》らすと、ザックは突き放したような口調で言った。

「うん……」

レイは小さくうなずく。

（……ザック、何だか、怒ってる）

その原因はわからない。でも、ザックが無性に苛立っていることはわかった。

――やっぱり、私が眠ってしまったから……？　それとも、さっきの女の言葉……。

〝――……お互いの身勝手を押しつけただけの約束……〟

（……違う）

そんなのじゃない。私とザックが交わした約束は、そんなのじゃない――……。

▲▼

廊下には、ふたりの異なる足音だけが重なる。

――うぉぉ、うおぉぉぉ、うおおおおぉぉぉ……。

足を進めるたび、その凄まじい呻き声に近づいていくのがわかる。

（……すごい、臭いがする）

思わず息を止めながら角を曲がると、レイの目の前には、コンクリートと鉄格子の柵《さく》で作られた、出入り口のない大きな牢獄が現れた。牢獄は、廊下の両側に、それぞれ十部屋ずつ連なっている。

（ここが牢獄……）

辺りには、息を止めないと歩けないような、何かが腐ったような不潔《ふけつ》な臭いが充満している。

牢獄が連なる通路には、裸電球《はだかでんきゅう》が等間隔《とうかんかく》にぶら下がっているだけでとても暗く、牢屋の中は、明かりがない。でも、じっと目を凝らしてみると、どの牢屋にも、人のような物体がうずくまっている様子が見えた。

しかしザックは興味がないようで、脇見もせずに先へ進んでいく。

レイは、ザックの背中を追いながらも、一部屋ずつ、その人のような物体を、観察していった。

「……！」

そして、いちばん奥の牢獄のなかを覗き込んだとき、レイは思わず「わっ」と小さく悲鳴を上げ、反射的に後ずさりした。それは牢獄の柵の隙間から、何かに足を掴まれそうになったからだった。

(何？)

目を凝らすと、それは肉の塊のような赤い手だった。その手は、レイの細い足首を、まるで助けを求めるかのように、必死になって掴もうと動いていた。

「あ？　どうした？」

悲鳴の後、牢獄の前で立ち止まるレイを振り返り、ザックは言った。

「手が……」

レイはその芋虫《いもむし》のように蠢《うごめ》く赤黒い手を見つめ、つぶやいた。

「……一生飼い殺し、か」

ザックはその手をギロッと睨むと、今にもレイの足首に触れようとしているその赤い手を、ぐしゃりと踏みにじった。

「ハッ……踏んだだけで、肉が崩《くず》れるなんざ、ひでぇ有様《ありさま》だなぁ。こいつは、あいつの言う飼い殺しを選んだからこうなっちまった。こうなりゃあ、使いもんになんねぇ。道具以下じゃねぇか……俺より馬鹿な奴もいるもんだな」

ザックは不敵に笑い、馬鹿にした口調で言い放つ。

レイはそれを聞きながら、ザックの足の下で、まるでミンチのようにぐちゃぐちゃになった手をじっと見つめた。

（助けを、求めていたのかな……）

ふっとそう思い、レイはしゃがみ込み、その原形のなくなった手に触れようとした。

「おい、構うな。どうせ死ぬんだ」

ザックは、そのレイの行動に嫌悪感《けんおかん》を示すように言った。

「……もう、生きてない」

でももう、助けることは不可能だった。ぴくりとも動かない手を見つめ、レイはつぶやく。

柵の間から薄らと見える、赤黒く変色した塊は、もう息をしていなかった。それとも最初から、息なんてしていなかったのかもしれない。だってこんな、ただの肉の塊のようになってしまったら、もう人間なんかじゃない。

「……そーかよ」

ザックは無関心に相槌を打つ。

「ねぇザック……オバケは本当にいない？」

レイはぽつりと訊いた。

「いねぇよ、そんなもん。下らないことばっか訊くな。つーか、ここマジでくせぇし、もう行くぞ。しょうもねぇことに時間とってらんねぇんだよ」

「……うん」

殺気《さっき》立つザックの異変を感じとりながらも、どうすることもできずに、レイはただうなずいた。

▲▼

それからしばらく歩いていくと、突然ふたりの目の前には、三メートルほどの崖《がけ》が現れた。

「んだよこれ」

「…………」

小さく息を呑み、ふたりは立ち止まる。

薄暗い部屋のなかに大きく広がる崖の下には、針山《はりやま》の床が広がっていて、さらに向こう岸へと続く道は、二手に分かれていた。一方は綱《つな》でできた梯子《はしご》の道――もう一方は、光沢《こうたく》のある墓石《ぼせき》のような置物が迷路のように並べられている道だ。

向こう岸には、大きなモニター画面と二つの大きな扉が見える。しかしどちらの道も、一歩でも足を踏み外したり、足を滑らせたりすれば、落下して針山に落ちてしまう構造になっていた。

「おい、どうする」

ザックがそうレイに話しかけたその瞬間、フロアにはまた、けたたましいサイレンが鳴り響いた。向こう岸に設置されている大きなモニター画面には女が映っている。

《はぁい、よくここまで来られたわね！　見ての通り、このフロアは、床が鋭い針山になっているので、もしも落ちたりしたら、瞬時にブッスブスになって死んじゃいまーす！　道の向こう岸には、それぞれ、別の部屋に続く扉がありまぁす。扉の向こうは、ちょっとした違いがあるけど……、どっちの道を選んでもかまわないわ！》

「ちょっとした違いって……？」

小さく首をかしげ、レイは訊いた。

《そんなの、教えるわけないでしょ？》

女はクスクスと笑いながら答える。

《ねぇ……それよりあなた達、そろそろ決別《けつべつ》すべきじゃない？　……──あなた達の約束、滑稽《こっけい》なほど、無意味に見えるわ。どうせ死んでしまうことを考えれば、不公平な約束だと私は思うのよねぇ……》

その言葉に、レイは思わずザックのほうを見やる。けれど薄暗い部屋のなかで包帯に包まれたザックの表情はよく見えなかった。女は動揺するレイの様子をカメラ越しに見つめながらも、お構いなしに話を続ける。

《……まぁ、死んだらその無意味な約束も果たせないことだから、次の部屋に行けるように、せいぜいがんばってね？　どちらが先に断罪されるか、楽しみに待ってるわ！》

（もうすぐきっと、素敵なものが、見られるはず……）

そして女はいつも通り、ほとんど一方的に言い放ち、放送を切った。

（──無意味……）

レイは小さく歯を嚙《か》みしめる。それはレイの希望を奪うような言葉だった。

「回りくどいことしやがって……。いつになったらここを出られんだよ……。あぁ、苛々して仕方ねぇ！　あの女、早くぶっ殺してやりてぇ……！」

言いながら、ザックは貧乏ゆすりをするように、がんがんと何度も床を踏みつける。

「…………」

表情には出さないものの、ザックの殺すという言葉に、レイは過剰《かじょう》に反応してしまう。はやくザックに殺されたいと、考えてしまう。でもあのときザックと交わしたのは、無事にここから出られたら——という約束だ。

(だけどそれは、無意味なの……？)

「おい、何まだボーっとしてんだ」

俯くレイに向かって、ザックはさらに苛立ったように声を掛けた。

「ねぇザック……あの女の人だけじゃなく、外に出たら、ちゃんと私も殺してね」

レイは、その約束が無意味じゃないことを確かめるように、ザックを見つめ言った。

「あぁ⁉　お前、そればっかだな」

ザックは舌打ちをし、鬱陶《うっとう》しそうに、眉間にしわを寄せる。

「……だって、あなたは私を殺したそうに見えないから」

感情のこもっていない顔で、不服そうにレイはつぶやく。

「あぁ？　そんなつまんねぇ顔してるだからだろ！　そもそも、テメェとの約束は、ここを出てからの話だろうが！」

「……それは、わかってる」

大声を放つザックに、レイは少しひるんだ声で言った。

（わかっているけど……）

どうしてだか、レイの脳裏には、ザックに殺される想像すら浮かんでこなかった。

「わかってんなら、もうつまらねぇことばっか言うのやめろ。ついでに、外に出るまでに、その人形みてぇな顔もどうにかにしろよ」

まだ何か言いたげなレイにフラストレーションを感じながらも、ザックは冷淡《れいたん》に言った。

「……でも」

「でも、何だよ？」

執拗《しつよう》に食い下がるレイを、ザックは鋭い目で睨みつける。

「…………」

その蛇《へび》のような目をしたザックの気魄に、レイは言葉に詰まった。

「あのな、約束は約束だけどよぉ……、あんまり俺に命令してくんな」

そしてザックは、少し険しい表情になって、抑えた声のトーンで言った。

（——命令……）

そのザックの、弱弱しくも辛辣《しんらつ》な台詞《せりふ》に、ようやくはっとして、レイは微かに目を伏せる。

「……わかった。ごめんなさい」

執拗に迫ったことを少し後悔しながら、レイはちょっと、しょげた顔になった。なぜだろう。ザックにいきなり冷たくあしらわれたことが、ショックだった。行動をともにするにつれ、いつしかザックが、それは何の根拠《こんきょ》もないけれど、自分の全てを受け止めてくれる存在のように感じていたからだ。

「………で、どうすんだよ」

白《しら》けた場を仕切り直すように、ザックは言った。

「えっと……じゃあ、私はこの綱の梯子を渡っていくから、ザックは、あの置物の上を跳んでいって。あの幅は、私じゃ届かないと思うし、この綱は、今にも切れそうだから、私が通るので精一杯だと思う」

レイは小さく深呼吸をしたあと、いつも通り冷静に、ザックに指示を出した。

「別々の道を行ったら、同じ扉に入れねぇけど、いいのかよ？」

「わからない……。ちょっとした違いがあるだけって、放送では言ってた。教えてくれなかったけど……」

「ま、どうせどっちに行っても、なんか罠があるんだろうしな」

開き直るように、ザックは言う。

「……うん」

「なんだよ、不安そうな声出しやがって。テメェが別々の道を指示したんだろ？　ふたり一緒には行けねぇみてぇだし、どうせ進むしかねぇんだ。じゃぁ、進むしかねぇだろ？」

「それは、わかってる……」

「はぁ……。お前、さっきからボケッとした顔しやがって、毒でも残ってんのか？」

歯切れの悪いレイに、ザックはあからさまな苛立ちを示す。

「それはもう、大丈夫」

「じゃぁ、何が気に入らねぇんだ？」

「……別に、何もない。私、がんばる。だから——……」

「あぁ、もういい。わぁってるよ。殺して、ほしいんだろ？」

じっと、その死んだような目を見据えながら、ザックはレイの言葉をさえぎるように言った。

「…………」

レイは思わず黙った。殺してほしい、と言うつもりはなかった。本当は、一緒に外に出ようと、言いたかった。だけど考えてみれば、殺してほしいというのも、一緒に外へ出ようというのも、意味は同じだったかもしれない。

「とにかく、途中で妙な気起こして、勝手に死ぬんじゃねーぞ」

「……うん、大丈夫。私は死なない」

「どーだかな。まあいい。先に行けよ」

「うん」


それからレイは、梯子が切れないよう慎重に、向こう岸まで渡っていった。少し時間がかかったものの、対岸にはまだザックの姿はない。

（ザック、まだみたい……。ちゃんと渡れてるかな）

そのときふと、大きなモニターに、行き先に迷っている様子のザックの姿が映っているのが見えた。


（とりあえず、適当にこの床を跳んでいけば、渡れるだろ）

針山に落ちないよう、ザックは軽やかに石の上を跳んでいく。しかし道は迷路のようになっていて、気がつけば同じ所を行ったり来たりの繰り返しで、上手く前に進むことができない。

「くそっ、どっから行きゃあいいんだ？」

恐怖心はないものの、なかなか向こうに辿り着けないせいで、だんだん苛立ちが大きくなってくる。

「ザック、戻って」

そのとき向こう岸からレイの声がした。レイは自分より先に渡り切ったようだった。

「あぁ？　なんでだよ！」

「モニターにザックの姿が映ってる。このままじゃ辿り着けないから、ザックは、私の言う方向に跳んで」

このまま立往生《たちおうじょう》していてもしょうがない。そう思いレイは言った。

（……言ったそばから、命令かよ）

けれどそれはザックにとって、あまり気持ちのいい提案ではなかった。ぼんやりと幼少期の嫌な記憶が蘇り、ザックは押し黙る。命令されるのは、嫌いだ。

「……ザック？」

返答がないのを不思議に思い、レイは首をかしげる。レイは命令しているつもりなどなかった。ただ、ザックの役に立ちたいと感じているだけだった。

「……へいへい、戻ればいいんだな」

苛立ちを感じながらも、ザックは来た道を戻る。

「うん、戻ったら、そこから右上に進んで。それから左上……」

レイはモニターのなかのザックを見ながら、向こう岸までの的確なルートを指示していく。

（……あぁ、指図《さしず》ばっかしやがって）

しかしそうやって指図されるたびに、ザックの心には苛立ちが募っていく。まるで、自分がレイの道具のように扱われている気分だった。

「次は、右下」

そしてレイがそう指示した瞬間、たまらなくなり、ザックはつい声を荒らげた。

「おい！　俺はゲームのコマじゃねぇんだ。勝手に動かそうとすんな！」

「でも、私が言ったほうが、早いと思って……。それに辿り着いてもらわないと、少し困る……」

その声に少し驚きながらも、レイは反論する。といっても悪気なんてものは少しもなかった。

「もういい、あとちょっとで辿り着く」

ザックはそれをわかりながらも、苛立ちながら言い放つ。悪気はないのかもしれないが、これ以上指図されると、気がおかしくなりそうだった。

「……そう」

（……ザック、やっぱり苛立ってる）

少しわだかまりのようなものを残しながら、レイはモニターから目を背けた。

それから無事、向こう岸に辿り着くと、ふたりはそれぞれの目の前に立ちはだかる別の扉に入った。

（……あれ？）

ふと横を向くと、ザックの姿が見えた。行き来はできないように、鉄格子で仕切られているものの、空間自体は繋がっていたのだ。

その仕切り越しに、レイはザックと目を合わせる。ザックの目つきは、B６で初めて対峙《たいじ》したときのように、何かを発散したくてたまらないような、そんな理性のない様子に見えた。

「ザック、この部屋は……」

しかしその目に臆《おく》することなく、レイはゆっくりとザックに近づいた。

「あぁ……、鍵は閉められたみてぇだし、あんのは注射器だけみてぇだ。どーしろってんだよ。注射でも打ってラリっとけってか？　はっ」

ザックは少しやけになりながら言った。

(注射器?)

レイは改めて部屋を見渡す。それぞれの部屋の中央に設置されたテーブルの上には、何かの薬品の入った注射器が一つずつ置かれている。レイはそっと、その鋭い針に触れないよう、注射器を手に取った。

(……本物の注射器だ。なんの薬品が、入っているんだろう?)

蛍光灯にかざすように、レイは怪しげなオレンジ色の液体に目を凝らす。

「あっはははは!」

――そのとき、ふたりの耳には、直接鼓膜に飛び込んでくるように聞き覚えのある笑い声が響き渡った。

「はぁい! 生身では初めまして! 私が、このフロアの断罪人、キャシーよ!」

化粧をばっちりと決めた女――キャシーが、モニターのなかではなく、中二階《ちゅうにかい》になっている部屋の扉から、ふたりの目の前に姿を現したのだ。しかし見渡す限り、キャシーの立っている中二階へ上がる階段はなく、さらに中二階は防弾ガラスの壁で覆《おお》われているため、ふたりのいる場所からは、まるで手出しができないようになっていた。

「おい、クソサド女、今度は何だ! 降りてきやがれ、ぶっ殺す!」

硝子《ガラス》越しにふたりを見下ろすキャシーに向かい、ザックは吠えるように叫んだ。

「あらザックったら、こんな美女相手にそんな口をきくなんて相変わらず！　でもそんなところもシビれちゃうわ！」

優雅にふたりを見下ろしながら、キャシーはくすくすと笑う。

「今度は、何をすればいいの？」

レイは、キャシーを見上げ訊いた。

「そうね。レイチェル・ガードナー、注射器はなんのためにあると思う？」

その冷静沈着《れいせいちんちゃく》なレイの様子に、キャシーはつまらなそうな顔を浮かべながらも、明るい声のトーンは崩さずに問いかける。

「……刺して、薬を身体に入れるため？」

その問いに、レイが真面目に答えると、けたたましいくらいの音量で、どこからか、ピンポンピンポンポーンという効果音が、部屋に響き渡った。

「正解よ、レイチェル！　そしてなんと、この部屋の鍵は、それぞれ、置いてある注射を打てば開きまぁす！　簡単でしょ？」

「注射器には、何の薬が入ってるの……？」

レイは注射器を見つめる。

「教えてあげるわ、レイチェル。片方はビタミン剤《ざい》で、もう片方は、危ないお薬……。危ないほうは、強ーいお薬だから、悪夢にうなされ苦しんで……そのまま目覚めないかも？」

キャシーは唇《くちびる》に指を当て、意地悪な口調で言いながら、ザックにウインクを飛ばす。

「はぁあ⁉　どっちの注射器だよ‼」

「教えないし、忘れちゃった。そもそもね、この部屋は、どちらかが当たりで、どちらかがハズレだったの。運が良ければビタミン剤。悪ければ危ないお薬。運試しだったのよ？　でもあなた達、ふたりなんだもの……」

キャシーはふふっと不敵に微笑む。

「こうなると、わかっていたんじゃ……」

その得意げなキャシーの表情に、レイはぽつりとつぶやいた。

「あら、可愛くない子。……賢いけど、それだけの子。ずーっと見ていたけど、あなたって、ザックの言う通り……とーってもつまらないのね？」

自分よりも下等なものを見る目で、キャシーはレイを見下ろす。

（……つまらない……）

女に言われるそれは、ザックに言われるのとはまるで違う、屈辱的《くつじょくてき》で、不快《ふかい》な言葉だとレイは感じた。

「さあ、つまらない話は終わり。そうね、あなた達は、一応ふたりだから、特別ルールにしてあげる！」

「特別ルールだ……？」

「そう、特別ルール。その注射器……交換してもいいわよ？　それと……どちらかが、両方を打っても構わないわ。ただし、一滴残らずちゃーんと打ってね？　不正はここで永遠の懲罰《ちょうばつ》！　二度とここから出られませぇん！」

その瞬間、ドルルルル――と、ふざけたようなドラムロールの音がどこからともなく轟《とどろ》く。

「それでは罪人諸君、ご幸運をお祈りいたしますわぁ！」

キャシーは、そのドラムロールの音に合わせて、ミュージカルのダンサーのようにくるくると回転してみせると、独特な笑い声を放ちながら、扉の向こうへと消えていった。

部屋には、レイとザック、そして二つの注射器だけが残される。

「ザック……」

レイは無意識に、助けを求めるように、その名を呼んだ。

「おい、注射器もってこい。早くしろ」

ザックは苛立ちながら、半ば命令するようにレイに言い渡す。

「うん……」

レイは急いでテーブルの上の注射器を取りに行った。

「おい、お前、これどっちが危ないやつかわかるか？」

ザックは注射器のなかの液体をちらりと見やり、訊いた。中身の液体は、一つがオレンジ色、もう片方は、黄緑色をしていた。

「……ううん」

レイは首を横に振る。色んな本は読んでいるが、さすがに薬の知識までは持ち合わせていない。

「だろーな。俺もわかんねぇよ。でも俺は、こんなところで死ぬ気はねぇ。あの女に殺されるなんざ、ごめんだ」

ザックは険しい表情をする。

「……じゃあ、私が両方打とうか？」

少し考えてレイは提案した。

「あぁ⁉　テメエ、それで死なねえ自信があんのかよ⁈」

ザックはその、滅茶苦茶な提案に、思わず声を荒らげた。

「……さぁ。それともザックが打ってみる？」

レイはさらりと言う。

「あぁ⁉　嫌に決まってんだろうが！」

（こいつ、何考えてんだ……⁈）

ザックは、レイの思考回路がまるで読み取れない。

「ザックが嫌なら私が打つ。どうなるかはわからないけど」

困惑《こんわく》するザックに、レイはしっかりとした口調で言った。けれどそれはザックにしてみれば、まるで後先を考えていない、身勝手な発言だった。

「わからねぇって、死んだらどーすんだよ」

「どうするって?」

「だから、もし俺が死んだら、もしくはテメェが死んだら、どーすんだって話だよ!」

ザックの心には、ふつふつと怒りが沸く。

「……誓ってくれたことが、叶わない……。でも、それは……」

その瞬間、レイの耳のなかでは、チリン——……と鈴《すず》の音が鳴った。

「わからない。……ごめんなさい、わからない」

混乱して、レイは言った。

「……あぁ、そうだった。テメェは死にたいんだったな。つまんねぇこと聞いたわ」

ザックは嘲笑《あざわら》うように毒づく。

「……つまらない……」

レイはぽつりと、ザックの言葉を繰り返す。

「胸糞わりぃけどよ、あの女の言う通り、テメェも俺もお互いに道具みてぇなもんだ。

まぁ……、神様への誓《ちか》いがどんなもんか知らねぇが、テメェは死ねればそれで満足なんだろうけどな」

依然として顔色一つ変わらないレイの顔を見つめながら、ザックは苛立ちを噛みしめるような表情で、心のどこかでずっと考えていたことを訊いた。

「なぁ、お前、死にたいと思っていて、いい顔なんかできんのかよ？」

「…………」

レイはその問いかけに、すぐうなずくことができない。

わからない……。わからなかった。生まれてきてから今まで、心の底から笑ったことなんて、なかったのかもしれない。

「……つまんねぇよ。お人形さんに道具にされんのは……」

黙り込むレイに、ザックは小さくため息を吐き、独り言のように言葉を落とす。

「──でもな、今は、あの女の思うがままになってやる気はねぇ。ここから出んのが先だ。だから、お前のいいように使われてやるよ」

そして自暴自棄《じぼうじき》になったように言い放つと、仕切の向こうに手を伸ばして、レイの持っている注射器を強引に奪った。

「待って、それ私の注射器……」

レイは目を丸くする。

「うるせぇ。よっぽど、あぶねぇ薬みてぇだけどよぉ、でも毒じゃねぇんだろ？　これ

......stop
NO

で俺が死ぬなら、テメェなんかすぐ死んじまうってことだ。なら俺が打つほうがよっぽどマシだ」

不敵に笑みを浮かべながらザックは言う。それは、この状況において賢明な判断だったのかもしれない。けれどレイには、冷静さを失ったザックが暴走しているようにしか思えなかった。だがもう、二本の注射を打とうとするザックの手を止めることはできない。

「……待って」

レイはそれをわかりながらも、鉄格子の向こうのザックに手を伸ばした。

「待たねぇよ」

ザックは一瞥《いちべつ》するように、レイを見た。その何かを見捨てるような、あるいは見捨てられたような表情の奥には、ザックがこれまで味わってきた人生の悲哀が潜んでいるようにも見えた。

そしてパーカーの袖部分をめくると、二つの注射器を、同時に腕へ突き刺した。得体の知れない薬品が、どんどんとザックの身体のなかに注がれていく。間もなくして、二本の注射器に入っていた全ての液体がザックの身体のなかに吸収されると、次の扉ががちゃりと開いた。

「鍵、開いたな。さっさと行くぞ」

ザックは平然と歩き出す。まだ薬の効果は表れていないようだった。

「うん……」

レイはその背中を、祈るような目で見つめた。

▲▼

扉の向こうには、廊下が繋がっていた。ザックは、レイを引き離すように、速足に進んでいく。けれど薬が巡ってきたせいか、先が見えないほどに、廊下はどこまでも続いているように感じた。

（……くそ。目の前がグルグルしやがる）

――……頭が、割れそうに痛い。

同時に、立っていられないほどの酷い眩暈が襲ってきて、ザックはたまらず、その場にうずくまった。

（あぁ、何だよコレッ……）

目の前には、ざあああああ――と、まるであの日の雨の中にいるような音とともに、テレビの砂嵐みたいなノイズが、視界を埋め尽くす。

そして夢の続きを見ているように、あの日の夜のことが、鮮明に思い出された。

▲▼

——……俺が、施設の夫婦を殺したのは、死んだまま床に放置されていた子供の死体を、庭先に埋めた日のことだった。たぶん、自分よりも三つくらい年下だったと思うが、よく覚えていない。

最初に掘った場所からは、数週間前に埋めた赤ん坊らしきものが出てきて、邪魔だったから、その穴には埋めることができずに、俺はまた新しい穴を掘るはめになった。もう何度、こうやって子供の死体を埋めたのかもわからない。

そしてあの日は雨だった。傘を差したって無意味なくらいの強い雨が、一晩中、降り続けていた。

そのせいで、泥になった土は掘りやすいが、崩れやすくて、死体を埋めるのに少し時間がかかった。この作業はいつも深夜だった。照らしてくれる外灯《がいとう》もなく、辺りは真っ

Floor B3

暗で、加えて、その酷い雨のおかげで、俺はその日、ずぶ濡れで泥だらけになった。

（くそっ……）

包帯が汚れて気持ちが悪かった。でも替《か》えなんてものはない。だから包帯からは、いつも酷い臭いが漂っていた。

そういえば、もう思い出せないくらい風呂にも入っていない。別に気にしないが、死体を埋めたあとだけは、風呂に入りたいと思った。俺は死体を触ったあとの、腐ったような手の臭いが嫌いだった。死体に触れた手から、自分の身体も、腐っていくんじゃねぇかなんて、そんな妙な気分になった。

（おぇっ……）

嘔吐感《おうとかん》が押し寄せるなか、泥だらけのままで、俺は施設に戻った。

施設の中は、妙に静かだった。リビングの奥の寝室を覗くと、夫婦はもうすでに、眠ってしまっていた。俺は少しだけ落胆《らくたん》した。女はいつも、死体を埋めると、男に内緒で残飯をくれた。きっと俺みたいな化け物を生かしてまでも、死体を埋めるのが嫌だったんだろう。勝手な奴らだ。

（腹、減ったな……）

鳴り響く腹を手で押さえながら、スナック菓子の袋《ふくろ》でも落ちていないか探したが、その日はなかった。施設のリビングは、あまりキレイではない。誰も掃除をしないからだろう。雑誌や衣服、ゴミが、至る所に散らかっている。それはどれも、あの夫婦のものだ。

棚には、新品同然の子供用のおもちゃが、まるで飾りみたいに、使われた様子もなく置かれている。この施設に、あんなものは必要ない。

だってこの施設に、もう子供はいない。俺が、最後の一人だ——。でもこの施設の夫婦は、性懲《しょうこ》りもなく、また金のために子供を引き取るだろう。そして何も与えず、餓死《がし》させて、俺に埋めさせるのだ。

死んでいく子供のなかで、俺だけは死なずにいた。夫婦は俺のことを「化け物」と呼んだ。そう呼ばれるのは、この気味の悪い見かけだけでなく、死なないからかもしれない。スナック菓子を盗み食うことはあったが、週に一度くらいのもので、残飯をもらえるのだって、せいぜい三週間に一回が限度だ。それは新しくやってきた子供が死ぬのに、それくらいの日数がかかるからだ。きっと俺が死なない理由が、夫婦にはわからないだろう。俺だってわからない。でももう、そんなことを考えるのすら面倒だ。

（はぁ）

雨の音にまぎれるくらいの小さなため息を吐いたそのとき、ふっと視界に眩しい明かりが映った。

（なんだ？）

Floor B3

それはリビングに置かれているテレビの明かりだった。テレビの電源がついていたのだ。俺は、特になにも考えず、明かりに吸い寄せられるように、テレビの前に座った。いつもテレビは、夫婦が起きているときにだけつけられている。夫婦が起きているとき、俺は大抵、二階の物置部屋で、じっとうずくまって過ごしている。だから音は、微かに聞こえてくるけど、何が映っているのか見たことはなかった。

（テレビ、か……）

俺は、見たことのないテレビに興味が湧いた。

だけど深夜なこともあって、なにも映っていない。操作がよくわからないまま、ボタンを押してみる。すると何かが始まった。

おそらくそれは、少し古い、映画――だった。映画なんて見るのは初めてだった。

映画のなかでは、なにが楽しいのかわからないが、声を上げて笑う、若い男女のカップルが映っていた。

（つまんねぇ映画……）

俺はテレビを消そうと思った。幸せそうなやつらなんか、大嫌いだ。でもそのとき、男女の目の前に、全身の皮膚《ひふ》が剝がれかけた醜《みにく》い姿をした化け物のような男が現れた。

そして醜い男は、カップルの男のほうをめがけて、何の躊躇もなく、何度も何度も鉈《なた》を振り下ろして、殺した。まるでこっちに飛んでくるように、画面には、赤黒い血が散らばった。

相手の男を殺された女は、怒りに狂ったように、醜い男に向かって「化け物！」と、叫んだ。あんなに幸せそうだったのが嘘みたいに、その表情は絶望に満ちていた。

醜い男は、容赦なく、その女の頭も割いた。画面には、白目を剝いて死に絶える男女と、口が裂けるような笑みを浮かべる醜い男が映る。それは、なんだろう、心臓がしびれるような、爽快な光景だった。

——ドクドク
——ドクドク
——ドクドクドクドクドク
今まで動いているかもわからなかった心臓が、高鳴って鳴りやまない。鳴りやまなかった。

（……あぁ……そうだ……）

そして、ようやく気づいたんだよ——。

————……こうすりゃあいいんだ。

（簡単なことだ……）

俺はテレビの前から立ち上がり、黒い虫がうようよと蠢《うごめ》く台所へ入ると、いちばん大きな包丁を抜き取り、寝室へ向かった。夫婦は、ぐーぐーと馬鹿みたいに鼾《いびき》をかいて眠っていた。

俺は迷わず、男の喉《のど》——死体を埋めるとき、首がいつももげそうだったから、きっと人間は、そこが弱いはずだと思った——をめがけて、包丁を突き付けた。映画でも、男のほうが先に死んでいたから、そうした。男は、「うぉおあぁ」と野太い呻き声を上げて、俺のことを睨んだが、一分も経たないうちに死んだ。

（……ふうん）

もう憎くもなんともない男の死体を見つめ、俺は思った。人は簡単に死ぬ。人を殺すのなんて、簡単だ。

（どうして俺は、あんなに、我慢《がまん》していたんだろう）

「キャー！」

女は、男の異変に気づきベッドから飛び起きると、恐怖に満ちた悲鳴を上げた。ベッドからずり落ち、必死で逃げようとしていたが、腰が抜けたのか、尻をついて後ずさるばかりだった。

「…………」

俺は滑稽な女を見下ろして、刃物を振りかざした。

女は、いままで見せたこともないような怯《おび》えた目をして、俺に向かって「化け物、化け物……！」と連呼《れんこ》した。

（化け物、か……）

化け物と言われるのは、正直、嫌だった。この包帯の下の、消えることのない火傷の跡が、嫌いだった。好きな訳はない。だがそれは別に、何かを思い出すからじゃない。ただ、人間じゃないみたいで、化け物みたいで嫌だった。

でもそのとき俺はなぜか、俺に向かって化け物と騒ぐ女の姿に、少しうれしくなった。胸が騒いだ。もう何を言われたって、言うことなんて聞かなくていい。この女は、俺によって、殺される。後に残るのはもう、絶望だけだ。

（化け物でいいじゃねぇか）

俺は、ふっと笑った。

——あぁ、俺は今、さっき初めて触れた物語のなかにいるみたいだ。いや……違う——、そのもの、だ。

それから何分が経った頃だろう。何分も経っていなかったかもしれない。気がつけば、女は死んでいた。

そしてもう施設には、俺しかいなくなった。ざあああ——と、何もかもを掻き消す、雨の音だけが、耳の中で流れ続けていた。

——頭が、誰かに殴られているように、がんがんする。気持ち悪い。

(あぁ……、頭がおかしくなりそうだ……)

——………殺したい。

殺したい殺したい。

殺したい殺したい殺したい殺したい。

殺したい殺したい殺したい殺したい殺したい殺したい。

すぐそばまで、レイが、俺を追って、駆けてくる足音が聞こえる。

〝——お願い……、私を、殺して〟

ザックのなかで、レイの言葉が木霊する。

出会って早々、レイは俺に、殺してほしいと願った。今考えれば、別にあのとき殺したってよかったんだ。むしろ、あのときに殺したほうが、よかったのかもしれない。きっとレイは、あの何を考えているかもわからない面《つら》のまま、喜んで俺に殺されただろう。

今だってきっと、レイは俺に殺されることばかり考えてる。じゃなかったら、俺がここから出ることに、協力なんてしないだろう。

レイがどうして殺されたいかなんて、知らないし、知る必要もない。けど、所詮レイにとって、俺はただの、道具なんだ。

（でも、今ここでレイを殺したら、俺は、嘘つきになるのか――……？）

時間が経つにつれ、どんどんと、身体中が、薬に支配されていくのがわかる。ザックは、ずっと、最低な夢のなかにいるような気分だった。心のなかでは、誰かを殺したいという強い欲求と、わずかな理性が、狂おしいほどにせめぎ合う。

（ザックの様子がおかしい……？　やっぱり毒が……）

「ザック、大丈夫……？」

レイは、扉から出ると、じっとうずくまったまま動かないザックに駆け寄っていった。

（来るな――）

ザックは、心のなかで唱える。

けれど駆け寄ってくるその姿を捉えた瞬間、脳みその天辺《てっぺん》から、どうしようもないくらいの欲望が湧き上がってくる。殺したい、という欲求以外は、何も考えられなくなる。

「…………」

ザックはその場ですばやく起き上がると、レイに向けてカマを構えた。何人もの人間を、絶望に陥《おとしい》れたその大きな刃物は、当然のごとく、華奢《きゃしゃ》なレイの首くらいなら、簡単に切り落とせてしまう。

「……どうしたの……？」

微かに驚いたような表情を浮かべながらも、レイは何かを悟ったように、静かに訊いた。

「あぁ……あの変な薬のせいかなんか知らねぇけどよぉ……、殺したくて殺したくて殺したくて……、頭がどーにかなっちまいそうなんだよ!!」

その、全てを見透かしたような、レイの青い目をじっと見つめながら、ザックは火花を散らすように咆哮《ほうこう》した。

(だから、はやく、どこかへ行け——)

本当は今すぐにでも、誰かを——目の前にいるレイを、殺したくてたまらない。

けれどザックの脳裏には、レイとの約束がちらつく。

〝外に出られたら、そしたらお前を……——殺してやるよ〟

この世に生まれてきたときから、特別好きなものもなければ、嫌いなものもない。そんなこと、考えることさえ、無駄だった。だけど嘘は、嘘だけは、嫌いだった。

「……そう……。私は構わない」

とまどうことなく、レイは言った。

(――つまんねぇよ)

レイの言葉に、ザックはふっと笑い、俯く。

「…………そーかよ」

(――つまんねぇけど、)

「あぁ、そーか、そうだよなぁッ。お前は俺に、殺してほしいんだもんなぁ?!」

(殺したくて仕方ねぇよ――)

自分を制御できないように、ザックはレイに向かいカマを振り下ろす。

鋭いカマの刃は、ぴたりと寄《よ》り添《そ》うようにレイの首筋《くびすじ》に触れた。それはまるで、氷が這《は》うように、ひんやりと冷たかった。

「……けど、ザックはいいの?」

その冷たさを肌に受けとめながら、レイはまた静かに訊いた。

「……あぁ!?」

「ザックはまだ、外に出てない。それに……私の顔は、まだ、つまらない顔のままなんでしょ?」

レイは言葉通りの感情のないような表情で、上気《じょうき》したザックの顔をじっと見つめる。

(——わかってんなら、)

「おい……今更《いまさら》、俺を脅してんのか⁉　あぁ⁉」

(どうにかしてくれよ——)

吐きそうなくらいに、身体中が、きもちわるい。

ふるふると、カマを握っている手が微かに震えているのが、自分でもわかる。もう、ほんの少しでも、頭の糸が途切《とぎ》れれば、今すぐにでも、ザックはレイの首を吹き飛ばしてしまいそうだった。

「違う。神様への誓いは、あなたがしてくれた。だから、あなたの誓いでもある。今は、命令もしない、お願いもしない。ただ、あなたに訊くの。……——ザックはいいの？」

首筋へと伝わる、ザックの手の震えを感じながら、レイは険しい表情で問いかけた。今にも気が狂いそうな状況のなかで、レイが初めて見せた、真剣な表情に、ザックは少し驚きながらも、

「……馬鹿かよ、お前。……——いいわけ、ねぇだろ」

心の中身を零すように、そう答えた。

「でもな……、いくらお前がつまんねぇ顔の女でも……、今、殺すのを我慢すんのは難しいんだぜ？　だってよ、我慢ができりゃあ、俺はこんなことになってねぇんだ……」

——あぁ……、俺はなんで、こんなに、我慢してんだ……？

殺そうと思えば、すぐに殺せる。殺したくてたまらないのに、俺のなかの何かが、レイを殺してはいけないと、しきりに呼びかける。

（こいつがいないと、ここから出られなくなるからか……？）

〝危うくって、お互いの身勝手を押しつけただけの約束……。利害は一致しているように見えるけど、お互いが道具にしか過ぎない。でも……、本当の道具はどっちなのかしら？〟

——じゃあ、俺にとっても、レイは、ただの道具か……？

〝あなた達の約束、滑稽なほど、無意味に見えるわ〟

（約束……）

——あぁ……そういえば……誰かと約束したことなんてなかったな。約束なんて、俺には無縁《むえん》のものだと思っていた。だって俺はずっと一人で、生きてきたんだからよ。

（でも、ここから出たら、レイは俺に殺されるんだから、あの女の言う通り、あれは無意味な約束かもしれねぇ……）

ザックはふっと、レイから視線を逸らし、最後の理性を振り絞るように小さく息を吸い込み、そしてわずかに言葉を震わせながら言った。

「…………でもな、俺だって、嘘は嫌いなんだ。……この意味、わかんだろう？」

一瞬、時が止まったかのような空気が、ふたりの隙間に流れた。

「……うん」

瞬きの後、ザックのカマに映り込む無表情な自分を見つめ、レイは小さくうなずいた。

それからザックは、ふわりとレイの華奢な身体を自分に引き寄せると、

「……おりこーさん……だからよ……、頼むわ」

耳打ちするように告げ、そっとレイの身体を離した。

「…………今だけ、俺に、殺されるな――」

交わした約束を確かめ合うように、ふたりは一秒間、見つめ合う。

レイの目に映るザックは、これまでにない、真剣な目をしていた。

ザックの耳の中では、再び雨が降り始めた。何もかもを掻き消してしまう、真夜中の大雨が。

包帯の隙間から覗く目の奥には、あの夜に見た、古い映画が映った。あれはなんていう映画だったんだろう。なんとかの……あぁ、くそ。映画なんてそれしか見たことがな

いんだから、題名くらい覚えといたらよかったな。あぁ、でもあの映画は、本当に最高だった。最高に爽快だった。

――ドクドク。

――ドクドク。

思い出すだけで、普段は、止まっているのか動いているのかもわからない心臓が、確かに動き出すのを感じる。

殺したい。

殺したくて殺したくて、たまらない。

もう、他には何も考えられない。何も、考えたくない。

そして何かが途切れたように、ふっと、ザックの表情が、無に変わった。

▲
▼

――逃げ、なきゃ……！

レイの脳裏には、Ｂ６で初めてザックと出会ったときの情景《じょうけい》が、やけにはっきりと浮かんだ。

あのとき、……小鳥が真っ二つになって、いつものように小鳥を治して、土のなかへ埋めた。

小鳥が死んでしまって可哀想《かわいそう》だったけれど、私は、幸せだった。

だって、家族の元へ、帰れると思っていた。私の理想の家族の元へ……。

でもそんなものは全部、儚《はかな》い幻想だった。夢でさえなかった。思い出すのは、思い出したくもない、現実だけだ。

レイは、切なさを噛みしめるように、一瞬目を伏せ、くるりとザックに背を向ける。

(……私はまだ、ザックのことを何も知らない)

履歴書で読んだことなんて、あんなのは、だれかが勝手に作った情報。それ以下でも、それ以上でもない。

〝――……俺は、嘘が、嫌いなんだ〟

だけど、それだけは、確かに知っていた。レイはぎゅっと小さく拳《こぶし》を握る。

(ザックを、嘘つきにさせない……)

そして、そう心に誓うと、ゆらゆらとふらついているザックのそばから、全速力《ぜんそくりょく》で走り出した。

——ザックはあのとき、神様に誓ってくれた。

〝絶対に、俺がお前を殺してやる！〟

だけどきっと、こんな形で私を殺すことを、ザックは望んでいない。こんなつまらない私を殺すことを、ザックは願っていない。

ねぇザック。私は、生きていちゃいけない。あの夜から、ずっと、そう思っている。

でも、ザックに殺してもらうために、私は、ザックの役に立ちたい。

それに、約束をした。ザックが殺したくなるようないい顔をするって……、約束した。

だから————……今だけ、ザックに殺させない……！

耳の中に降る激しい雨のなか、ザックはレイを追いかけた。

（殺したい、殺したい——ッ）

もう何も、聞こえない。何もわからない。ここが現実なのかも、夢なのかも。自分が、大人なのか、子供なのかも。だけどもう、何も考えることができない。誰でもよかった。殺したかった。殺したくてたまらなかった。

砂嵐がちらつく頭のなかに、なぜだか施設の庭に埋めた子供の顔が、一人一人、浮かんでくる。オバケなんてこの世にはいない。そんなこと、常識だ――。でも死んでいった子供は、やけにはっきりとした映像で、ザックの目の奥で佇《たたず》んでいる。憎むわけでもなく、助けを求めるわけでもなく、ただ、死んだ目をしてザックを見つめている。そして「こんな所へ来たくなかった」と、告《つ》げる。

(知ら、ねぇよ。キモイんだ、よ)

そのたびに、食べたものを吐きそうになりながら、ザックはおぼつかない足取りで、レイの後を追う。それでもレイからすれば、ザックが追ってくるスピードは、凄まじく速かった。

(このままじゃ、すぐに、追いつかれるっ……)

「はぁ、はぁ」

ザックがすぐ後ろまで迫ってくるのを感じる。

レイは息を荒らげながら、迷路のようになっている薄暗い廊下を、ひた走った。

(息が、苦しい)

こんなふうに、誰かのために走ったことは、きっとなかった。

でも、そんなことを考える暇もないくらい、レイは無我夢中《むがむちゅう》で走った。少しでも立ち止まったら、殺されてしまう。だけど本当は、いつ殺されたってよかった。ザックに何もかもを知られる前に、殺されてしまいたかった。

（……？）

はっと、ザックの気配が消えたような気がして、レイは一瞬、後ろを確認する。ザックの走るスピードが、明らかに落ちていっているのがわかった。

（毒が……）

レイの目の奥には、数分前、両方の注射を打ったザックの光景が浮かぶ。

（ザックは、私の分まで、注射を打ってくれた……）

〝これで俺が死ぬなら、テメェなんかすぐ死んじまうってことだ。なら俺が打つほうがよっぽどマシだ〟

あれは……、ふたりでここから出るための、ザックなりの手段だった。レイはふっと、そう思う。

（私にできるのは、今、ザックに殺させないことだけ……）

それだけ、だ。

薄暗いせいで、廊下の先は見えない。どこまで続いているのかもわからないその道を、レイは、何もかもを忘れて走った。そして、どんどんとザックを引き離していき、ようやく長い廊下を抜けると、突然、ぱあっと目の前が明るくなった。

▲▼

視界の中には、眩しいほどの蛍光灯が張り巡らされた、広々とした空間が広がる。まるで建てられたばかりのように、あるいは塗り替えられたばかりのように、空間には、一つの汚れもない、真っ白な壁と床が張られている。奥のほうには、大きなモニターと、複雑そうな機械が置かれているのが見えた。けれど、さっきの部屋と同じような透明な防弾ガラスの壁で仕切られていて、その先へは行けない。つまりそれは行き止まりを意味していた。

「…………」

(行き止まり……)

わざわざ振り返らなくても、ザックがもう近くまで迫ってきていることは、気配で察知できる。

小さく息を切らしながら、レイはその場で立ち止まった。

――……もう、戻れない。戻ってもたぶん、意味がない。逃げる場所もない……。

（帰る場所も……）

〝君のお父さんとお母さんは、地獄で待ってる――〟

その場に立ち尽くし、レイはぼんやりと、手術台の上で聞いたダニーの言葉を思い出す。

（先生……、地獄は、あの家よりも、酷い場所なのかな……？）

レイは部屋の入り口をゆっくりと振り返る。

そこにはザックが、息を切らすこともなく、静かに立っていた。自分を見据えるザックは、初めて会ったときとも、一緒にここまで来たザックとも違う、うつろな目をしていた。

「…………」

言葉もなく、ザックはゆっくりとレイに近づいていく。そして正面に立つと、再びその死神のようなカマを、レイに向けて構えた。

「…………」

(ザック、ごめんなさい——……私は、ザックを嘘つきにしてしまう……)

レイはゆっくりと目をつむる。

(……でも……このまま、殺されたら、きっと、天国へ行ける……)

そして目蓋の裏で、密かにそう思った。

その瞬間だった。

〝——バンッ!〟

と、心臓が飛び跳ねるような大きな音がフロアに鳴り響いた。

(……!)

ざわざわと嫌な予感が心を巡る。だってそれは、拳銃《けんじゅう》の発砲音に違いなかった。

目を見開くと、ザックはうなだれるように俯き、床に膝をついていた。ふくらはぎから は血がどくどくと溢れていて、まるでジュースでも零《こぼ》れたかのように床に染み渡っていく。

「あっはははは!」

硝子の壁の向こう側には、狂った笑い声とともにキャシーが姿を現す。

「いいところを中断しちゃって本当にごめんなさぁい。ここはね、銃殺刑の部屋だから、せっかくだし撃ってあげたの」

茫然とするレイに、キャシーは平然と言い放った。

「……銃殺刑」

「そうよ。ほら見て、たくさんの銃口があなた達を取り囲んでいるわ。これ、ぜんぶボタン一つで弾が撃ち込まれるのよ。素敵でしょう?」

キャシーがそう言うと、真っ白な壁からは、いくつもの大きな銃口が現れた。四方八方《しほうはっぽう》からふたりを取り囲むそれは、きっとB3の入り口のように避けられる数ではなかった。

「あぁ、それよりも……、さっきのあなた達の仲間割れ……とーっても愉快だったわっ。特にザック!　あなたは模範的で私の理想の罪人ね!　あがいたところで、けっきょくは衝動《しょうどう》が抑えきれないところなんて、本当に素敵……!」

硝子の壁の向こうから、その台詞には似合わない恋する乙女のような、うっとりとした声色で、キャシーはザックに語りかける。さっきまでモニター越しに眺めていた、血相《けっそう》を変えてレイを追いかけるザックの様子を思い出すだけで、キャシーは武者震いがした。

「……うる……せぇ……!」

ザックは足を引きずるようにゆっくりと起き上がりながら、ガラスの向こうのキャシーを、睨みつける。

「……ザック!」

その声に反応して、レイは思わずザックに駆け寄った。

「寄るな‼　殺すぞ‼」

しかしザックは、それを拒絶《きょぜつ》するように吠え、鋭い目つきでレイを見つめた。

「ほらね、撃たれた痛みで、ちょっとは理性的になったみたいだけど、これだもの！　が・ま・ん……できないのよね？」

目の前のレイに手を掛けることを、必死で我慢している様子のザックを挑発するように、キャシーは小さく舌なめずりをしてみせる。

「あぁ⁈　人をイラつかせることばっか言ってんじゃねぇーよ！　殺すぞ‼」

「あはは、私は本当のことを、言ってるだけなのよ？　それに、殺されるのは罪人であるあなたよ、ザック。……ほら、レイチェル・ガードナー。あなたに、これをあげるわ」

キャシーは、防弾ガラスの向こうから、ぽいっと、まるでゴミでも投げ入れるように、レイの足元に赤い拳銃を放り投げた。

「それがあれば、あなた達は五分五分でしょう？　だからさぁ、殺し合いをして！　生き残ったほうを、もっと素敵に断罪してあげるから！」

あはははははっーと、口癖《くちぐせ》のように笑いながら、キャシーは心底愉快げに言い放つ。

その狂った脳みそのなかでは、ザックとレイの美しい殺し合いが鮮やかに思い浮かぶ。

その光景がはやく見たくて、見たくて、胸がうずいた。

（殺し合い――……）

レイは少し黙り込んだあと、

「……そうすることに、いったい何の意味があるの？」

淡々とした口調で訊いた。キャシーの表情は、その言葉に一変する。

「はぁ？　やめてよ、あなた本当に、つまらない。意味なんか求めてどうするの？　それで何かが生まれると思って？　罪人が何かを生み出すなんてこと、ありえない。だから意味なんてものを、求める必要はないのよ」

そして美人特有のきつく険しい顔をして、キャシーは言い切った。

（……――つまらない……）

レイは再度、押し黙った。

〝……つまんねぇよ。お人形さんに道具にされんのは〟

（ザックも、私を、つまらないと思ってる……）

――お母さんもお父さんも……私がつまらないから、話を聞いてくれなかったのかな……？

（……私は……子犬が飼いたかっただけなのに――……）

どうして、あんなことになったんだろう。

凍《い》てついた夜のなか、段ボールのなかで、助けを求めるように、レイのことをじっと見つめていた子犬。その愛らしい顔を思い浮かべながら、レイはそっと足元の赤い拳銃を拾った。

（重い……）

その感触は、レイの記憶をいっそう鮮やかなものへと変えていく。

「さぁ、面白いものを見せて頂戴ね……！」

レイが銃を拾ったのを見計らい、キャシーは殺し合いの合図を送るかのごとく、声を昂らせた。

（……面白いもの……）

――……あれは、面白くはなかった、けど……。

「撃《う》つなら、早く撃てよ」

じっと前を見据えたまま、拳銃を構えることもないレイに、ザックは言った。

「ねえ、もしかして、引き金を引くのが怖いの？　面白味のない、つまらない子から脱することができないの？」

まるで本当に人形になってしまったみたいに、微動《びどう》だにしないレイを挑発するように、キャシーは問いかける。

「……違う」

手に握った銃を見つめながら、レイははっきりと答えた。

「おいレイ、お前が撃たなくても、俺は、殺すのを我慢できねぇぞ！」

包帯の下で、眉をしかめながら、ザックは叫ぶ。

レイの日に焼けたことがないような白い首筋には、数分前と同様にカマの先端が触れる。でもそれはさっきみたいに、冷たくはなかった。

「……私は、撃たない」

レイは一瞬目を伏せたあと、毅然《きぜん》とした面持ちで断言した。

「……そうかよ。でもな、俺は、殺したくて仕方ねぇよ!!」

悔しさが混じるような悲痛な声で、ザックは叫んだ。

（あぁ、くそッ！）

——俺だって、こんな自分の意志もコントロールできないような、屈辱的な状況で、テメェを殺したくはないんだ。頭のなかでは、わぁってんだよ。

でももう、限界……だ。

（殺したい……）

——気を抜くと、それぱっか、浮かんでくる。あの最高な気分を味わいたくて仕方ねぇ。だけど今、テメェを殺しても、あんな気分にはなれないだろうな。でもよ、今はただ……、この手で誰かを殺したくて殺したくて、どうにかなりそうなんだよ。

「はぁ、……はぁ」

何かをこらえるような表情を浮かべるザックの呼吸は、なんだか苦しそうでもあった。

「……ごめんなさい。ザックに、つまらない私を殺させてしまうね」

そんなザックの様子を見つめながら、レイは何もかもを悟ったような声で言った。

「あぁ、本当だ……！　クソみてぇな気分になるだろうよ！　だから、撃つなら撃てって、言ってんだろ?!　この距離なら、間違いなく当たるんだ」

ザックは半ば、レイを説得するように声を荒らげる。

「……私は、ザックを撃たない」

しかしレイは、そう言い切った。それはもう、何があっても揺るがぬ意志だった。

(私はザックを殺さない……)

だってザックは、私を殺してくれると、誓ってくれた——。

「ははは っ……、この状況で、何言ってんだか。あぁ、でもそうか……お前は、俺に、殺されてぇんだったな」

ザックは無気力に笑いながら、口元を歪ませる。だがレイは、小さく首を横に振った。

「そうだけど、違う。……これは、私の意志——」

そして部屋を包む静寂《せいじゃく》のなかで、レイは語り始める。

「ザックに殺されるのはいい。でも……あの女、あの女の、思い通りになんか……させたくない。だって……、私もザックも……――道具じゃないい」

そのままザックの目をしっかりと見据え、レイは言う。

「だから……殺すのも、殺されるのも……、ザックと私の意志だよ」

その言葉に、ザックはふっと、全身の力が抜けていくのを感じた。

――……俺は、道具じゃない。

そうだ……。そうだな。簡単な、ことだ。どうして、気づかなかったんだろう。やっぱり俺は、馬鹿なんだな。

あぁ、レイ。てめぇの言う通り……殺すのも、殺されるのも、俺と、お前の、意志だ。

そうじゃなかったら、いったい、何だっていうんだ？

(だいたい、無意味な約束なんて、するかよ――)

「…………ははははっ！」

ザックは正気《しょうき》を取り戻したように、大口を開けて笑った。

「おいレイ……、今になって、ちょっと面白いこと言ってんじゃねぇーよ。あぁ、もう我慢できねぇ！　なぁ、せめて笑ってみろよ!!　今すぐ!!」

そして興奮気味に煽《あお》りながら、レイににじり寄る。

（………笑う）

レイはふっと目を閉じる。

――……最後に笑ったのは、いつだっただろう？

子犬が家に来たときだったような気がするけど、思い出せない。

私は、どんなふうに笑っていたのかな。いつもは、何かを可愛《かわい》いと思ったときに、笑っていたような気がする。

あと……、あのオルゴールの音、好きだった。お気に入りのオルゴール。

あれは私が七歳のとき、お母さんが誕生日に買ってくれたものだ。あのとき私は、すごくうれしかった。一晩中、オルゴールの音を聴いて過ごしていた。だからあの音を聴くと、私はいつも少し、幸せな気持ちになれた……。

（あの音を思い出せば、笑えるかな……）

「………」

ゆっくりと目を開き、レイはザックを見つめる。

そして目は世界の終わりを映したまま、口元だけでにこりと笑ってみせた。

「………下手くそ。……ほんと、目が死んでんだよ、お前は」

そのぎこちない笑顔に少し脱力しながら、ザックはそうつぶやく。そしてゆっくりとカマを持ち上げると、レイの首元から遠ざけた。

「……でも――、それが本物になったら……最高だ。そのお前を殺す想像をしただけで、俺は誰よりもいい顔になれるぜ？」

そうして、薄汚《うすよご》れた刃に映る、包帯が何重にも巻かれた化け物のような自分の顔を見つめながら、初めてレイに出会ったときのような、鼓膜を貫くような大声で、ザックは突如、叫んだ。

「自分で自分を……、殺っちまえるくらいにはなぁ?!」

その刹那、ザックは自ら、自分の腹部《ふくぶ》にカマを宛てがい、パーカーの上から思い切り腹を引き裂いた。

（…………！）

レイの目のなかには、ぶわぁぁぁと赤黒い血飛沫《ちしぶき》が舞う。

「……ザック……！」

状況がうまく呑み込めない。混乱しながらも、レイはザックに駆け寄った。

（何が、起こったの……？）

「はぁあぁあ!?」

キャシーもまた、思わず、どすのきいた声を張り上げる。

そのザックの行動は、完全にキャシーの予想を超えたものだった。レイ以上に混乱しながら、キャシーは怒りの赴くままに機械を操作し、防弾ガラスで作られた壁の一部になっている扉を開ける。そして一目散にレイへと近づいていくと、その白い頰《ほお》を思い切りビンタした。

(痛い……)

その何かを思い出すような衝撃に、レイは一瞬、蔑《さげす》むような目でキャシーを見上げた。

「あああぁぁ、おぞましい！　模範的なんて間違いだったわ！　せっかく、銃を渡してあげたのに、ここで引き金一つ引けないあなたは、罪人のなり損ない！　アイザック・フォスターは、欲望に駆られて自分で自分を殺すほど愚かだなんて、——失望したわ！」

引きつった顔で、嘆《なげ》くようにキャシーは叫ぶ。この状況は、キャシーが思い描いていた結末のどれにも当てはまらない、全く美しくない、最悪の結果だった。

(私はザックが我慢ならずに、レイチェルを殺す場面が見たかったのに……！　そして残ったザックを、私の手で、じわじわとじっくりと時間を掛《か》けて断罪したかった——。これじゃあ、私の断罪に水を差されたようなもの……！)

ザックの傷口から鮮やかな赤色が流れていく様子を見つめながら、キャシーはその色と同じ、赤い口紅が塗られた唇をぎゅっと嚙みしめる。

「ああ……これならザックのほうがよかった。蜂の巣になるのは、きっと彼のほうがお似合いだったはずなのに……。あなたなんか断罪しても、何も面白くないわ！　あぁ、レイチェル……あなたって、本当に本当につまらない人間ね……！」

八つ当たりをするように、キャシーはもう一度、パシンッとヒステリックにレイの頬を掌で打つ。

（……痛い……）

その痛みに、レイは一瞬、目蓋を閉じる。目蓋の裏には、お母さんとお父さんが、大声でいがみ合うように言い合いをしている姿が、思い浮かぶ。

もうそれが、いつからだったのか、わからない。でも言い合いをしているとき、お母さんはいつも、お父さんに殴られていた。きっととても痛かったせいで、お母さんは、頭がおかしくなってしまったのかもしれない。だって、オルゴールを買ってくれたときのお母さんは、あんなふうじゃなかったから……。

（だけど私は今、つまらないから、打《ぶ》たれたのかな……？　こんな、女に……）

「……そんなこと、あなたに決められる覚えはない」

ぐるりと目を囲うようにアイラインが引かれたキャシーの作られた目をじっと見つめ、レイは少し、怒りの混じった声で言った。

「はぁ？　罪人のなり損ないが、私に反抗する気？　ねぇ……、そもそも、あなたみたいなつまらない子が――、どうしてここに来られたの？」

その反抗的な態度に、キャシーは不快感を極めながら、その大きな目をカッと見開き、レイを見下ろす。

「……う……ぅ……」

そのとき、ザックの呻くような小さな声が、対峙するふたりの耳に届いた。

反射的にレイはザックのほうを振り向く。ザックはびくびくと小刻みに痙攣《けいれん》しながらも、小さく息をしていた。

「……あら、生きているじゃないの！　本当に化け物みたい……素敵！」

ザックが生きている——その事実に、その声は、さっきまでのレイへの態度とは一変して華やぐ。まるで恋人のもとに駆け寄るように、キャシーはザックの元へ駆け寄った。

「……ザックを殺すの？」

レイは訊いた。

「ええ、だって、こんな素敵な罪人を断罪するのは、私しかありえないでしょう……？」

それが当然と言わんばかりの口調で、キャシーは答える。

そうしてキャシーは、B６に設置されている無数の監視カメラが映していた、ザックが生贄となる前の——生贄たちを殺す、殺人鬼としか表現しようのない、ザックの姿を思い浮かべる。その姿をモニター越しに眺めるたび、脳はたまらなくしびれた。自分とは違う、本能のままに、生贄達を惨殺《ざんさつ》していく姿を見るのは、とても刺激的だった——。

(だけど彼は、この女のせいで生贄となった……)

でもそれは、はっきり言って好都合だった。

——だってこの私に、あの素敵な殺人鬼を、罰する権利ができたのだから。

「あははははっ」

自分の手でザックを殺す、その瞬間を思い描くと、思わず笑みが込み上げてくる。

——絶対にザックは、私が処刑する……！　だってどう考えても、適任は私しかいないでしょう？

(彼は殺される瞬間、どんな顔をするかしら？　楽しみで胸がずきずきするわ)


……——チリン。

そのときふっとどこかで、小さな鈴の音が鳴った。それは無論、レイにだけに聞こえている音だ。

「………やめて」

その鈴の音に反応するように、浮足立《うきあしだ》つキャシーに向かい、レイはこわばった表情で、銃を構えた。その赤い拳銃は、さっきキャシーが壁の向こうから放り投げたものだった。

「あら……レイチェル、今頃どうしたの？　撃ってもいいわよー？　でも、残念ね……。実はその拳銃には弾は入ってないのよぉ！　あっはははは！　だけど……、そうね、私に拳銃を向ける態度が、ちょっと気に入ったわ」

キャシーはその耳障りな声で、レイを小馬鹿にしたように嘲笑《あざわら》う。

（弾が……入ってない……？）

そしてわずかにとまどいを見せるレイを見やり、ニヤリと口角を上げると、黒いタイトスカートのポケットから小さな銃を取り出して、

「バーン！」

と、冗談のように言いながら、精密なコントロールで、レイが構えている赤い銃をその小さな手から撃ち落とした。

「うふふ……さぁ、せっかくだから延命して、活きがいい状態で罰してあげなきゃね」

キャシーは赤い手袋越しに、血塗《ちまみ》れになったザックの身体に触れる。


――――チリン――――……。


その瞬間、レイの鼓膜には、再び鈴の音が響いた。

（……青い、満月……）

一瞬、目をつむると、目蓋の裏に青い月が浮かんだ。嘘みたいに大きい、満月……。

そう……――あの月が浮かんでいた夜のことは、とってもよく覚えている……。

天井からぶら下がる、小さな電球の下では、オバケみたいに怖い顔をした男が、女にまたがっていた。男は、まるで人形みたいに動かない女の身体を、大きな包丁で、何度も何度も、突き刺していた。

その光景を眺めながら、ぼんやりと、夢だったらいいのにと思ったけど、それは夢なんかじゃなかった。

——……その後に、起こったことも……。

「…………ダメ」

目を開け、夢から覚めるようにぼそりとつぶやくと、レイは肩から下げているポシェットに手を入れた。

（……私は、生きてちゃ、いけない……）

だから——

「……ザックを殺させない。だって私を殺すのは、ザックだから」

そしてその中から、まるで手品のように黒い拳銃を取り出すと、惑《まど》うことなく銃口をキャシーに向けた。

その異様な気配に、キャシーはぱっとザックから手を離し、レイのほうを振り向く。

「……その拳銃、どこから！」

その見覚えのない銃に顔を歪めながら、キャシーは言った。

その瞬間レイは、銃を構えているとは思えない涼しい顔で、

「バン」

と、小さく声を放つと、微塵の躊躇もなく、キャシーの腹部を撃ち抜いた。

「………!」

その、突然降りかかってきた思いもよらない出来事に、キャシーは一瞬、唖然《あぜん》とした。

(なんであの子が銃を持っているの……? 意味が、わからないわ……)

しかしいまは、悠長《ゆうちょう》にこの状況を理解する暇などなく、唐突《とうとつ》に撃ち抜かれた腹部には、耐えられないような激痛が走る。

「あああああぁぁあっ……!! どこから銃を出した!?」

その痛みを掻き消すように、キャシーは大声を上げた。

「………」

レイは無言でキャシーを見下ろす。それは、何の情すら秘めていない、冷たい目だった。

だけど、どうしてだろう。キャシーは一瞬、無を表すようなレイの目に映る自分に、身体がぞくぞくするのを感じた。

「あははっ! レイチェル、とんでもない本性を出してきたわねぇ! ……最高ッだ

わ!!」

今まで味わったことのない、その妙な気持ちに、キャシーは益々《ますます》狂ったように笑いながら、床を這うようにレイの足元へ近寄っていく。

（……なんで、うれしそうなんだろう……）

その異常な姿に、レイは眉をしかめる。レイの目に映るキャシーの表情は、なぜだか、不気味なほどに嬉々としていた。

「ねぇレイチェル、私、あなたを断罪してあげる……、いや、断罪してやる……。その涼しい顔の下の悪魔を、私が断罪してやる……!!」

それからキャシーは、よろめきながら立ち上がると、少しずつ前へ進み、嬌声《きょうせい》を上げるようにわめき叫ぶと、ガチャガチャと拳銃を操作し、レイへと向けた。

「…………うるせぇよ」

そのとき、誰かがぽつりと、声を吐くのが聞こえた。

その荒々しい口調はもちろん、レイのものではなかった。

「――え？」

徐々に閉ざされていく視界のなか、キャシーは悠長に後ろを振り返る。背後に立っていたのは、殺気に満ちた様子のザックだった。

「おい、撃たれて、うれしそうな顔してんじゃねぇよ……、このサドマゾ女」

bang.

ザックは覚醒《かくせい》したように、しっかりとした口調でそう詰ると、素早くカマを振り上げる。

「その煩わしい声のおかげで、殺したくて、殺したくて……、目が、覚めちまっただろうが!!」

そうして、いつものごとく狂気的《きょうきてき》な笑い声をあげると、すらりと伸びるキャシーの白い腕をめがけて、素早くカマを振り下ろした。

スパンッ、と斬りつけられた腕が、どこかに飛んでいくのが、やけにくっきりと、キャシーの大きな目のなかに映る。

「あああああっ!」

それが自分の腕だと認識した瞬間、キャシーの身体には、感じたことのない熱い激痛がほとばしった。初めて味わう痛みに、思わずキャシーは悲鳴のような絶叫を上げる。

「ねぇ……、嘘……でしょう?」

キャシーは絶望の表情を浮かべながら、くらくらする視界のなかにザックを映し、見上げた。

(どうして……? 私がザックを、処刑するべきなのに……——!)

——だって私は、罪人なんかじゃない。私は、いつも正しい。なのに殺されるなんて、おかしいじゃない……?

「嘘じゃねぇ、現実だ！　目ぇ覚ませ！」

その言葉を、自分にも言い聞かせるように叫びながら、ザックは今度は、キャシーの腹部を勢いよく下から上に向かって切り裂いた。キャシーは身体をありえない角度に曲げて宙を舞う。その様子を眺めながら、ザックは満足げに、ふっと微笑んだ。

「……あぁ、でも……、すぐに眠っちまったなぁ？」

そして電池が切れた人形のように、硬直《こうちょく》しながら床に倒れ込むキャシーを、ザックは見下ろす。

（あぁ……最低、だわ……。この私が、罪人に殺される運命、になるなんて……）

全てがゆらめく世界のなか、キャシーは眠るように目を閉じる。その長い睫毛には、ボリュームのあるマスカラが、キレイに均一に塗られている。

（でも……、最低だけど……最高だわ……）

キャシーは自分がザックによって殺された事実に、ふふっと笑う。

そしてキャシーは間もなく、自らの体内から溢れ出る、溶けたチョコレートのような血のなかで、息絶えた。

もう覚めることのない眠りについたキャシーには、誰が悪者で、誰が善者なのかも、わからない。

キャシーの人生は、箱入り娘のお嬢様《じょうさま》だった時代も、家族に起きた忌《い》まわしい出来事で没落《ぼつらく》した時代も、そして刑務所の看守として勤務した時代も、いつも一つのことを続けていただけだ。それは、すなわち——罪人に裁きを与えること。

（……私は、断罪人……）

悪者も善者もない暗闇のなかで、ただそれだけがキャシーにはわかった。

▲▼

「……ザック」

亡骸《なきがら》になったキャシーには目もくれず、レイは一目散にザックの元へと駆け寄った。

「おー……」

ザックは少しばつが悪いような顔で、レイを見やる。その表情からはもう、狂気のようなものはなくなっていた。

「ザック……大丈夫？」

（……毒、抜けたのかな……？）

柔らかいザックの声にほっとしながら、レイは訊いた。

「あぁ?! 腹いてぇに決まってんだろ！」

その問いかけに、ザックは思い出したように、威勢《いせい》よく答えた。

「…………」

（腹、痛い……？）

レイは思わず、きょとんとした顔をする。

だってそれは到底、ほんの数分前に、自ら自分の腹部を斬りつけた人の感想だとは思えなかった。だけど、当のザックは、心配するのを忘れてしまいそうなほど、平然とした顔をしている。

（……大丈夫なわけ、ないと思う。でも……大丈夫そう。だけどあんまりしつこく言ったら、怒りそうだし……）

「あの……、あまり無理はしないで」

いろいろ思案《しあん》を巡らせた末、レイは言った。

「うるせぇ。テメェはテメェの心配してろ」

しかしザックはやはり不機嫌な声でその心配を跳ね返すと、怪我人とは思えぬテンションで、はしゃぐように話を振った。

「それよりさ、あの女の顔見たか⁉」

「……うん」

その生命力の高さに圧倒されながら、レイは小さくうなずく。

「傑作《けっさく》だったなぁ、おい！　お前もよくやったじゃねぇか！」

カマを振り上げた瞬間、キャシーが自分を見つめたときの絶望に満ちた表情を思い出し、ザックは口元をほころばせる。まるで普通の女になり下がったような、あの惨めな顔を思い出すだけで、気分が高揚《こうよう》して、痛みなんて吹き飛んでいくような感じがした。

「……本当？」

「おう、おかげでちったぁ、スッキリした！」

「……よかった」

満足げなザックに、レイは俯き、少し複雑な気持ちでつぶやく。

（けっきょくあの女は、ザックに殺された……）

それは少し、先を越されたような、レイをそんな気持ちにさせる。

（あのときザックに殺されていたら……私は今頃、天国にいたのかな）

そんなこの世の誰も見たことのないその場所を、ふんわりと思い描いていると、

「さ、もう邪魔者はいなくなったんだ。先、行くか」

ザックは俯くレイの頭をぽんっと叩き、いつもの調子でそう言った。

「え……？　お腹……もう、大丈夫なの？」

「あ？　少し腹がいてぇくらい、何ともねぇよ」

ザックは答える。お腹が痛いのは事実だった。でもあんなに深く切ったのが嘘のように、不思議なほど痛みは少なかった。それは実際、ありえないことだったが、ザックはそれを疑問には思わなかった。

俺は本当に化け物なのかもしれないと、そう密かに思うだけだった。

レイも、ザックの驚異的《きょういてき》な回復力に驚くしかなかった。しかしザックは、電気ショックを受け続けたあとも、毒ガスが充満する部屋から脱出したあとも、ピンピンしていた。常人では考えられない回復力を持ち合わせているのは確かだった。

「わかった……。きっとこの先にエレベーターがあると思う」

脳の片隅では、その不死身さを不可解に感じながらも、レイは防弾ガラスの向こうを指差した。

「じゃぁ、行こうぜ」

「うん……」

(……大丈夫、なのかな?)

レイはまるで変わりないザックの様子をちらちらと確認しながら、キャシーがこちら側に来るときに、機械を操作して開けていたガラスの扉から、部屋の奥へと進んでいった。

部屋の奥にはキャシーが操作していた大きな機械があり、ＥＶ《エレベーター》通路と書かれた扉があった。おそらくそれは、エレベーターへと続く扉だった。けれど扉は、当然のごとく閉ざされている。

「おいレイ。扉、閉まってんぞ」

ザックはその扉を蹴り言った。

「待って。今、開ける」

レイは機械のなかから、EV《エレベーター》通路と書かれたスイッチを上げた。機械には他にも、電気椅子・人形・拍手……など、様々な仕掛けを操作するスイッチが配置されていた。

「おー、開いたな」

「あの機械で、いろいろ操作してたみたい……」

「あぁ？　そんな面倒くせぇことしてたのかよ。うっとーしい奴だな」

ザックは欠伸《あくび》まじりにぼやく。

「うん」

レイは一瞬、キャシーのことを思い出し、冷たい目になってうなずいた。それはレイが、怒っているときに見せる表情だった。けれどその些細《ささい》な変化に、ザックが気づくことはない。

「ねえザック」

「なんだ?」

「……私たちは、道具じゃない」

レイは、再び湧いてきたキャシーへの怒りを掻き消すように、さっきの自分の言葉を復唱した。

「あぁ、道具なんかじゃねぇ」

ザックはそのレイの言葉にふっと笑い、キャシーの亡骸に背を向けた。

「行くか!」

「うん」

そしてふたりは、ようやく開いた扉から、エレベーターのある場所へと向かった。

▲
▼

通路を進んでいくと、そこにはやはりエレベーターがあった。レイは、ポチッと、上に行くボタンを押す。けれどエレベーターの扉は開かない。何度も押してみるけれど、扉が開く気配はなかった。

（……どうして？）

「……エレベーター、開かない」

小さく首をかしげながら、レイはザックのほうを振り向き、言った。

「あー？　ここまで来て、これかよ。さっきの機械で、開かないのかよ？」

ザックはちっと舌打ちをする。

「たぶん、そんなスイッチはなかった……」

「どーすんだよ」

「開ける方法を、考える……」

「はやくしろよ、こっちは腹がいてぇんだからよ」

「うん、がんばる」

（——何か、仕掛けがあるのかな……？）

レイは一人、頭を悩ませる。いくらザックが平気そうだとしても、はやくここから出て、ザックの傷口の手当てをしないといけないのは明白だった。だって傷口からは、血がぽたぽたと滴り落ちてきている。

（でも……そうしたら、傷口が治ってからじゃないと、殺してもらえないのかな……？）

そんな妙な考えが浮かんだとき、ふっとエレベーターの向かいの壁に、何か、文字が書かれているのが、レイの目に映った。

〝扉を開けたくば、神に名を告げよ〟

〝己に偽《いつわ》りがないのなら、己に宿るその名を、そして、自分が何者であるかを知れ〟

〝——ただし、神は、穢《けが》れたものは要《い》らぬ〟

この文章の他に、ドアを開ける手がかりのようなものはない。だからそれは、エレベーターの扉を開けるためのヒントに違いないとレイは思った。

（扉を開けたくば、神に名を告げよ……）

エレベーターに向かい、レイは小さい声で言った。けれど扉は開かない。

「レイチェル・ガードナー」

（違う、のかな……）

現実から目を逸らすように、レイは少し目を伏せた。

（それとも——）

「ねぇザック……、エレベーターの前で、自分の名前をフルネームで言ってみてほしい」

それから少しして、レイはほんの少し切なげな表情で、ザックにそう指示をした。

「あ？　なんでだよ？」

ザックは顔をしかめる。

「それで、エレベーターが開くかもしれないから……」

レイはぼそりと消え入るような声で言った。

「お前の名前じゃダメなのか？」

「……うん」

（……神は、穢れたものは要らぬ……）

壁に刻まれたその一文が、脳裏にはっきりと浮かび上がり、心のなかに突き刺さる。

「まぁ、いいけどよ……。――アイザック・フォスター」

レイの指示に疑問符《ぎもんふ》を浮かべながらも、ザックはエレベーターに向かって単調に名前を告げた。するとエレベーターの扉は、誰かが操作しているように絶妙なタイミングで開いた。

「お、マジで開いた！」

ザックはまるで魔法のようなその仕掛けに喜びながら、さっそくエレベーターのなかへと乗り込んでいく。

（開いた……。私の名前では、駄目《だめ》だった……）

――やっぱり、私は……。

どく、どく……と、心臓が細かに波打つ。わずかに悲壮《ひそう》な表情を浮かべながらも、レイもそれに続いた。

▲
▼

「ねぇザック、……ザックはあのとき、喜んで自分のお腹を切ったの？」

ようやく動き出したエレベーターのなかで、レイは静かに訊いた。

「あ？　俺をあの、一人ＳＭ女と一緒にするんじゃねぇよ。つまんねぇ顔のお前を殺して、あの女看守に殺されるより、よっぽどマシだと思っただけだ」

ザックはやや苦い顔になりながらも、歯切れよく答えた。

「そう……」

「……つーか、お前が撃った銃、あの女のじゃないだろ。あれ、どうした？」

ザックはレイを見下ろし、少しだけ鋭い声色で訊いた。

「……あれは、私の拳銃……」

レイはどきりとしながらも、ぽつりと過去を零すように答えた。

「お前、どこにそんなもん、隠し持ってたんだよ?」

「……隠してたわけじゃないけど、このポシェットの中。ハンカチで包んでた……。殺人現場を見た日から、持っていたの、ずっと……」

「……だったらお前、最初からそれを使えばよかっただろ?」

「……私、自殺はしない。だって、神様はお赦しになられない」

「いや、それだけじゃなくてよ……」

「――それに、私を殺すのはザックだから」

レイは、ザックの言葉をさえぎるように、あるいはこの話を終わらせるように、強く言い放った。

「はぁ……お前って、頭いいのか悪いのかよくわかんねぇなぁ? ……まぁ、いい。なんにせよ、あのとき、あいつを撃ったのは正解だったんだ。思い出しても笑っちまうくらい、最高にタイミングよかったぞ」

その瞬間を思い浮かべながら、ザックは楽しそうに笑った。

「……機嫌、いいね」

レイは言った。

理由はわからないけれど、ザックが楽しそうにしていると、うれしい。そう感じる。

「……まぁな。お前もそうだろ、……なぁ?」

だけど、そう答えるザックの声がだんだんと薄れていくのに、レイは気がつかなかった。

程なくして、バタンッ——という衝撃音とともに、エレベーターが開く。おそらくB2に着いたのだろう。

レイはなんだかその甘い香りが漂うようなフロアに足を踏み入れる。廊下には、まるで教会のようにステンドグラスで作られた色とりどりの美しい窓が連なっていた。

（きれい……）

レイは暫《しば》し見惚れるように廊下を眺めた。

しかしなぜだろう、一向《いっこう》にザックが降りてくる気配がない。

「……ザック……？」

ふわりと嫌な予感が身体中を巡り、レイはゆっくりと後ろを振り返る。

（……え？）

レイの目には、エレベーターのなかで、目を閉じ、静かに横たわっているザックの姿が映った。

さっきザック自らが斬りつけた腹部からは、大量の血が、エレベーターのなかに水溜りを作るように流れ出ている。

（……さっきの音……、もしかして、ザックが倒れた音……）

（…………やっぱり、大丈夫じゃなかったんだ…………）

ああ……。

嫌だ……。

嫌だ……。

嫌だ、ザック、嫌だ……。こんなの、嫌だ。

――私を、殺してくれるって、誓ってくれたのに。神様に、誓ってくれたのに。

レイはエレベーターのなかに駆け込むと、祈るように、力なく項垂れるザックの手をぎゅっと握った。これまで何人に絶望を見せてきたのだろう、そのかさついた手は、レイにとっては、自分を天国へと導いてくれる、天使の手だった。

「……ザック……！」

その思いを伝えるように、目を覚ましてくれることを願うように、レイは心からその名を叫ぶ。

もう絶望さえも映さない虚《うつ》ろな世界で、ザックは微《かす》かに、祈るように自分の名を呼ぶ、レイの声を聴いた。

ZACK'S MEMORY

何もかもを掻《か》き消すような、酷い雨が降《ふ》り続いていた。

夫婦を殺したあと、俺は郊外にある施設を飛び出し、町に向かって、その降りしきる雨のなかを歩いた。ひたすら歩けば、町に辿《たど》り着くだろうと思った。

（……でも、町に行ってどうする？）

行く当てなんてあるわけがなかった。

ろくに何も食べていないせいで、激しい雨は容赦《ようしゃ》なく、残り少ない体力を奪っていく。

でも、夫婦を殺してから感じている得体《えたい》の知れない高揚感《こうようかん》が、まるで骸骨みたいにやせ細った俺の身体《からだ》を動かしていた。

とぼとぼと歩いている途中で、一台の赤い車がそばに止まった。車の中からは、ハイヒールを履いた、化粧《けしょう》気の強い背の高い女が出てきた。

「ねぇ、どうしたの？」

こんな雨の中、子供一人で、暗い夜道を歩いている俺が気になったのだろう。

しかし女は、近くで俺を見た瞬間、ひゃっと、小さく悲鳴を上げた。

まあ、無理もない。返り血で汚れた服に、ほどけた包帯《ほうたい》の下には、爛《ただ》れた火傷《やけど》の跡《あと》が生々しく残っている。そして手には、夫婦の血に塗《まみ》れた包丁《ほうちょう》を持っていた。

「は、はやく、お家に帰ったほうがいいわ」

早口に言いながら、女は恐怖に包まれたような表情をした。

「……帰る家なんて、ねぇんだよ」

そう、ぽつりと答えた瞬間、俺はその女に刃物《はもの》を向けた。だって、俺を見る女の表情は、あの映画のなかの女と一緒だった。だから殺さずにはいられなかった。あの高揚感を、もう一度、味わいたかったのかもしれない。

女は、即座《そくざ》に俺に背を向けると、車のなかへ逃げようとした。でも、もう遅い。

「キャ――――!!」

あの映画のなかの殺人鬼と同じように、包丁を振り下ろし、背中を思い切り切りつけた瞬間、女は甲高《かんだか》い悲鳴を上げた。ひどく、煩わしい声だった。けれど、苛立つ間もなく、その声はすぐに、激しい雨のなかに掻き消された。それから何度か切りつけると、女はあっけなく息絶えた。

そのあと俺は、女が乗っていた車に乗り込んだ。ここなら雨にあたらない。もう歩くのにも疲れてきた。それにどうせ町へ行っても、行く当てなんかないのだ。

車のかたわらには、白目《しろめ》を剝《む》いた女の死体が転がっている。真っ赤に塗られた口紅《くちべに》が何だか奇妙《きみょう》だった。

「………」

しかし、どうしてだろう。刺《さ》し殺した瞬間とは違って、死体には、特に興味を抱けなかった。むしろ、目の前から消えてほしいとさえ思った。

（少し、寝るか……）

死体から目を逸《そ》らすように、俺は目を閉じた。でも、なかなか眠れなかった。まだあの、得体の知れない高揚感が、俺の身体を支配していた。

しょうがなく俺は、眠れないまま、車のなかでじっとしていた。

次第《しだい》に雨は弱まり、微《かす》かに空が白くなってきた。

（これから、どうしようか……）

雨粒で濡れた車の窓から、夜が明けようとする空を見上げ、ふと思う。でもそれ以上、なにも浮かばなかった。というより、何も考えられなかった。俺は、考えることが苦手だ。何かを考えているという行為が苛々《いらいら》して仕方ない。何を考えようとしても、ぐちゃぐちゃとまどろっこしくて、途中で考えるのが面倒《めんどう》くさくなってくる。

「はぁ……」

思わずため息が漏《も》れたそのとき、カツッと、車のドアに何かがぶつかる音がした。

（なんだ……？）

身構えながら窓の外を覗《のぞ》くと、そこには老人の男の姿があった。ホームレスだろうか……。見るからに、貧しそうな装いの老人だった。

「……こんなところに車を止めるなんて、邪魔だな。車の持ち主はいないのか？」

暫くして、老人はどこを見るわけでもなく言った。目の焦点が合っていないのだろうか、ずっと遠くのほうを見ているように感じた。

ふいに老人の杖が、地面に転がったままの女の死体に当たる。しかし、老人は首をかしげるだけで、それを気に留める様子はなかった。ボケていて死体だとわからなかったのかもわからないが、なんだか妙な胸騒《むなさわ》ぎがした。

「誰か、いるのか？」

そのあと、何かを察知したように、老人は俺のほうを見た。

「あ……」

問われて、俺は小さく声を漏らした。

「子供、か……。どこから、きた」

仄《ほの》かに優しい声色《こわいろ》になって、老人は訊《き》いた。

「…………」

なぜだろう。俺はその問いに、上手く答えることができなかった。会話なんて、あまりしたことがない。それに、あの施設がどこにあったかも、もうわからなかったし、わかったところで、馬鹿《ばか》な俺には説明なんてできない。

「……うるせぇ」

苛々して、俺は小さくつぶやいた。

（……大人に、ごちゃごちゃ言われるのが、いちばん嫌いなんだ——）

そして俺は、老人に向けて再び包丁を強く握った。けれどもう、あまり力が入らない。何時間も激しい雨に打たれ続けた上に、一晩中、眠れなかったせいだろう。だが、こんな老人の一人くらいなら殺すことは、きっと容易《たやす》い。

でも、包丁を構える俺に、老人はまるで顔色を変えなかった。それどころか、何を考えているかもわからないくらいに無表情だった。

（どうしてだ……？）

なんだかそれは、吐《は》き気《け》がするほどに気持ち悪かった。

「どうした？　あいにく私は目が見えない。なにか言わんと、なにもわからん」

寝不足と車の空気に酔っていたのも相まって、本当に吐きそうになってきて俯《うつむ》いていると、老人は言った。

（……目が、見えない……）

俺は何だか拍子抜けした。そしてその瞬間、なぜだか全身の力が抜けていった。

それから、いっきに疲れと眠気が襲ってくると、まるで暗闇のなかへ落ちていくように——、意識が遠のいていった。

目が覚めると、そこは見知らぬ場所《ばしょ》だった。廃墟《はいきょ》みたいにボロい家だ。微かに、公衆トイレのような不潔《ふけつ》な臭《にお》いが漂《ただよ》っている。

（なんだ……？）

返り血や雨や土で汚れた俺の身体には、汚いトレンチコートが被《かぶ》せられていた。

「起きたのか」

起き上がると同時に、傷だらけの古い扉がギィと鈍い音を立てて開く。小さなキッチンと思わしき場所からは、あの老人が部屋に入ってきた。老人は、酷く小便臭い。それは鼻を突くような臭いで、この不衛生な部屋が老人の住み家なのだと、理解できた。

（俺を連れて、戻ってきたのか……？）

放置していたあの女の死体は、夫婦の死体は……、どうなったのだろう。一瞬、死体の様子が頭を過《よぎ》ったが、俺にはおそらく、もう関係のないことだった。それに、死体は嫌いだ。考えることも……。というか、この世に好きなものなんて、ないのかもしれない。

「これを食べなさい」

まだ少し寝ぼけている俺に、黒いシミが散らばるしわくちゃの手で、老人はパンを差し出した。食べ物なんて与えられるのは、いつぶりだろう……。とにかく、腹はいつでも減っていた。否、減っているという感覚もなくなるほどに、飢《う》えていた。

俺は奪うようにパンを受け取ると、夢中で頬張《ほお》った。パンは、ひどく固かった。だが別に、文句はない。食べられるなら、何でもよかった。うまいとか、まずいとか、そんなのは二の次だ。

老人も、別に何の感想もないような顔をして、俺に差し出してくれたのと同じパンを、かみ合わせが悪そうな歯で、もしゃもしゃと食べている。

「どうして、あんなところに、一人でいたんだ」

そして、すぐに完食した俺とは違い、老人はやけに時間をかけてパンを食べ終わったあと、再び問いかけてきた。

（――どうして……）

俺は……、未だに、自分になにが起こっているのか把握しきれずにいた。俺はいったい、どうやって、生きてきたんだろう。何のために、生きてきたんだろう。それすらも、わからない。ただ、死にたくないから生きているし、あの夫婦も女も、殺したかったら殺した。それだけ、だ――。

「……まぁ……、なにかわけがあるんだろうが、言葉に出せないなら仕方ない。行くところもないんだったら、ここで暮らして構わない」

俺が黙り込んでいると、少しの沈黙《ちんもく》のあと、老人は言った。

「……なんで、だよ」

俺はつい、口を開いた。

だって、意味がわからなかった。だってこの老人と俺は、今朝《けさ》会ったばかりで、もちろん、血の繋《つな》がりなんてあるわけもなく、この老人のために何かをしたわけでもない。なのにどうして、会ったばかりの子供に、そんなことを言うのか、意味がわからなかった。

「別に嫌だったら、いつ出て行ってくれても構わない」

素っ気ないように、老人は言った。だけどそれは少し、寂しそうな声だったかもわからない。

「……嫌だとは言ってない」

自分に言い聞かせるように、小さくつぶやく。

(……そうだ、寝る場所ができてよかったじゃねぇか……)

「そうか」

そのとき少し、老人が微笑《ほほえ》んだように見えたのは、たぶん気のせいだ。気のせいじゃ

here you are.

なかったら、そんなのは気持ち悪いにもほどがある。

▲▼

それから俺は、ほんのわずかな期間、その廃墟のような家で、盲目の老人と暮らした。暮らしたといっても、何をすることもなく、話すこともないから、俺も老人も、だいたいのとき、うたた寝をしていた。なぜだろう、老人といると、いくら寝ても眠かった。老人は、目が不自由なせいで、料理もしないし掃除もしない。朝、散歩に行く以外は、あまり外にも出なかった。俺も、外に出る気にはなれず——どこへ行けばいいのか、わからなかった——小便臭い部屋のなかで、何も考えずうずくまって、目を閉じていた。不思議と退屈ではなかった。

こんなに、何にも捉《とら》われずに、何も考えずに、ただ生きているのは初めてだった。ついでに腹も減らなかった。

「食べなさい」

そう言って、一日に一回、老人は俺にあの固いパンをくれたからだ。

俺は、少し戸惑《とまど》いながらも、そのパンを食べた。老人も、いつものその固いパンを食べていた。

（カビてる……）

雨の日は時々、カビが生えていることもあった。どうして何もしていない俺に、明らかに裕福ではない老人が、食料を与えてくれるのか、益々《ますます》意味がわからなかった。

だって俺は今まで、大人たちに、ずっといいように使われてきたのだ——。

でも老人は、俺に、何かを命令してくることもなかった。

ただ時々、ふと思いついたように、下《くだ》らないことを話してきた。

「今日は天気がいいな」とか、「将来は、何になりたいんだ」とか、「いい夢を、見なさい」だとか、なんとか……。

その瞬間、決まって心のなかが、ぞわぞわとした。ぞわぞわとして、両手で掻きむしりたくなった。でも、そのぞわぞわの正体がなんなのか、俺にはわからなかった。

だから俺は、この気持ち悪い感情を鎮《しず》めるために、どうすることもできなかった。

▲
▼

「今日は寒いな」

「…………」

なぜだろう、老人が何かを話しかけてくるたびに、ぞわぞわして仕方がない。

(……気持ち悪い)

このぞわぞわを、今すぐに、吐き出したい。そう思ったとき――俺はまた、誰かを殺したいという衝動《しょうどう》に駆られた。

(そうだ……老人を殺せばいい)

それがいちばん手っ取り早いに決まっている。

だが、刃物を持って近づいても、老人は、何も知らないという顔をした。目が見えない上にボケているのだから、当然だった。

(……ああ)

途端《とたん》に、こんな不幸で、惨めで、無反応な老人を殺すことは、ひどく無意味な気がした。殺したところで、きっとこのぞわぞわは消えないだろう。

だから俺は外に出た。外に出るのは、何日ぶりのことだろう。でもまあ、そんなことは、どうだっていい。

(殺したい)

心には、その言葉だけが渦巻く。殺せるなら誰でもよかった。

家を出て少し歩いた頃、俺は小さな川に架かる橋の上で、躊躇《ちゅうちょ》なく人を殺した。男だということは覚えているが、どんな奴だったか、もう思い出せない。手に持っている携帯電話で、誰かと話しながら、楽しそうに笑っていたから、殺した。電話の向こうの人間は、パニックになっているようだった。恋人か何かだったのかもしれない。

殺した人間は、包丁を手に持った俺の姿を見るだけで、身体を硬直《こうちょく》させながら怯《おび》えていた。

その姿は確かに、あのぞわぞわとした感覚を掻き消すほどの高揚感を、俺に与えた。

――あぁ、そうだ。俺は、あの夜の高揚感の正体を、求めていたのかもしれない。

でも、なぜだろう……。同時に老人のことが思い浮かんだ。

老人は、俺のこの姿を知って、どう思うだろうか……。狼狽《うろた》えるだろうか……。

――……だったら、殺してやろう……。

そうすれば、この高揚感の正体がはっきりする。俺はそのまま、話したこともない人間の返り血を浴びたままで、老人の待つ家へと帰った。

「どうしたんだ」

目が見えないながらも、老人はさすがに、俺の異変に気がついたようだった。きっと、生々しい血の臭いがしていたからだろう。

「人を殺した。殺したかったから、殺してきた」

白味がかった老人の目をじっと見つめ、嘘偽《うそいつわ》りなく、俺は言った。

それからさらに、老人と会う前の――あの雨の夜に俺がやったこと――施設の夫婦を殺したことを、そのあと声を掛《か》けてきた女を殺したことを……、事細かにぶちまけてやった。

俺を可哀相な子供だと思って、ここに置いているのだろう老人は、絶対に、狼狽えるはずだと思った。

「そうか」

しかし老人は、微塵《みじん》も狼狽えなかった。怯《おび》えもしなかった。ただ、少し悲しそうな声で、そう言っただけだった。

(……なんで、だよ?)

意味が、わからなかった。

狼狽えれば、今すぐにでも殺してやるのに――。

「それで、お前はどうしたいのか」

淡々《たんたん》とした口調で、老人は訊いた。

(――どうしたい……?)

俺は答えられなかった。どうしたいかなんて、わからない。自分の答えなんて、用意していなかった。だって俺はただ、老人の狼狽える姿が見たかったのだ。

そして、俺に少しでも絶望の表情を向けるなら、息を吐《つ》く暇もなく、殺してやろうと思ったのに――……。

「…………」

返り血をぽたぽたと垂らしながら黙り込む俺に、老人は「疲れただろう、もう寝なさい」と言って、肩に汚いコートを被せた。

――なんなんだ。なんなんだよ。

(俺は、この老人にとって、どういう存在なんだ……?)

わからない。わからなかった。わかるのが、こわかったのかもしれない。

(もう、何も考えたくない)

四人もの肉を切り裂いたせいで歪《ゆが》んだ包丁を手放し、俺はその場に、倒れ込むように眠った。もうこの包丁は、たぶん使い物にならない。ただそれだけが、わかった。

▲▼

——次の日、目を覚ますと、老人はいなかった。

しかし、明け方にいないのはいつものことだ。あの老人は、毎朝決まって散歩に行く。

そしてどこからか、あの水気のない固いパンを調達して、俺に持って帰ってくるのだ。

ふとテーブルの上に目をやると、そこには珍しくメモが書き残してあった。

『昼には帰ってくる、待っていなさい』

でも俺は、字なんて読めない。習ったこともない。だから、そこに書いてあることは、わからなかった。

（俺への、言葉なのだろうか……）

また、心がぞわぞわとする。無性《むしょう》に、なんと書いてあるのか気になった。

俺は落ち着かない気持ちのまま、その日、老人の帰りを——ずっと待ち続けた。

▲
▼

……あの朝、あの子供からは、血の臭いがした。

声はかすれていて、ひどく不衛生な臭いがした。それだけで、あの子供の過酷な環境がうかがえる。はみ出し者の人生を送ってきた自分には、それがわかるのだ――。

昨日、あの子供は、人を殺して帰ってきた。

珍しく外へ出たかと思うと、鼻を突くような血の臭いをさせて戻ってきたから、「どうしたんだ」と訊《たず》ねると、あの子はやけにはっきりとした声で、「人を殺した。殺したかったから、殺してきた」と、まるで悪びれることもなく、それどころか、少し誇らしげにそう白状した。

そして、それだけではなく、過去の殺人も全て、私に吐き出した。脅《おど》すような、あるいは、浮かれているような口調だった。

何と言えばいいかわからなくて、「そうか」と、私は言った。

あのとき――……私は、あの子に何といえばよかったのだろうか？

きっとあの子供は、私に何かを求めていた……。それだけはわかった。

きっとそれは、あの子の存在を意味する、何かだったのかもしれない。あの子は、出会ったばかりの私に優しくされることに、苛立《いらだ》ちを覚えるほどに、戸惑っていた。

それは哀《あわ》れで、……愛おしかった。

だが私は、それをあの子に伝える自信がなかった。このような年だが、子供など持ったことはないのだ。

あの日私は、気まぐれで、あの子供を、家におくことを決めた。

昔の自分を見ているようで、放っておけなかったのかもしれないし、単純に可哀相だと思ったのも事実だ。

そして私はふっと、あの子の人生が、少しでもよい方向へと向かうように、可能な限りの行動をしてもいいのではないかと思った。少しでも自分に、できることがないかと思ったのだ。

どうせ、老い先も短い。今まで、つまらない無責任な人生を送ってきたのだ。

これからは、あの子供に何かをしてやる人生でも、よいのではないだろうか。

カンカンッと、杖で道を確認し、降り注ぐ朝日を浴びながら、私はいつものパン屋に寄り、あの子供のために、廃棄のパンではない、やわらかなパンを買った。

帰ったら、あの子供は目覚めているだろうか……。

（さすがにもう、名前くらいは聞いてもいいだろう……）

あの子が戸惑う様子を想像すると、少し、笑みが零《こぼ》れる。焼きたての匂いが立ち込めるパンの袋《ふくろ》をぎゅっと握りしめ、私は家路を急いだ。

▲
▼

……結局あの日、老人は帰らなかった。その次の日も、その次の日も、老人は帰ってこなかった。

老人は逃げたのだと思った。ならやはり、殺しておくべきだった――。

俺は読むことのできないメモを切り刻んで、床に捨てた。

なんだよ、この気持ちは。わからない。

わからないわからないわからないわからないわからない。ワカリタクナイ。

「――あああああ！」

俺は、全てのそわそわした感情を吐き出すように、大声を上げて、老人の家の中を荒らして回った。どうせ、帰ってこないんだから遠慮することはない。壊せるものは、ぜんぶ壊してやる。俺は渾身《こんしん》の力を込めて、歪んだ包丁を、クローゼットに突きつける。

破壊されたクローゼットの引き出しのなかからは、きらりと光る鋭《するど》いナイフが出てきた。

（ナイフ……）

あぁ……――殺したい。

殺したい殺したい殺したい殺したい殺したい。誰かを殺したくてたまらない。

抑えきれない衝動が、身体を支配していく。俺は迷うことなく、そのナイフを手にすると、外へと飛び出した。

もちろん、行く当てなんてない。

（殺したい）

目的はそれだけだ。

まるで夢遊病者のように、ふらふらと歩いていると、向こうのほうに、色とりどりのネオンがきらきらと輝く夜の街が見えてきた。その光に誘われるように、俺は裏路地《うらろじ》に入った。すると、少し奥まった場所で、髑髏《どくろ》のネックレスをつけたひょろ長い男が、ミニスカートを穿《は》いた巻き髪の女を連れて、楽しそうに笑いながら何かを話していた。

「あのジィさん、財布のなかにこれっぽっちしか入ってなかったぜ」

「うっそ、マジィ？」

髑髏《どくろ》のネックレスを揺らしながら下品に笑う男の手には、パンが一切れ買えるくらいの僅《わず》かな硬貨と、見覚えのあるステッキが握られていた。

（あれは……）

間違いなかった。あれはいつも、あの老人が持っていたステッキだった。

「マジで、殺して損したって感じだわ。ムカついて、川に放り投げてやったよ。ハハハハッ」

男は酷い笑い声を上げながら、老人のステッキを、真二つに圧《へ》し折った。

――あの日……、初めて人を殺した日、俺は生まれて初めて、映画を見た。

なんていう映画だったかなんて、覚えていない。でも、殺人鬼が男女のカップルを切り殺した場面は、よく覚えている。いや、違う……、目に焼き付いて離れない。

幸せそうな日常こそが、壊すものであるかのように、ふるまった化け物――……。

……そうか。幸せそうな奴らがいるから、あの化け物は存在するのか。

（……俺が……絶望に、突き落としてやるよ――！）


気がつけば、俺のナイフは、血で赤く染まっていた。傍《かたわ》らには、巻き髪の女がぴくぴくと身体を痙攣《けいれん》させせながら倒れている。

「な、何しやがんだ……！」

虚勢を張りながらも、小さく声を震《ふる》わせ、男は言った。

そのとき俺の心の奥からは、あの日の高揚感が、あの日以上の何かが、込み上げてきた。

そしてふと、耳のなかに、あの日の老人の声が蘇《よみがえ》る。

〝「それで、お前はどうしたいのか」〟

……決まっている。

――殺して、やりたいのだ。

なにが楽しいのかわからないが、幸せそうにへらへらと笑っている人間の顔を、苦痛に歪めて、絶望させて、殺してやりたい。

いま、心の底から、そう思う。

あの老人以外、誰も俺に、近づかなかった。誰も俺を、必要とはしなかった。俺みたいな気味《きみ》の悪い存在は、いつだって、いてもいなくても一緒だった。

――だけどナイフを持てば、恐怖の表情を、絶望の表情を、俺に向けさせることができる。

その瞬間、俺はうれしくなる。

(――……そう思うってことは、俺は殺す側の人間なのか？)

「……俺は、化け物だ」

そう口に出して言ってみると、引きつるような苦しさと、喜びを感じた。

それは、他人に翻弄《ほんろう》されてきた自分から解き放たれた瞬間だったのかもしれないし、あるいは、自分が自分であることを認めた瞬間だったのかもしれない。

(――……俺は、殺す側の人間……)

そう、きっと、そうなのだ――。

自然と、笑いが込み上げてくる。

「ヒャハハハハッ！」

目を見開き、ナイフを振り上げると、俺は、絶望の表情を向け、恐怖に震え上がる男の身体を、顔を、心臓を、何度も何度も、そのナイフで切り裂いた。

叫び声が止《や》む。目の前には、地獄《じごく》行きの二つの死体が、ただ無様に転がっている。死んでしまったものには、やはり興味は湧かない。

ふと頭上を見上げると、雲一つない夜空には、黄色に輝く大きな満月が浮かんでいた。

〝──今日は天気がいいな〟

「……殺されてんじゃや、ねぇよ……」

小さいため息《いき》を吐くと、硬いパンの味が、口のなかに蘇る。

俺は路地裏に背を向けると、ナイフをぎゅっと握りしめ、月明かりの下を、とぼとぼと歩いた。もう、老人が帰ってくることはない──誰もいない、あの廃墟のような家で、眠るために。

次巻へつづく

CHARACTER PROFILE

RACHEL GARDNER

/ HEIGHT	156CM
/ BLOOD TYPE	AB
/ BIRTH DAY	6/10
/ ZODIAC SIGNS	GEMINI

レイ

記憶を失っている13歳の少女。本名はレイチェル・ガードナー。
ビルの最下層で目を覚まし、ふらふらと地上を目指していたときにザックと出会う。
ザックに頭の良さを見込まれ、「殺してもらう」ことを条件に
行動をともにする決意をした。
頭が良く冷静沈着な印象だが、どこか奇妙に人間の感情を失っている。
ザックからは「人間らしい表情を見せないと、
殺す気になれない」と言われて困惑している。

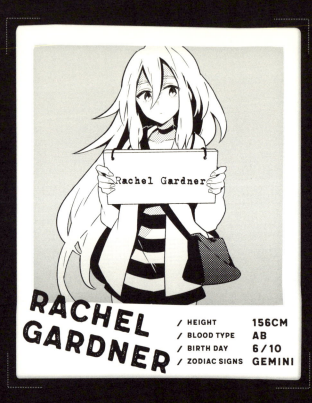

ISAAC FOSTER

/ HEIGHT	186CM
/ BLOOD TYPE	B
/ BIRTH DAY	???
/ ZODIAC SIGNS	LEO

正確な誕生日は不明
施設にある書類には
推定7月24日前後と
示されている。

ザック

殺人鬼。本名はアイザック・フォスター。20歳前後とも言われるが年齢不明。
幸せそうな人間や嬉しそうな人間を見ると、つい殺したくてたまらなくなる
自称“マトモな成人男性”。
希望との落差や恐怖におびえる表情に快楽を覚え、
興奮が高まると思わず相手を斬り殺してしまう。
幼少期に孤児院に預けられた後、失踪している。
あまり考えることは得意ではなく、頭はよくない。

DANIEL DICKENS

/ HEIGHT	179CM
/ BLOOD TYPE	A
/ BIRTH DAY	9/2
/ ZODIAC SIGNS	VIRGO

ダニー

B5フロアで出会った、
レイの主治医を名のる医者。
やわらかな物腰と優しそうな笑顔で
レイに近づくが“美しい目”に並みはずれた執着心を見せる。
レイの目が傷つかないよう気づかってくれるが、
はたしてその真意は……。

CHARACTER FILE 004

EDWARD
MASON

/ HEIGHT 154CM
/ BLOOD TYPE A
/ BIRTH DAY 4/30
/ ZODIAC SIGNS TAURUS

エディ

B4フロアで出会った、男の子。
レイと同い年くらいで、
このビルで死んだ人間たちの墓を日々作っている。
レイに一目ぼれしており、
レイの姿を刻んだ墓を作って
二人を待ち伏せていた。

CATHERINE WARD

/ HEIGHT	166CM
/ BLOOD TYPE	O
/ BIRTH DAY	10/25
/ ZODIAC SIGNS	SCORPIO

キャシー

B3フロアで出会った、
自らを「断罪人」と呼ぶサディストの女看守。
陽気にしゃべりながら、
冷たく残酷な懲罰を仕掛けてくる。
リンチを行ううちに、ザックとレイが
“危うい約束”を交わしていると気づく。

PROFILE

木爾チレン CHIREN KINA

小説家。大学在学中に書いた『溶けたらしぼんだ。』(新潮社)で第9回R-18文学賞優秀賞を受賞。その後、『静電気と、未夜子の無意識。』(幻冬舎)にて単行本デビュー。『蝶々世界』(一迅社)や『Just Be Friends.』(PHP研究所)、『DEEMO -Last Dream-』(ポニーキャニオン)など、ネット発コンテンツの小説化を多数手がける。

真田まこと MAKOTO SANADA

ゲーム作家。2013年10月にふりーむ!に投稿した『霧雨が降る森』が話題に。コミカライズやノベライズなどマルチメディアで展開される人気作となった。2015年8月、ニコニコゲームマガジンで待望の新作『殺戮の天使』第1話を公開。連載中から高い人気を博し、2016年2月に第4話の配信で完結。連載終了後に公開された動画『殺戮の天使 Episode.NG』も話題を呼んだ。

negiyan NEGIYAN

イラストレーター・デザイナー。『殺戮の天使』ではLINEスタンプ制作、グッズなどを手がける公式イラストレーターとして活躍。またTwitterで連載した4コマ漫画が大きな反響を呼び、コミックジーンでの同時連載もスタートしている。

コミックス①～②巻《かん》
好《こう》評《ひょう》発《はつ》売《ばい》中《ちゅう》!!
累計
23万部
突破!
ここから出る手助けをしてくれよ。
そしたらお前《まえ》を、
殺《ころ》してやるよ
天《てん》使《し》
［漫画］
名束くだん
［原作］
真田まこと
（星屑KRNKRN）
http://nanos.jp/hskzkrnkrn/
©真田まこと

月刊
コミックジーン
で大人気
連載中!
お願《ねが》い、
私《わたし》を殺《ころ》して
真田まこと新作サイコホラーADV、衝撃のコミカライズ!!
殺《さつ》戮《りく》の

殺戮の天使

ANGELS OF DEATH

UNTIL DEATH DO THEM PART

2016年8月10日　初版発行
2016年12月26日　第4刷発行

著　者　木爾チレン
原　作　真田まこと
発行人　青柳昌行
編　集　ホビー書籍編集部
編集長　藤田明子
担　当　岡本真一
担当編集　稲葉ほたて
協　力　電ファミニコゲームマガジン編集部
発　行　株式会社KADOKAWA
〒102-8177 東京都千代田区富士見2-13-3
TEL：0570-060-555（ナビダイヤル）
URL：http://www.kadokawa.co.jp/
装　丁　名和田耕平デザイン事務所
印刷・製本　大日本印刷株式会社

本書の内容・不良交換についてのお問い合わせ先
エンターブレインカスタマーサポート
Tel.0570-060-555［受付時間:土日祝日を除く12:00〜17:00］
メールでのご質問:support@ml.enterbrain.co.jp
＊メールの場合は、商品名をご明記ください。

ISBN978-4-04-734115-9 C0093　定価はカバーに表示してあります。

BAM!
......DAMN, DOESN'T WORK
HOW TO OPEN IT ......FUCK.